展翅与破格

安妮·塞克斯顿
与美国现当代诗歌

张逸旻

上海文艺出版社

献给我的父母

目　录

引　言　　之所以是塞克斯顿 / 1

第一章　　为诗上镜 / 25
　　　一、文学名流与"上镜之机" / 27
　　　二、个人化诗学：肖像摄制与身份重塑 / 34
　　　三、家庭挽诗中的媒介意象 / 59
　　　四、自我反观：摄影与写作的互鉴 / 84

第二章　　诗之为诗 / 95
　　　一、自传性："研究自己的报告员" / 101
　　　二、非自传性：面具与化身 / 137
　　　三、诗之真与诗人之真 / 167

第三章　　反常的诗性 / 187
　　　一、精神病与私通：作为自我确证的反常性 / 192
　　　二、萨满式誊写：摆脱语言的惯性之链 / 214
　　　三、反作者一元：颠破自白诗写作的立足与范式 / 232

第四章　诗作为表演　/ 253

　　一、《朗读》：诗学观转型与读诗会时代　/ 260

　　二、"向着声音敞开"：摇滚乐与诗文本的声音性　/ 269

　　三、读诗会：个人主义的文化共情　/ 299

结　语　从书页抵临现场　/ 317

参考文献　/ 335

引言

之所以是塞克斯顿

因她是被禁止的那一个，她用十根长长的手指把时间估算。

　　因她是危险的山，许多登山客将在那样的山路上迷失。

　　因她从人类中消失；她把自己的头发织进婴儿的长纱。

　　……

　　因她是一个量级，她是许多。

——塞克斯顿《你们的口舌啊／第八诗篇》

　　一部研究著作只聚焦于一位诗人，通常是文学大师享有的礼遇。安妮·塞克斯顿（Anne Sexton）不是那样的大师。她的作品，尽管是对彼时诗歌世界的一次突袭，且留下了几许常人难以企及的刻度；但人们迄今仍将她的名字与"自白派"视若等同，即在洛威尔（Robert Lowell）、普拉斯（Sylvia Plath）和贝里曼（John Berryman）等人所合成的诗学组唱中寻找她的回声。

　　然而，"自白诗"，倘若我们严格循用罗森塔尔（M. L. Rosenthal）的定义将其解读为诗人一己的忏悔——坦白自己的精神危机、曝光家庭秘事、吐露"性"的私密体验，那么，塞克斯顿写作的聚焦处仅仅涉及而非完全内含于此。自白诗或许是塞克斯顿诗歌生涯的起跳点，却绝非全部。事实上，就连"写作者"也不是塞克斯顿诗人身份的唯一义项。因写作而衍化出的授课、编剧、表演、录音、拍摄、经济协商等行为模式，共同拼插构成了她作为诗人角色的骨架图。塞克斯顿的丰赡性足以自成一体，但这些方面，在国内还远未受到关注。

塞克斯顿的一生由两段颇为割裂的境况接续而成。她于1928年出生于典型的新英格兰中产家庭，十一岁前每个夏天都在外公家的海岛别墅消暑。从女子精修学校（相当于高中）毕业后不久，便与男友私奔结婚。随后入住城郊大宅，接连生下两个女儿。相较于任何一位同行，塞克斯顿在文学上的训练与准备少之又少。她真正同诗歌打交道，是到了三十岁，也就是1958年——当遭遇产后抑郁而感到生活下去变得岌岌可危时，她把诗歌当作最后的信靠而暂获"重生"[1]。

在"美国梦"的迷魅掩映中，这位未受大学教育、从主妇改行的诗人受到了无与伦比的关注：不仅在新诗读者与同道作者中拥有大批信众——欧茨（Joyce Carol Oates）、斯温森（May Swenson）和莱维托夫（Denise Levertov）都曾是她的敬慕者；而且也深受官方与学院奖项的青睐。普利策奖、古根海姆奖、美国艺术文学院奖以及两次国家图书奖提名只是这些殊荣的一部分，另有三项荣誉博士学位与数所高校提供的教授之

---

[1] 凯夫利斯、塞克斯顿：《诗歌的艺术》，张逸旻译，载《巴黎评论·诗人访谈》，北京：人民文学出版社，2019年，第97页。

席等等。

塞克斯顿的祖辈中有好几位神经官能症患者，她到了青春期后也开始受此折磨。不仅如此，她那对如菲茨杰拉德夫妇般时髦富有的父母以不健康的方式困扰着敏感的女儿。这种困扰一直持续到中年并进而贯穿她的诗文。塞克斯顿于青年时期开始接受精神分析的临床诊疗——她曾六次入院就治、前后更换的心理医生多达八位。如此，塞克斯顿成了说真话的殉道者，她诗歌的修辞强度部分地来源于这种坦诚。她对自我的表达纯粹动人，对禁忌的挑衅勇猛无畏。一个时代的精神焦虑史在她诗中绽破：阶级、性别、成功、药瘾、抑郁症与自杀……直至今日，她对我们的影响是如此鲜活而令人不安。

当然，并非只有个体的缠斗与救赎。诗人的生活履历远比我们想象的丰富：参加作家营、工作坊和研讨班；创作戏剧并以驻剧院作家身份指导舞台剧编排；获得多笔基金游访欧洲、非洲；接受访谈、为讲座开课、担任文学奖项的评委；接待上门拍摄的摄影师并与诗集编辑商讨哪些影像成片更宜于公布；甚至还创办乐队、在全国性的读书会上亮相，足迹遍布美国各州。这一切看上去与当代许多诗人的日程表并无二致，甚至在繁忙程度上还要略胜一筹。但值得一提的是，与塞克斯顿同时期，拥有如此生活的诗人不仅史无前例，而且为数寥寥。在当时，摄影媒体介入文学产业或读诗会成为风行的文艺模式，都还属于新生现象。而塞克斯顿是真正的先行者，她享受将诗歌作为一个事件、一份创业所带来的乐趣。

1967 年 7 月，经休斯（Ted Hughes）牵线，塞克斯顿获邀前往伦敦参加国际诗歌节（Poetry International）活动。与她同台的有奥登、聂鲁达、金斯堡、贝里曼等人，而获邀到场的女性诗人则唯独她与英格褒·巴赫曼（Ingeborg Bachmann）。塞克斯顿那晚的朗读因超时三分钟而惹恼了奥登。不仅如此，她读完诗作后张开双臂迎向观众，并朝他们抛掷飞吻，这种"出格"的舞台动作让保守的英国观众"大惊失色"。然而，第二天的报端头条却证实了，塞克斯顿成了当地媒体"唯一感兴趣的诗人"[1]。

塞克斯顿不仅仅是一位诗人，更是诗歌业界一位大功告成的主理人。到了二十世纪七十年代，她已经是全美出场酬金最丰厚的诗人之一。她的创作构成，从最具个人化意味的自传式书写，到迎向公众的读诗会表演，这之间的跨度错综复杂且意味深长。可以说，在当时的诗歌生态圈和那个商业化和媒介化愈演愈烈的战后文明中，她对自己不再囿于传统诗人的身份定位最具先觉意识。

或许正因如此，想要为塞克斯顿的诗歌创作敲定关键词，要比分析实例困难得多。且不论书写之外的其他艺术创作，她的诗歌本身就有着许多看似相互否定的矛盾面向。众所周知，塞克斯顿远比洛威尔、普拉斯更为纯粹而极致地视诗歌为自我探索之径，她笔下的第一人称叙事，比以往任何的抒情诗都更可与诗人日常的私隐生活相对应；然而，她对诗作"自传性"的敌意和驳斥同样让人无法忽视。她曾不遗余力地澄清诗中之"我"是人格面具的不同化身；她的许多名作以改编基督叙事或

---

[1] Diane Wood Middlebrook, *Anne Sexton: A Biography*, Boston: Houghton Mifflin, 1991, p. 278.

格林童话等形式令人耳目一新。在十七年的创作生涯中，塞克斯顿不断突破传统诗歌话语模式的设限，其诗歌虽有显在的情境化倾向，并以此招引读者进入故事叙述，但这些情境与故事并不按照传统线性的方式来排布，而是由反逻辑和梦呓般的语言闪回穿插而成，表现为任意失控的絮语状态。不仅如此，传统诗歌中言说者的主体地位也受到质疑与消解，在她的诗作中，潜意识、梦境、自由联想、幻觉——这些语言的非理性活力成为新的主宰，词语自行其是，言说者（speaker）与诗人则成了机械被动的誊写者。

塞克斯顿一次次反写了她自己接手的诗学逻辑，展示了自白诗从显著的主体投射性滑向读者阐释的不可控。在那叙事性的架构中，作者概念的自治性失去了英雄化。当她写道"词语从笔尖漏出仿佛流产"，并引用"我越写，沉默就越将我蚕食"[1]作为一首诗的题献时，我们甚至听到了罗兰·巴特的声音：写作不仅不同于作者之声，实际上还是自我消抹和趋于沉默的过程。这样的诗歌表现，其源头注定盘根错节：既有浪漫主义对主体自我灵魂的辨析，又有象征主义对感官错置与精神病态的反常性审美；既反对艾略特等现代主义者的"非个人化"诗学，却又与后者一样，在语言织体上陷入刻意为之的厚重与晦涩，且对美学安全区外的冒险抱有终生的热情。

---

[1] 安妮·塞克斯顿：《所有我亲爱的人》，张逸旻译，北京：人民文学出版社，2018年，第292页。后文出自同一诗集的引文，将随文标出所引诗篇的名称和引文出处页码，不再另注。

塞克斯顿复杂多面而难以界定，我们应当从承认这一点开始。对此，学界研究著述的话题之驳杂是有力的印证。比如，萨尔维奥（Paula M. Salvio）在《安妮·塞克斯顿：一位奇异富足的老师》（*Anne Sexton: Teacher of Weird Abundance*, 2007）中，分析了塞克斯顿的教材、诗歌手稿以及馆藏于德克萨斯大学奥斯汀分校哈里·兰森人文研究中心的其他塞克斯顿史料，以教育学为出发点展开了一次跨界讨论；又如斯科舍夫斯基（Dawn M. Skorczewski）从塞克斯顿生前与心理医生的诊疗录音磁带中，试图勾勒"一位只受过高中教育、情绪低落的家庭主妇如何成为举国公认的公共知识分子的转变过程"。这部题为《一个意外的希望：塞克斯顿诊疗磁带》（*An Accident of Hope: The Therapy Tapes of Anne Sexton*, 2012）的著作声称，"这些录音磁带很可能改变我们视塞克斯顿为一位勉力确认身份的女诗人的看法"。

"一位勉力确认身份的女诗人"，这是对塞克斯顿的固有认知吗？如果是，那么这一认知又是如何被建构起来的（以至于在近年来得到改观而被视为具有积极意义）？向前回溯，我们会发现对于塞克斯顿的评判从一开始就趋向两极：反对者将她的诗歌斥之为纯粹的病案记录，簇拥者则奉之为新诗运动的标杆乃至世纪性预言的范本。集结了这些不同声音的批评论文集从诗人去世后的七十年代末到九十年代初不断问世：《安妮·塞克斯顿：艺术家和她的批评家们》（*Anne Sexton: The Artist and Her Critics*, 1978年）、《文选：论塞克斯顿》（*Sexton: Selected Criticism*, 1988）、《安妮·塞克斯顿：讲述着的故事》（*Anne Sexton: Telling the Tale*, 1988）、《评论集：论安妮·塞克斯顿》（*Critical Essays on Anne*

Sexton, 1989）以及《从罗塞蒂到塞克斯顿：德克萨斯的六位女诗人》（*Rossetti to Sexton: Six Women Poets at Texas*, 1992）。这些文集包含了塞克斯顿同时代的论者对于其创作各阶段的即时反馈。其中有很多是诗集发布后随之而来的书评，也有诸种诗人访谈和其他同道者们所提供的纪念文章。从中，我们得以倾听诗人的语声，还原其在文学圈中的交际境况。尤其是对于那些被她的自传性诗歌和自杀所吸引的读者，由诗人身边熟悉的友人和写作者——如洛威尔、库明（Maxine Kumin）等执笔的文字，或许还是某种不可取代的慰藉与寄托。

然而，这些尚属史料结撰阶段的论文集，其视野之局促可想而知——关注塞克斯顿诗歌的惊世骇俗与直率坦荡，是这些文章观点多有重合的地方。同时，讨论和界定自白诗的美学价值仍是当时学者们最显见的冲动，许多观点往往在一个方面众口一词，即认为自白诗因"自我暴露"而发挥了出奇的吸引力。塞克斯顿不惜将自身投入意象体系，通过"安妮"本人来"出演"诗歌；与此同时，她在择词上大胆果决，为造成"震惊"而不惜触探审美与社会的双重禁忌。尽管这两点都产生了令人激赏的效果，但正如诗人在 1968 年接受《巴黎评论》访谈时预感到："（批评家们）只看到最显而易见的东西就止步不前了。他们被外在的东西震慑住了，而我觉得将来人们更会被我的那些神秘诗，而不是所谓的自白诗所震慑。"[1]

诗人所谓的"神秘诗"，是指她在该访谈前文中提到的、

---

[1] 凯大利斯、塞克斯顿：《诗歌的艺术》，第 116 页。

作于"灵视"(vision)体验时的诗篇。且不论这些作品具有何种顾名思义的超验性,塞克斯顿作品中确实有相当比例的篇幅无法归入"自白诗"的类型范畴。尤其是后期的诗集《变形》(Transformations,1971)、《荒唐书》(The Book of Folly,1972)、《死亡笔记本》(The Death Notebooks,1974)几种,单从体裁形式上就不再沿用前期的自传式笔调。其变异之处不仅体现在诗节设计的灵活多端,还表现为句法的碎片化和语义的晦涩荒诞。而这些语言表现在前期创作中也并非无处循迹。但对于这些诗学现象,早期文献的确没有给予关注和辨别,甚至有为数不少的论者将诗人的后期创作(风格与主题的变异)草率地斥为其生命走向衰败的明证,从而导向比"止步不前"更为致命的误读。

应该如何把握塞克斯顿诗中与自白话语模式背道而驰的语言表现?当诗人写道:"我必须始终忘记一个词语怎样挑选 / 另一个,规范另一个,直到我已获取 / 我可能已说……却未说的 / 东西。"(《诗人对心理医生说》:25)时,这究竟意味着什么?

2004年,英国学者麦高恩(Philip McGowan)的专著《安妮·塞克斯顿及中间代诗歌:悲痛地理学》(Anne Sexton and Middle Generation Poetry: The Geography of Grief)问世,首次对这些问题进行了系统性的回应。他的观点独辟蹊径并自成一家,开宗明义地指出,塞克斯顿的作品并非来源于自我作传的冲动,如果我们把诗歌当作她生活的翻版,势必会令这些诗歌永久地被排除在真正的诗学审美之外。为了将诗歌从诗人生平的重负中解脱出来并自立空间,麦高恩借助于拉康、布朗肖

(Maurice Blanchot)和克里斯蒂娃(Julia Kristeva)等人的理论概念,以及列维纳斯(Emmanuel Levinas)的"主/客体"哲学观等,认定塞克斯顿在诗学语言学上的自足贡献。麦高恩提出,"塞克斯顿致力于扩展(extends)语言并对之加以更改(alters)与延伸(stretches),这是为了让新的阐释和新的共鸣能够在语言的层面被人听见"[1]。麦高恩的表述极尽哲学化,他对塞克斯顿语言独创性的总体说明也建立在一个辩证色彩浓郁的譬喻上。他认为,始终有一个缺隙既区隔着同时也联结着语言与现实、语言与经验意识,以及语言与一切语言无法再现之物。而这个缺隙正是塞克斯顿诗歌之流的源头,也是其回溯之处。[2] 尽管麦高恩的论述更倾向于诗学语言学的哲思探讨——他得出的最后结论是,塞克斯顿的诗歌"在用语言追踪那片通往语言之外的深不可测之地",那地方栖居着所有诗歌的实质,即与"绝对"面面相觑的沉默[3];但他的论述并未偏离诗人自己那些散轶的诗学表述。可以说,正是在他尽力忠实的学理化诠释下,塞克斯顿的诗学观首度获得了正视,她的一些非典型诗作因而开始被发掘与关注,而那些业已经典化的传世名作也被更为开放的目光赋予新意。

几年后,英国另有一位学者吉尔(Jo Gill)的专著《安妮·塞

---

[1] Philip McGowan, *Anne Sexton and Middle Generation Poetry: The Geography of Grief*, Westport: Greenwood Publishing Group, 2004, p. xi.

[2] Philip McGowan, *Anne Sexton and Middle Generation Poetry: The Geography of Grief*, p. xii.

[3] See Philip McGowan, *Anne Sexton and Middle Generation Poetry: The Geography of Grief*, p. 134.

克斯顿的自白诗学》(*Anne Sexton's Confessional Poetics*, 2007)问世。尽管书名题眼在于"自白诗学",但作者声称"此书并非关于自白写作、也并不打算讨论'二战'后女性诗人的写作境况"[1]。实际上,吉尔所排斥的"自白写作",指的是将塞克斯顿诗歌等同于自传写作的简单归类,因此,与麦高恩相仿,该书的写作目的也是"提供一些解读塞克斯顿诗歌的新路径"[2]。不过,相较于麦高恩,吉尔更注重观察诗人的写作语境:一方面对诗人的生活居住模式与文化结构进行了探明;另一方面对"自白"话语模式的真实性与自我指涉性,及其与"自我表征"之间的异同展开了区辨。[3] 吉尔将诗人写作的繁复性归因于一种强烈的"自我反观"(self-reflexivity)意识。也就是说,诗人并非简单地投注于、继而又离弃了自白诗的技艺成规;而是,当诗人反对诗歌言说者与作者合一,反对言说者为诗歌叙事的唯一人称、反对诗歌成为言说者一己的表述载体时,这些反对背后皆存有"怀疑、默认并渴望一探究竟"的综合意愿。也就是说,塞克斯顿的诗学意识与创作实践是一种刻意为之的自我解构:"恰恰是一种矛盾性——对依违两可的接纳,对驻留于内与外、主体与他者之间的阈限空间的渴望——成为塞克斯顿持久的灵感与关注点。"[4]

如此,吉尔和麦高恩一样宣明了塞克斯顿诗学立意的策略

---

[1] Jo Gill, *Anne Sexton's Confessional Poetics*, Gainesville: University Press of Florida, 2007, p. 3.

[2] Jo Gill, *Anne Sexton's Confessional Poetics*, p. 2.

[3] See Jo Gill, *Anne Sexton's Confessional Poetics*, p. 3.

[4] Jo Gill, *Anne Sexton's Confessional Poetics*, p. 6.

化，尽管两人所使用的观察透镜不尽相同。尤为可贵的是，吉尔的著述始终紧扣对塞克斯顿诗学矛盾的辨析和对诗人身份意识成型的描述，从而使得诗人生平与其诗学理念之间的复杂联动关系很大程度上获得了昭示。然而，无论是麦高恩还是吉尔，两人对塞克斯顿的重审都未考虑诗人与其所身处的诗坛机制的关系；对于诗人在当时文化全景下的定位与对话，未能展开相应的还原，其论述始终着眼于（重新）确认自白／忏悔语言模式的内在张力。

众所周知，在塞克斯顿创作活跃的二十世纪中叶，美国诗坛正值观念的异变迭代，而自白派等"新诗"并非简单地将"新批评派"诗歌取而代之，而是长期与后者处于一种竞争关系。自二十世纪三十年代以来，新批评理论通过高校文科教学的配制与传播，自上而下地成为美国学术与文化规范的主宰，尤其在诗歌创作及阐释领域更占据着不可撼动的地位。从其书信与传记来看，塞克斯顿深知新批评派仍然规范着彼时诗歌的生产与解读，也调教着她所需容身的诗歌世界的权威与把关者（诸如杂志编辑和奖项评委等），而她的作品无疑是亚文化与学院主流文化一个别有意味的交汇点。

真正试图对这一点予以阐明的是美国学者怀特（Gillian White）。在 2014 年出版的《抒情诗之耻：美国当代诗歌的"抒情"主体》（*Lyric Shame: The "Lyric" Subject of Contemporary American Poetry*）中，她将透镜推至塞克斯顿写作所置身的学术批评语境中，专辟一章讨论了包括新批评派、语言诗派在内的诗歌话语之合力对塞克斯顿创作的影响，以及后者在诗学策略上的回应与挑衅。怀特将自己视为麦高恩与吉尔等人的同道，即"试图将塞克斯顿从狭义的自传式解读中挽救出来的批评者"[1]。基于此，怀特将吉尔所言的"自我反观"意识进一步细化为诗人对"抒情诗阅读成规"的自我警觉。她指出，新批评派强化了历来对抒情诗的定义（即一种前后连贯，通过言说者来发声，并极具自我指涉的叙述性诗歌），而这一定义正是塞克斯顿的抵拒与焦虑所在。诗人早就意识到，词语能够漂移出作者设定的意图，甚至从指涉性的意义中解脱，或从它们被预期的作用中逃逸。因而，传统抒情诗的阐释成规对塞克斯顿形成了不相适宜的批评机制和颇为局限的错误假定。在此情形下，诗人展开了形式多样的反抒情诗（anti-lyrical）策略。怀特认为，正是塞克斯顿对传统抒情诗阅读模式的挑衅和动摇，让读者在阅读时产生了"既被邀约又被排拒"的矛盾体验。

经由怀特的著述，传统的抒情诗阅读模式与塞克斯顿诗学抱负之间的诸多错位获得昭显。尤其是，怀特指出了塞克斯顿的"反抒情诗"意识，描述了诗人因拒绝某种特定知识逻辑和阐释成规所表现出的诗学挑战，这是极富启示性的。归根结底，如果阅读塞克斯顿是为了校验某种先见或理论，那势必徒劳无获。诗人拒绝被归类的本能不仅造就了其独属的诗歌写作特性，同时也构成了其身份意识的核心秘密：诗人不仅不愿被纳入任何可分类的诗学流派及相关的批评体系，甚至对"诗歌"这样

---

[1] Gillian White, *Lyric Shame: The "Lyric" Subject of Contemporary American Poetry*, Cambridge: Harvard University Press, 2014, p. 108.

一种文学体裁以及诗人的角色本身也感到难以相适。

因此，从创作的自我反观到身份的自觉拓延，塞克斯顿在这两方面的独树一帜（或拒绝被定义），应当被视作一种有机性的决策。甚至可以说，在诗人的个体生命中，诗学创作的自反性意识与自我身份的弹性与转型，恰恰是通过彼此才获得了有效的说服力。这也意味着，我们只有将塞克斯顿的作品视为一项事业或事件——而不仅仅聚焦于诗歌文本——才能逐次展开簇结在她写作中的困惑与抵牾并将其纳入恰当的批评叙事中。

这样一种叙事正是本书试图勾勒并渴望充分展示的。而形成这一叙事的前提仍是将塞克斯顿从自白派诗人的浅窄定义中解脱出来。尽管从麦高恩、吉尔与怀特等人的论著立场与互动来看，这一前提已然逐步实现；但对于主要面向国内读者的本书而言，却是需要重申的初衷。

20 世纪五十年代，美国有许多主流出版商出于经济考虑而削减了诗歌方面的选题，塞克斯顿的出版商却反其道而行之[1]。在一个诗集出版难以产生商业红利的年代，塞克斯顿作品的销量却居高不下。这在很大程度上得益于诗人对于消费市场和媒体文化的敏锐嗅察与应对。诸如，塞克斯顿很清楚如何以摄制肖像来充实其个人化诗学的现实维度，从而满足读者的窥探欲，

1　See Anita Helle, "Anne Sexton's Photographic Self-Fashioning," in Amanda Golden, ed., *This Business of Words*, Gainesville: University Press of Florida, 2016, p. 69.

刺激阅读欲望的循环再生；此外，她也在全国范围的读诗会上频繁亮相，完善着一种摄人心魄的表演风格。尽管怯场严重，塞克斯顿一旦出场便令人倾心难忘。对于读者常有的错觉，即塞克斯顿的魅力首先源于其本人而非其诗作，她也暗自鼓励放任。最终，就连自杀也从诗歌的修辞与隐喻中逸出，成了一场亦真亦幻的表演：1974年10月4日，在自己别墅的车库内，身着皮毛大衣的诗人发动汽车并吸入一氧化碳结束了生命。

正如美国当代诗人奥西普（Kathleen Ossip）所言："塞克斯顿的全部诗歌（无论优劣），生活故事，书信，对自己诗歌的评论，以及通过照片与表演录像朝我们投来的迷人一瞥，这一切构成了她的作品：她的神话。"[1] 塞克斯顿为刻画自己的标记而竭其所能、倾尽一生。因此，哪怕仅仅为了不失偏颇地认识她，也有必要阅读她的全部作品，即她"神话"中的所有组成部分：她的生命、疾病、朗读、写作、表演和影像……2016年，由戈尔登（Amanda Golden）主编的《词语这项事业：重估塞克斯顿》（*This Business of Words: Reassessing Anne Sexton*）便是一部出于如此动机的论文集。戈尔登指出，塞克斯顿诗歌的成功应当归因于诗人"熟练地接触各种媒体形式，并在教学、诗歌评论、诗歌解读和访谈等方面不乏策略"[2]。因而该文集力图将我们引向诗人生活与工作的物质层面：从诗歌手稿到创作收入、从肖像照片到粉丝来信、从读诗录音到精神病院的规训……这些

---

[1] Kathleen Ossip, "Are We Fake?", in Amanda Golden, ed., *This Business of Words*, p. 180.
[2] Amanda Golden, ed., *This Business of Words*, p. 1.

围绕物质史料展开的讨论，允许我们在一个更为鲜活（因而也更具说明力）的语境中，重新领会诗人创作的内涵与外延。

在塞克斯顿所身处的二十世纪中叶，诗歌境遇出现了两重意义上的变动。一方面，"二战"后商品消费的生机、摄影媒介的普及、剧场与舞台设备的技术迭代等，诱惑着诗歌溢出原有的审美边界与表达方式；另一方面，美国诗学内部的革命性转型激化出一个新的美学矩阵，促发着充满可能性也充满焦虑的创新高潮。塞克斯顿拥抱这些机遇，而不是对此避讳或故作清高。她将诗歌的饰带抛向那个时代动向中任一有可能的系结之处，以求为诗歌联通新的意义和期待。也恰恰是这一点使她成为美国诗歌从现代到当代一个预言性的过渡：她招引着新的批评理路的开拓——一种全新的看待诗人角色的视角，以及全新的解读和评价诗歌作品的结构。

这也是设计和完成本书的最好理由：催生新的批评话语，在生命展翅和诗学破格的双重意义上谈论塞克斯顿，以便完整地呈现她；与此同时，搭建一个错落有致且能够相互应答的批评框构，从而有机地梳理她在拓延诗人身份、挑战诗学成规方面的诸多表现。需要说明的是，本书无意对塞克斯顿的全部创作按照时序一网打尽，而是将视点聚焦于诗人主体、诗歌文本与诗歌读者之间的深入互动。或从另一个角度来说，审视诗歌与视觉文化、听觉文化、精神分析学说、消费及广告市场之间的复杂关联——唯有在这些关联中，塞克斯顿及其诗学价值才可能被充分地探查、讨论和呈现。

本书将从以下四个章节展开论述。

以2012年的"美貌门"（Beauty-Gate）事件为切口，第一章从塞克斯顿的肖像意识着手，开启对其个人化诗学的整体观照。二十世纪中叶，新批评派与艾略特所引领的"非个人化"理念渐趋式微，回归"个人化"成为新诗的重要命题。塞克斯顿诗学建构的着力点之一便是将自身的外貌引入个人化的创作表达中去。其作者身份由最初与文本的关联，延伸至对摄影等视觉媒介的回应与合作。通过摄影，诗人策略性地规避了现实中的家庭主妇角色，而以经由摄影镜头强化的写作行为与独立人格来凸显其作为诗人的主体自足性。最终，肖像画幅中的诗人形象充当了其诗歌叙事的构成与扩充，并与其中有关自我重塑的诉求形成合力。

除此之外，就诗歌内部而言，照片、画像等视觉媒介亦成为诗歌修辞术的一部分。诗歌所取用的家庭相簿、书信、日记等意象，允许诗人把过去纳入此在，成功唤起了"我"与已故亲人的身份协商与关系修通。同时，受启于摄影的"自我反观"机制，塞克斯顿的写作也体现出对主体叙事之本真性的反思。正如摄影对被拍摄者的修饰与变形，诗歌语言建构下的主体也在不同程度地背离真实。塞克斯顿的自白诗并不回避这一点，而是让笔下主体经验的复杂性和问题化尽可能地敞开，实现一种在动态主体关系中重构自我的个人化叙事特质。

如果说"个人化"是塞克斯顿自我允准的诗学标记——这种"个人化"使得她的生活与作品如此高度相合；那么，诗人又为何指出作品中的"我"佩戴了面具且拥有诸多化身？对此，第二章将阐述诗人对创作之"自传性"与"非自传性"的辨析意识。首先，由于塞克斯顿的写作直接受驱于心理诊疗，诗歌成为她发现和表达自我的救赎之道。作为"研究自己的报告员"，她在诗中前所未有地记述精神病院的就诊体验，并通过回溯童年往昔、重述家庭故事来追踪原生家庭带来的创伤。在诗与诗之间，情感与事件的双重进展结成了一个看似有序的叙事链条。但即便这样的自传性书写也展现了诗人对私人经验的变形。在塞克斯顿那里，自传性写作并非对经验事实的记录或还原，而是对自传素材进行拆散和重组。重要的是如何对生活经历加以选择，以及以何种方式进行呈现。反之亦然，当塞克斯顿声称某些诗作是化用他人的声音，或借戴他人的面具写就时，这些面具之下其实是她对自身经验与情感的变奏和搬演。因此，从写作动机和主题立意来看，"自传性"与"非自传性"两种写作实际上一脉相承。所谓"非自传性"作品虽是以不同人称，乃至超验性人格面具来叙说，最终仍是在弹性地处理和认知自我。

这与塞克斯顿对"诗性真实"的设想和追求密不可分。她曾提出写作的终极旨归在于达至一种"诗性真实"，这种"真实"不只描绘既成的事实，同时也包括实际经验之外的另一重真实。可以看出，这是从亚里士多德以来，诗之为"诗"而有别于"历史"的经典文学信条的某种变体。从这个意义上，塞克斯顿仍同传统诗学一样，认为诗歌应当关注人性中的普遍因素，只不过她的"诗性真实"不能从文明规训的有序世界中获取，也必然不是一个美化而洁净的主体体验。对于塞克斯顿而言，"诗性真实"趋向禁忌、受创、蒙羞与黑暗的内在性（这将在第三章得到进一步讨论)。如此,塞克斯顿的写作呈示自我创伤与私密体验,但这种个人化书写又无以回避地遵从更高的、(与历史性相对的)诗性意义上的普适规律。这使她的个人化诗歌势必处在"自传性"和"非自传性"的张力中——对此,诗人有意不予化解。

维持一种刻意为之的悖谬与张力,这是塞克斯顿创作的主要激情之一。第三章将通过指认塞克斯顿的反常性审美及其在语言中制造的"难度",而较前一章更深层地探掘这一点。正如传记作家米德尔布鲁克(Diane Wood Middlebrook)指出,在塞克斯顿的写作中,"'精神病'这个术语暗示着至关重要的诗学血统"[1],它不仅确证了塞克斯顿与同派系"疯诗人"洛威尔、普拉斯等人的诗学共性,还将她与现代派诗人艾略特、庞德,以及前弗洛伊德时期的诗人波德莱尔、兰波等人联系在一起。从波德莱尔到现代派,潜意识逐渐成为新的书写主体,诗歌语言与日常语言分裂而趋近精神病者的语言——塞克斯顿正是这条美学脉络上一个意外的复兴者。基于对反常性(感官紊乱、病态、背德)美学的拥抱,她书写叛逆、赞颂禁忌,并将之视为自我定义的重要属性。就连她的情诗创作也可视为对反常性的独到诠解:将速朽的、不伦的激情之爱认作诗性的同盟;与此相对的,视婚姻为平庸和无创造力的等同物。

与这种反常性立意互为投射的,是塞克斯顿对自白话语惯例的破坏。在语言层面,诗人通过打破线性句法、取消言说者

---

[1] Diane Wood Middlebrook, *Anne Sexton: A Biography*, p. 65.

主体等悖谬行为，令自白诗的叙事质地遭遇涂抹；诗中回声般的叠句、破碎的跨行、突兀的意象等技法表现，令诗句如精神病者的语言或潜意识言说那样，闪现着梦境的滞重与昏朦。如此，非理性力量的释放对自白诗创作本身构成了饶有意味的背叛：在诗中，作者的生平现实被超现实意象所改写，或被稀释为不明语言符码的连接物；从读者的角度看，明晰有序、翔实可考的阅读期待被逐渐耗尽，取而代之的感受是被排拒在外的无所适从。这种深具挑衅的语言策略，正如诗人对反常性主题的拓新一样，让作品不再囿于自白话语模式的框定，其更为深远的意义在于对抒情诗的接受预设提出了反思和解构。

当然，从另一个角度看，有失逻辑的语言质地也可视作诗歌为强调声音属性而不惜弱化表意功能的结果，因为舞台正成为彼时诗歌创作的另一向度。这是第四章试图讨论的问题，即当二十世纪中叶的媒介文化构型（诸如读诗会的兴起）为诗歌走向公众提供了新的契机时，塞克斯顿在艺术取径上做出了何种调适？实际上，诗人在早期发表的《朗读》一诗中就表达了对五十年代新批评派统御下的诗歌表演的观察和反思。以新批评派贫弱的舞台表现力为鉴，诗人展开了对舞台语言的自觉追寻：一方面受摇滚乐表演的影响，注重追求现场声控以重新凸显诗歌文本的声音属性；另一方面通过吸收"方法派"戏剧表演要素，在读诗时侧重对个人体验与过往经历的浸入与激活。

对塞克斯顿而言，读诗会不仅是分享诗作的文学空间，更是一个需对观众的心理和情感即时加以回应的戏剧世界、一个鲜活而充满动态的文化共情现场。因而诗人人格魅力与个体形象的亲在性就变得尤为关键。也正是因此,与(第二章所讨论的)诗人澄清其部分创作为"非自传性"形成反差的是,读诗会上的诗人会迎合读者将其诗歌做自传性的读解。对诗人而言,读诗会虽是书面创作的延伸,却有着一套相异于书面并自足于舞台的语汇和机制:在其中,"诗之为诗"的信条可以弃之不顾,诗歌的作者、言说者、表演者三种角色可以相互僭越乃至融为一身;不仅如此,通过较文本阅读更多互动,也更具群体性的公共表演,读诗会成为一种即时作用于社会观念形态与公众情感结构的文艺模式,诗歌在参与公共表达的同时,亦构成对文化共同体的一种培育,促生了新的文化经验与新的表达主体。

事实上,我们可以从最后一章回望第一章,从而让全书的讨论完成一种环状的呼应:从肖像摄制到读诗表演,塞克斯顿越是将自我最大化地让渡给公众,其写作中的"个人化"特质就越受到读者的珍视。无论人们对抒情诗的惯有期待如何,诗歌正敞开为某种与读者共生互动的艺术综合品。而自白诗的创作模式,从最具隐私意味的个人化书写,到担负集体意识形塑之责的公共舞台表演,这之间的二元转化意味深长。本书希望通过上述四个章目的循环演进,勾勒出这种转化及隐含其中的辩证性——诗歌写作的"个人化"/"私密感"/"自传性"与诗歌审美的"群体性"/"公开化"/"表演性",这对看似相悖的概念颇为微妙地构成了同步,且在文化境遇的构成关系中变得相辅相成。

塞克斯顿研究在西方学界大有回潮之势；而且，时下的声音研究、表演研究、媒介研究等前沿批评话语，正成为观照塞克斯顿的新的棱镜，使我们能够处理传统批评所无力回应的一些问题。这是本书在研究范式上得以更新的重要前提之一。当然，塞克斯顿的诗学独特性到底体现为怎样的文本形态、怎样的主题意象和怎样的语言织体，则仍需回到诗歌的具体细节中阐析得出。本书固然希望在讨论时尽可能地涵括更多的诗作，但塞克斯顿的诗集有十种之多，前后不仅风格形式不一，在主题意旨上也颇为歧异。考虑到本书的定位不再是概览式的引介，也不再停留于一般意义上的补缺，因而在遴选时重在考虑诗作所面向的不同层次，以及所能应对的不同话题，其中不乏对其较为集中的传世名作的重新解读。此外，撰写本书所采用的诗歌引文皆出自笔者翻译的塞克斯顿诗选集《所有我亲爱的人》(2018)。该选集的英文原版由塞克斯顿研究专家米德尔布鲁克（也是本书中多有援引与借鉴的塞克斯顿传记的写作者）与乔治（Diana Hume George）编录，选入了诗人十部诗集中的佳作，也包括其诗全集中未收录的一些遗作。正如她们二位在"英文版编者导言"中所说，这些诗歌"呈现了塞克斯顿写作的起落幅度与修辞话语，自始至终"。

第一章

为诗上镜

一、文学名流与"上镜之机"

2012年，美国文学圈发生了一场"美貌门"事件，起因是拉丁裔同性恋诗人柯拉尔（Eduardo C. Corral）（2011年度"耶鲁青年诗人奖"获得者）在访谈中声称："纽约的同性恋诗歌圈尽是样貌出众者，这使我很难融入。我对我的一些同行感到失望……相对于才能，他们更看重外貌。"[1] 柯拉尔未曾预料的是，他的此番不满所触发的一系列争议竟使上世纪的自白派诗人塞克斯顿意外地成为焦点：作为"二战"后美国诗坛的名媛人物，塞克斯顿无疑为"诗才与外貌"这一标题所可能指向的种种视点提供了肉身化的参照。回想起战后媒介与文学的亲密关系，人们再度对相关问题做了讨论。例如，诗人通过摄影媒介来主导其公共形象的构建，其结果如何？此举是否值得认同？或者，从读者和评论者的角度看，将诗歌在艺术上的卓越与其作者的相貌相勾连是否合适、有效？

---

1 Eduardo Corral, Michael Klein, "Five for Eduardo C. Corral," http://blog.pshares.org/index.php/five-for-eduardo-c-corral/［2018-11-8］.

在一篇题为《安妮·塞克斯顿：审美及美的经济学》的回应文章中，诗人菲兹帕特里克（Jameson Fitzpatrick）指出，柯拉尔将其所在的诗歌生态圈定性为"以貌取人"，这会"将人们导向一种错误的二元对立，即认为样貌与才情，风格与实体毕竟互不相容"，从而导致"顾此失彼"的结果。[1] 对于这种二元对立，菲兹帕特里克明确表示反对。也正是他首先将塞克斯顿引为标举，触发了这场被称作"美貌门"的赛博热议。按照他的说法，艺术家理所当然需要将自身的感染力外化。正如塞克斯顿所展现的那样，既以艺术的突破性见长，又富于仪态上的魅力，作为才貌兼修的理想典范，当之无愧。

菲兹帕特里克的表述未见得多么离经叛道，但黑人诗人琼斯（Saeed Jones）却从"政治正确"的角度将其斥为谬论。他指责道，菲兹帕特里克所提倡的（以异性恋、瘦高身材、金发白肤为特征的）"塞克斯顿式"审美"在西方文化中向来与种族和阶级的霸权地位密不可分"，应该视为白人中产阶级特权的某种衍生物[2]而予以拒斥。从这个角度，琼斯呼吁停止对作家外貌的讨论和审美，提倡在作家"体量"（bodies of authors）与作品"体量"（bodies of work）之间以后者为先。不仅如此，他以自身的阅读经验举例道："当我观看塞克斯顿的照片时，所见之物并非其个人魅力；我所看见的，是写下了'曾经我很光鲜。现

---

[1] James Fitzpatrick, "Anne Sexton, Aesthetics, and the Economy of Beauty," http://www.lambdaliterary.org/sandbox/features/oped/05/23/anne-sexton-aesthetics-the-economy-of-beauty/［2018-11-8］.

[2] Saeed Jones, "All the Pretty Ones." http://www.lambdaliterary.org/features/oped/05/24/all-the-pretty-ones/［2018-11-8］.

在我是我自己'[1]的一位女性。"[2] 很显然,琼斯此言意在分离诗人形象与其真实主体间的暧昧关联;他试图劝服我们,观看是一种选择行为,肖像作为一种图像固然有其瞬间的指代功能,但是最终,肖像应当与人格特质分别看待。话虽如此,琼斯在塞克斯顿的肖像照片中得见其诗句,这一事实恰恰反证了诗人肖像与诗歌创作之间确有一种深层的同构性。实际上,引人瞩目的是,正是这种同构性一度为美国二十世纪中叶的诗歌转型提供了机遇,在塞克斯顿那里,也成为其诗学建构与更新的重要着力点。

塞克斯顿不仅在世时就被奉为"自白派的女祭司"[3],更因她的个人化写作实则早于公认的自白派奠基之作——洛威尔的《生活研究》——而被誉为该流派之母。[4] 通过对家庭创伤、身体性欲和情感苦痛等方面的书写,塞克斯顿的作品以大胆深入的"自我披露"(self-disclosure)[5]获得诗学主题上的突破。多数情况下,读者可将诗人的个人经历视为其诗歌意义的谜面和索引。尤其是,随着她影印在诗集封面的肖像陆续发布,随着她在公

---

1 该诗句出自塞克斯顿诗作《你,马丁医生》,见安妮·塞克斯顿《所有我亲爱的人》,第 13 页。
2 Saeed Jones, "All the Pretty Ones."
3 Robert Phillips, *The Confessional Poets*, Carbondale: Southern Illinois University Press, 1973, p. 6.
4 Diana Hume George, *Oedipus Anne: The Poetry of Anne Sexton*, Urbana: University of Illinois Press, 1987, p. 90.
5 J. D. McClatchy, ed., *Anne Sexton: The Artist and Her Critics*, Bloomington: Indiana University Press, 1978, p. 177.

共读诗会上的频繁亮相,诗人生活中的自我形象(self of lived life),包括其美貌、自杀等生平要素与其诗歌内部的自我叙事主题交相重叠,愈加难解难分。

　　文学创作者的相貌在其作品的接受与考量过程中成为一种需要,乃至变得必不可少,这可以上溯至十九世纪摄影术的发明。随着作品印行与作者肖像日渐广泛的流通与传布,摄影术这种视觉媒介逐渐以对待娱乐明星的方式对待文坛人物,或至少使两者的身份范畴发生融汇,从而使读者对作者外形的认同成为文学阐释过程中颇具效力的一环。有关"文学名流"这一概念,学者威克(Jennifer Wicke)认为其最早的成型可见诸萧伯纳于"一战"期间的一次广播演讲。那次演讲推动了萧伯纳公众形象的全新构建——浮现于听众脑海的"并非他本人朴实而长满胡须的真容,而是一张具有超验性的面庞,凝结其中的是演说者处于公共媒介时的人格属性"[1]。威克的说法提醒我们,"文学名流"这类形象,从其话语形成之初就与视觉认同不可分割;而且,公众眼中的文学作者并不全然是其真实形貌的再现,而是自始至终受媒体介入和塑形的构建之物。随着媒体技术的不断更新,特别是摄影术的大规模普及,作者肖像的摄制最终对人们解读作品的传统模式提出了挑战。传统批评对文学生产者和文学作品本身的把握面临新的分析图式:曾被著作署名(authorial signature)所封印的文学神性与权威,转而由作者肖

---

[1] Jennifer Wicke, "Epilogue: Celebrity's Face Book," in Spec. issue of *PMLA* 126.4 (Oct.2011), p. 1133.

像中（受视觉媒介传播和塑形）的"明星魅影"得以释放。作者的身份建构，也由原先与文本的关联，拓展为对摄影等视觉媒介的回应与合作。这一新旧图式的交替，在威克对文学名流概念的梳理中被概括如下："文学作为更古老的社会魔力，能够将……文学创作中独有的虚构世界与指代作者真实形象的落款署名所凝聚的明星魅力，转借给新技术并使后者获得资质，这新技术使名流及其背后的阐释空间大为拓深。"[1]

如果说在摄影术普及之初，作者身份在文本向视觉媒介的挪移和转借中得到扩充，因而作者与读者的关系在传统批评鉴赏之外额外增设了一层视觉认同的维度；那么到了"二战"后，这一维度在日臻成熟的摄影媒介发展的作用下再次进化并获得了新的命名，即所谓的"上镜之机"（photo op）。作为"拍摄机会"（photograph opportunity）的缩写，"上镜之机"指的是被拍摄主体（最初多指政要名流等）利用上镜的机会，有意识地对姿势、表情、背景等加以编排选择，凭借影像输出建构或修缮自己的公众人格。这一新造词最初源于政坛，是行政人员对尼克松总统配合媒体拍摄时的幽默解嘲。[2]而它作为术语被引入文化批评，并与艺术阐释的视界相结合，则主要见于阿达多（Kiku Adatto）的著述《完美图像：上镜之机的时代》（*Picture Perfect: Life in the Age of the Photo-Op*）。阿达多以社会学家的

---

[1] Jennifer Wicke, "Epilogue: Celebrity's Face Book," p. 1134.
[2] 美国记者和作家威廉·萨菲尔将该词的命名归功于尼克松总统的白宫新闻发言人荣·齐格勒的助手布鲁斯·威尔汉，当齐格勒下令"召集他们来拍个照"时，威尔汉就向白宫发言部宣告："总统办公室将迎来一次上镜之机。"See William Safire, "On Language: In Nine Little Words," in *The New York Times*, 26 March 1989, p. 16.

视角，指出了"上镜之机"在众多文化领域中所产生的不同影响。其中，她明确把"二战后"界定为"上镜之机"这一文化现象兴起的开始时段，提出"图像概念的新思路——'上镜之机'文化——从'二战'以来便在摄影、政治、流行电影、电视、互联网以及日常生活中逐一展开"[1]。当然，《完美图像》也从反面揭示了摄影术对真实的偏离，强调"上镜之机"危害性地模糊了真人与影像、真实与虚构、新闻与娱乐之间的必要界限。阿达多指出，摄影术与生俱来就是一种矛盾的艺术——尽管人们对照片的期待在于其记录功能，指望照片能达至诸如绘画等艺术所不能企及的真实，但拍摄实际上是人工的，它使摆拍成为可能，因而不免是虚伪和具有欺骗性的。换言之，照片的发明，其本意在于"使人们得以借助日光写作"，但实际上却不可避免地导致外表与现实、形象与事件之间的差异逐渐消融。[2] 关于阿达多透过"上镜之机"予以剖视的社会文化，海勒（Anita Helle）在她对塞克斯顿的讨论中进行了勾连与延展，她声称，"塞克斯顿与其读者的关系不断被摄影媒介唤起、吸收、折射并导向偏离，这一媒介将她置于二十世纪中叶主流诗人的地位，在一个'上镜之机'风起云涌的时代"[3]。海勒进而考量了塞克斯顿所置身的文学消费语境，指出"二战"后诗人肖像在诗集的设计制作中成为关键：

1　Kiku Adatto, *Picture Perfect: Life in the Age of the Photo-Op*, Princeton: Princeton University Press, 2008, p. 7.
2　See Kiku Adatto, *Picture Perfect: Life in the Age of the Photo-Op*, pp. 44–45.
3　Anita Helle, "Anne Sexton's Photographic Self-Fashioning," p. 38.

只消看看文学选集的市场，我们定会首先注意到1963年出版的、由布林宁（John Malcolm Brinnin）与里德（Bill Read）合编，并由麦肯纳（Rosalie Thorne McKenna）负责摄影的《现代诗人：英美选集》，它代表了艺术与商业的新型综合，即把尚未定价的文学估值交付给相片来承担：一整页的肖像与一整页的诗歌文字面面相觑。这样的安排一方面通过照片唤起诗人在居家或写作时的"真实"形象并使之变得司空见惯，另一方面也助长了读者对艺术家隐私生活的强烈好奇，人们渴望看到这些文学名流身上的特别之处。[1]

关于"上镜之机"在文学领域所引发的空前变动，即诗人肖像在诗集的印制与消费过程中变得至关重要乃至产生了一种新型的诗歌接受形态，海勒的观察可谓切中肯綮。肖像在呈示诗人样貌的同时，也使原本与诗歌内容几乎无涉的作者生活空间得到了展露。随着照片的随书发行，读者的阅读期待受到相应的调节与驯化，诗人的个人生活因而成为一种"司空见惯"的内容，理所当然地被视为阅读中的重要构成。与此同时，有限的肖像配图却仅仅掀开了诗人隐私之帘的一角，对诗人生活的更全面的想望驱动着难以餍足的读者，而肖像中的空间背景成为探掘诗人生活的最直接的旁证。

面对读者的这种探掘与需求，诗人在肖像摄制上从表情把控到背景选择都势必经过更有意识的安排。塞克斯顿不仅与彼

---

[1] Anita Helle, "Anne Sexton's Photographic Self-Fashioning," pp. 41–42.

时的众多摄影记者交集深入，而且在具体的摄制中常常占据主导并对摄影师加以授意。据海勒考证，从1962年到1974年自杀前，塞克斯顿与之合作过的摄影师为数众多，且无一不是彼时炙手可热的一线摄影师，其中有非常高调并以其鲜明的政治立场而闻名的斯图尔特（Gwendolyn Stewart）和波仑鲍姆（Ted Polumbaum）；此外，诸如麦肯纳、南森（Rhoda Nathans）、多夫曼（Elsa Dorfman）、菲利普斯（Ann Phillips）和福斯特（Arthur Furst）等摄影师也都常常为其上门拍摄。[1] 除了为诗集封面拍摄肖像外，塞克斯顿也会以个人名义雇佣广告机构为其摄制公共读诗会的海报用照；有时候，诗人还会就哪张照片更宜于反映其个性而与出版商发生争执。[2] 可以说，在"二战"后新的一代文学写作者当中，塞克斯顿的肖像意识显得尤为敏感和明确，她似乎比同时代人更先行地领悟到影像时代对一个必将愈渐开放的文学市场意味着什么；她因而对之饱含寄寓，并时刻将这种意识融汇在创作中。当然，在借助"上镜之机"建构自我形象的同时，她对肖像制作的亲力投入也为这种文化趋于成熟提供了重要的经验。

二、个人化诗学：肖像摄制与身份重塑

在前文所援引的评述中，海勒以《现代诗人：英美选集》一书为例，展现了"上镜之机"对文学消费形态的影响。而

---

1 Anita Helle, "Anne Sexton's Photographic Self-Fashioning," p. 54.
2 See Diane Wood Middlebrook, *Anne Sexton: A Biography*, p. 389.

值得注意的是，该书的出版年份——1963 年——与美国诗学的整体转型有着时间上的重合。二十世纪下半叶，以新批评派为中心的美国主流诗学的某些理念遭到扬弃，艾略特提倡的"非个人化"失去往日的权威；而诸如"垮掉的一代"和自白派的创作实践重新将"我"置入诗歌的中心，以自传性书写回应了六十年代美国文化变革中"个人主义"的盛行。这一实践的主要使命便是发出个人的声音。正如哲学家查尔斯·泰勒（Charles Taylor）所言，六十年代崇尚个人见证，"每个人都有发展他们自己的生活形式的权利，生活形式是基于他们自己对何为重要或有价值的理解。人民被号召去真实地对待自己，去寻求他们自己的自我实现。最后，每个人必须为自己确定自我实现取决于什么。任何别的人都不能或都不应该试图规定其内容"。泰勒特别指出，这种个人主义在西方社会的六十年代"尤其得到茁壮成长"[1]。

自白派一方面继承了浪漫主义的审美准则，把诗是否真诚、恳切，是否有效传达了诗人的心境作为重要的衡量标准——正是在这个意义上，麦克唐纳（Thomas P. McDonnell）认为塞克斯顿的诗歌表现了十九世纪浪漫主义盛行后，诗歌"重新回到辨析灵魂的属地"[2]；但另一方面，与浪漫主义颇为相异的是，塞克斯顿等诗人刻意取消了自身与作品叙事者的必要距离，借助弗洛伊德对梦境的阐释而将书写个人隐私当作诗学创新的突破

---

[1] 详见查尔斯·泰勒《本真性的伦理》，程炼译，上海：上海三联书店，2012 年，第 17 页。

[2] See Thomas P. McDonnell, "Light in a Dark Journey," in *America*, May, 1967, p. 731.

口。如舍温（Miranda Sherwin）的总结，"自白诗在本质上偏向于精神分析而不是宗教"[1]，诗人们立足于自我的生活体验，尝试运用诗歌来梳理童年创伤与成年精神病状之间的隐秘关联。对此，文德勒（Helen Vendler）也指出，自白诗是将"自我的愧疚与疯狂追溯至家庭历史"的最佳案例，解析自白诗的乐趣即在于其具备"弗洛伊德式"的阐释空间，读者唯有对文本中的心理学细节——情节与时序加以推敲琢磨，才算获取了正确的解读之道。[2]

与之相仿，罗森塔尔曾解释道，当他用"自白诗"（poetry as confession）来定义包括塞克斯顿在内的一些诗人作品时，他依据的是后者使个人经验——比如"蒙羞、受难以及精神问题"等——直接入诗的那种方式。[3] 也就是说，在塞克斯顿的诗作中，作者与诗中言说者的区隔不复存在，"自白"意味着僭越诗歌的媒介属性而与读者直面相对，在此过程中，诗人的生活体验和精神实况（尤其是其中不堪的、禁忌的、黑暗的面向）向读者开诚布公。且不论罗森塔尔对"自白诗"的界定是否吻合塞克斯顿的所有作品，这样的论点无疑代表了大多数人对自白派诗歌的基本理解，且在学界普遍受到认同。直到本世纪初依然有学者认为，塞克斯顿诗中的"我"因与作者本人过于一致而很

---

[1] See Miranda Sherwin, *"Confessional" Writing and the Twentieth-Century Literary Imagination*, Palgrave Macmillan, 2011, pp. 6–7.

[2] See Helen Vendler, *Given and Made: Strategies of Poetic Redefinition*, Cambridge: Harvard University Press, 1995, pp. 50–57.

[3] M. L. Rosenthal, "Poetry as Confession," in *The Nation* (189), September 19, 1959, p. 151.

难与诗人作为"作者"的传统身份取得协调。[1]

所谓诗人的"传统身份",可从新批评派奠定的抒情诗阅读法则,即"务必将诗歌言说者与诗人的人格相分离"[2]的信条中窥见一斑。新批评派在普及读诗的理想标准时主张避而不谈诗人的个性;二十世纪前半叶盛行的诗歌审美是:对一首诗而言,其智性与内部完整性的重要程度远甚于其他。然而,塞克斯顿的读者会发现自己对诗歌外部的兴趣始终挥之不去。事实上,尽管诗人在多个访谈中澄清其诗作的"非自传性"本意,其创作制式却决定了生活经验对写作的内在支撑——她是在心理医生的建议下开始写诗的,作为三十岁产后抑郁的处方之一,这种并不多见的开端最终成就了"意外的希望"[3]。这一点她与洛威尔、贝里曼和普拉斯等人相似,因为历经多年的精神分析治疗,而在诗作上表现为对精神分析学的回应与校验,即通过对自我精神病态的"无止境分析"(弗洛伊德语)来展开写作与疗愈的并行。

正因如此,对创伤的书写贯通塞克斯顿的大部分诗作。当《巴黎评论》的记者提问为何她更倾向于书写有关痛苦的往事时,塞克斯顿回答说:"我总是在处理不幸的主题,那是因为我

---

[1] David Orr, *Beautiful and Pointless: A Guide to Modern Poetry*, New York: Harper Collins Publishers, 2011, p. 19.
[2] Cleanth Brooks and W. K. Wimsatt, *Literary Criticism: A Short History*, New York: Knopf, 1957, p. 675.
[3] 语出塞克斯顿一首题为《致恳求我别再走下去的约翰》的诗,其中诗人谈到私人故事的书写肇始于对诗歌有序性的寄寓,自此个人的最坏之处(无药可救的精神崩溃)逐渐变成一个"意外的希望",见《所有我亲爱的人》,第 42 页。

的生活本就如此。"[1] 按照精神分析学理论，对创伤的记忆和修复并非一种净化行为，相反，那是对洁净价值观的冒犯，是一种超越洁净的质疑、忏悔或释放。[2] 在塞克斯顿的作品中，"创伤"见诸于她与父母亲的关系、她的女性身体经验、精神崩溃与自杀欲望等等，涵盖了"月经、流产、手淫、乱伦、通奸、药瘾"等一系列话题。这些话题，如库明所言，"按照当时的规范是不宜入诗的"[3]。但塞克斯顿显然对触犯禁忌怀有特殊的信奉。她曾多次引述卡夫卡名言以说明自己的写作动机，即创作应当像斧头劈开冰封的大海那样，在人们心中引起"震惊"。为此，塞克斯顿不惜将自身（以及使人迷恋的自毁倾向）投入写作的意象中，她试图造成"震惊"的原始材料既非从文明规训的有序世界中获取，也必然不是一个美化而洁净的主体表象，而是趋向禁忌的、受创的、蒙羞的、黑暗的内在性。这样的作品问世后所获得的批评反馈趋向两极，反对者斥之为纯粹的病案记录，拥护者则奉之为新诗运动的标杆，甚至尊之为世纪预言的范本。无论如何，按照精神分析学说，书写创伤的结果不是让被压抑和边缘化的主体"参与到一个已经存在的整体之中"并进而分得某种权力，而是使得创伤逐渐"移置"，并进入"重复"和"修通"的过程，这也是塞克斯顿写作的初衷。如果说精神分析学重视"叙事"和"自由联想"，是为了让病人成为"成长

---

1 凯夫利斯、塞克斯顿：《诗歌的艺术》，第 116 页。
2 朱莉亚·克里斯蒂娃：《反抗的意义和非意义》，林晓等译，长春：吉林出版集团有限责任公司，2009 年版，第 39 页。
3 Anne Sexton, *The Complete Poems*, Maxine Kumin, Linda Gray Sexton, ed., Boston: Houghton Mifflin, 1981, p. xxxiv.

中的叙事者"——用克里斯蒂娃的话说,"最理想的状态是,精神分析将病人变成其自身故事的叙述者和小说家"[1],那么,正是在这个意义上,塞克斯顿对自我的理解及其主体意识的重构成为其创作的首要驱动力。与此对应的正是那标志性的个人化风格:诗歌言说者"我"与诗歌作者之间的距离不复存在;当读者展开阅读时,他们被鼓励和引导着去"认同诗人与诗歌的同一性"[2]。

很显然,这种个人化诗学与诗人对自己外貌的影像化呈献构成微妙的互证。或者说,诗人肖像补足了个人化写作中由语词所勾勒的现实,形成了对诗歌传播的巨大推助。据米德尔布鲁克观察,自白诗中的第一人称"我"越与作者本人接近,就越如面值昂贵的货币,得以在五六十年代的文学市场中通行无阻:

> 诗歌的内容越像日记,其言说者的身份就越安全地转向这首诗的作者。就像换了一种形式的货币,第一人称代词已经在文化市场上确立了价值。1958年,诗歌中自传性"我"的市值正在上升。此前,文学批评界提出"角色人格"(persona)的概念来强调诗歌作者与诗歌言说者/"我"之间的距离,艾略特和庞德的作品更加深了这种概念,即伟大的诗歌意味着非个人化、(有时也称为)普适性。五十

---

[1] 朱莉亚·克里斯蒂娃:《反抗的意义和非意义》,第42页。
[2] 罗伯特·洛威尔指出这正是大多数人阅读塞克斯顿诗歌的倾向。Qtd. in Gillian White, *Lyric Shame*, p. 99.

年代中期，斯诺德格拉斯和洛威尔的诗歌使上述论调产生裂痕。自传性的或说"自白"的模式……邀请读者将诗句等同于个人表述。[1]

可以说，"将诗句等同于个人表述"是五六十年代新诗学的范式之一。诗人与诗歌言说者的界限消失，诗歌行文如同诗人的私密日记，成为其真实语声的裸露表述。正因如此，有关诗人的面貌（physiognomy）、其创作或居家时的影像资料便也自然地成为读者阅读期待中的重要构成：诗人的胶片形象成为诗中之"我"的市值的延伸，某种程度上亦是读者之偶像崇拜的衍生品或替代物。这一点在被研究者指认为塞克斯顿"精神靠山"[2]的惠特曼那里已成先例：《草叶集》自1850年第一版就在扉页设用了作者肖像，其后不断扩充的版本则不断提供着一个年龄渐长的惠特曼系列肖像。[3] 如果说惠特曼的做法是根基于浪漫派的自我认同，即希望通过匹配诗人肖像与诗集中强烈的自我主题来展示自我主体的完整性，那么，塞克斯顿的肖像意识不妨视作这种自我认同在二十世纪文学市场中的回声。在新批评派之后，衡量诗歌的主要标准从诗歌的内部形式再次回到诗人

---

1 Diane Wood Middlebrook, *Anne Sexton: A Biography*, p. 83.
2 See Myra Stark, "Walt Whitman and Anne Sexton," in Steven E. Colburn, ed., *Anne Sexton: Telling the Tale*, Ann Arbor: University of Michigan Press, 1988, p. 244.
3 惠特曼在银版照相技术被引进美洲大陆后还没过几年就热衷于肖像拍摄、附以品评、多加取舍，甚至一直抱有出版影集的念头。See Ed Folsom, "'This Heart's Geography's Map: The Photography of Walt Whitman," in *The Virginia Quarterly Review*, Spring 2005, pp. 6–15.

身上。诗人成为亚文化群体中的英雄,尽管他们所面对的,已不再是一个精英和贵族式的受众群,而是一个资本操纵之下、边界含混的文化市场——其中,诗人肖像不经意间提供了可供阐释的自述内容,为那指向"自我"的个人化诗歌文本提供了额外的素材;而且更重要的是,肖像与文本的共同印行使得诗歌的书写者与亲历者象征性地成为同一,从而增强了诗歌中的"我"的权威性及其叙事的可信度。

众所周知,自白诗创作的一个核心现象是向读者吐露隐衷,从而通过隐含的对话方式将表述内容推向创痛、原罪、欲望等情感与精神主题。福柯关于忏悔话语的观点是,在这场隐含的对话中,真正的驱动力来自倾听者而非表述者:"不当着搭档的面,谁也不会去坦白忏悔。这搭档……是一个权威,他需要你坦白,规定你坦白,并对你的坦白予以评价,不断介入以进行裁判、惩罚、谅恕、安慰与调解。"[1] 如果说在自白诗的创作与阅读过程中内含着同样的权力关系,即在作者与读者之间,读者才是拥有实际支配力的一方,那么,到了一定阶段,诗人的写作及肖像摄制也可视为作者对读者支配力的臣服和内化。如诗人莱维托夫指出,面对自白诗等创作,受众的诉求已经从被动接听变为主动挖掘,而诗人在看待自我时,很难不将这种外部诉求内化为自我需求:"无论是流行歌手还是西尔维娅·普拉斯,无论是约翰·贝里曼还是安妮·塞克斯顿——都内化了这

---

[1] 米歇尔·福柯:《性史》(第一、二卷),张廷琛等译,上海:上海科学技术文献出版社,1989年,第61页。

种挖掘，不知不觉成为一个自我挖掘（self-exploitive）的人。"[1] 可想而知，肖像摄制中同样存在着忏悔对话关系中的权力模式：读者猎奇欲与窥探癖在图像与文字两种系统间的移换，驱动着诗人将一个可视化的自我形象全力呈献出来。作为一种更为直观的自我采掘，肖像的呈献亦是诗人将自我兑现为有价物以补充市场流通的方式，从而能够为诗集的营销推波助澜。一个有意思的现象是，五十年代有许多主流出版集团开始削减诗集策划，唯独塞克斯顿的出版商不仅没有类似的动向，反而还调用高层人员一起拣选诗人作品的照片配图。[2] 这一事实表明，出版商深谙塞克斯顿肖像的价值及其在诗集售卖中的意义。作为个人化诗学的延伸性表述，诗人肖像反过来强化了诗歌本身的现实指向，帮助诗人在文学市场中吸引受众、树立地位、巩固份额。人们发现，后来被选用为《塞克斯顿诗集》封面的肖像，出自一组与玛丽莲·梦露如出一辙的泳池系列作品。[3] 塞克斯顿并非机械地套用好莱坞明星身份（她仅从这组摄影中选出一两张，经剪裁后方才公之于众），但很显然，她试图通过摄影媒介以及参与其中的文化力量打开一个与其诗歌语言互为映射的视觉消费场域。身处其中的读者在遭遇其肖像时，不仅对阅读作品更生期待，同时也滋生出不同于阅读的其他渴念，也会自然引发阅读之外的别种遐思。

---

[1] Denise Levertov, *Light up the Cave*, New York: New Direction Publishing, 1981, pp. 82–83.

[2] Anita Helle, "Anne Sexton's Photographic Self-Fashioning," p. 69.

[3] Anita Helle, "Anne Sexton's Photographic Self-Fashioning," p. 59.

安妮·塞克斯顿，1967年，Ted Polumbaum 摄（Anne Sexton Literary File, Photography Collection, Harry Ransom Center, University of Texas at Austin）

正是基于"上镜之机"对主体形象的构建潜能，塞克斯顿进一步将其吸收为自我重塑（self-refashioning）的生成性力量，从而与诗歌写作中的同一诉求构成合力。对这一点最直观的说明便是，塞克斯顿肖像与当时大众主流媒体所建构、推销的女性形象之间的强烈反差[1]，后者恰恰是诗人曾经深受同化而又竭力规避的形象。塞克斯顿曾在访谈中袒露："过去，我是美国梦、小资和中产阶级的牺牲品。我想要的无非是一段像样的生活，诸如结婚、生子……我拼命想过上常规的生活，我本身就是在这样的生活中长大的，而且我丈夫也这么想。可惜，……我二十八岁那年，表层破裂了。"[2] 此处所谓"常规的生活"，即

1　See Jo Gill, *Anne Sexton's Confessional Poetics*, p. 65.
2　Barbara Kevles and Anne Sexton, "The Art of Poetry: Anne Sexton" in J. D. McClatchy, ed., *Anne Sexton: The Artist and Her Critics*, p. 4.

彼时主流文化通过电视、报纸等大众媒体塑造贤妻良母形象所昭示的一种社会期许：主妇们出入于电器设施完备的厨房，在摄影镜头的构局中神气活现，家务劳动不仅毫无琐碎烦累之嫌，反而还使她们如置身香气四溢的舞会那样，令看众也心旷神怡。正如弗里丹（Betty Friedan）在《女性的奥秘》中所言，战后的美国妇女沉湎于舒适的家庭生活，"最大的愿望便是生五个孩子并拥有一幢漂亮的住宅"[1]。在步入诗坛前，塞克斯顿所受的家庭与学校教育，其最终目标也正是造就一位这样的家庭主妇。而她也确实在二十岁便与丈夫完婚，过上了与主流社会期待几乎如出一辙的主妇生活。只不过，按照她的说法，"二十八岁那年，表层破裂了"。当第一个女儿出生后，她被诊断为产后抑郁症，也正是源于心理治疗的契机，她的创作天赋受到确认并被释放出来。在接下来不到一年的时间里，塞克斯顿写下一沓诗作，这些作品很快成为其首部诗集的雏形。也正是这段时期（五十年代末到六十年代初），诗歌密集发表所斩获的业界认同，使塞克斯顿迅速在诗坛成名：她不仅连年推出诗集新作，而且几乎将各种重要的官方奖项收入囊中。直到1967年，塞克斯顿获得普利策诗歌奖，其成就称得上如日中天。

然而，从家庭主妇到诗坛才媛，塞克斯顿固然享有了声誉与才华的加冕，但对自己身份的转变也有诸多感到不能适应的地方。譬如，在一众诗界同行中，她未受大学教育的学历常常被人看轻。文德勒就曾在文中正面指责"塞克斯顿缺乏正规的

---

[1] 转引自李银河：《女性主义》，上海：上海文化出版社，2018年，第51页。

教育"[1]，并且认为这一点与诗人阅读趣味的狭窄通俗密不可分，以至于构成其创作的致命之伤。塞克斯顿对此并非不自知，根据米德尔布鲁克的传记，她也竭力为自己寻找文学史上的精神族谱并由此与个性异端的经典诗人（诸如兰波等）感到尤为亲近[2]。塞克斯顿希望自己被当作一位严肃的诗人看待，这一点无可厚非。即便她诗作的主题往往出自个人的，甚或病理学的女性经验，她也希望这些被视为诗学意义上的重要突破，或是一种对美学领地的开拓，而非源于一种知识的匮乏与局限。当然，家庭主妇在其身份的构成中占据重要的比例，这也是客观事实。在代表作《她那种人》中，她试图通过"女巫"、"森林洞穴女主人"和"火焰向死者"这三种场景来为自己的现实境遇加注。三者分别指向：写作者、城郊主妇和抑郁症病患。不过，与其说家庭主妇是诗人身份的三分要素之一，不如说这一身份经过另外两重身份及其诗歌喻说的调和，最终悖谬地成为她反主流身份的一个重要立足点：

> 我已出走，一个痴迷的女巫，
> 萦绕着黑空气，夜里更神勇；
> 梦着邪恶，我已一户挨一户
> 在那些平房上，结好绳索：
> 孤独家伙儿，十二根手指，发乱迷狂。

---

[1] Helen Vendler, "Malevolent Flippancy," in Steven E. Colburn, ed., *Anne Sexton: Telling the Tale*, p. 439.
[2] See Diane Wood Middlebrook, *Anne Sexton: A Biography*, p. 65.

这样的女人不太像女人。
我已是她那种人。

我已在林中里找到温暖的窑洞，
给它们装上煎锅、书架、丝绸、
木雕、衣柜、数不胜数的器物；
做晚饭给那些精灵和小虫：
咕哝着，重整着错杂之物。
这样的女人遭人误解。
我已是她那种人。

我已乘坐你的马车，驾车者，
把我赤裸的手臂向途经的村庄挥摇，
记下最后的明亮路线，幸存者
在那儿你的火焰仍在我的腿上撕咬
我的肋骨在你的车轮下断裂。
这样的女人不觉得死亡可耻。
我已是她那种人。（《她那种人》：27—28）

此诗既是塞克斯顿步入诗坛的决定性亮相，也成为她后来每次读诗会的开场必读作品。三个诗段即三个如魇似幻的场景，分别以超现实语境对应着诗人生活的三个维度。在每一诗段末尾，诗人毫无忌讳地以反主流来定义自我，宣告"这样的女人不太像女人"、"这样的女人遭人误解"、"这样的女人不觉得死亡可耻"。事实上，昏朦的色调从一开句便统摄了全诗：首段，变形为"女巫"的"我"在暗夜的低空中飞行，徘徊于遍布着联排别墅的住宅区，视界越出日常。在这样的夜行中，她的梦境与"发狂迷乱"的精神状态相互渗透，变得难以区辨。"十二根手指"使人想到，那多出来的一对指头或许是为了某种特殊的灵感而生，是属于神界的一对具有特权的小翅。而到了第二段，言说者的身份转向林中主妇。在那隐秘的、布置得如家居环境的林中窑洞里，"我"做晚饭给"精灵与小虫"。这些行为表述较第一段"女巫"的夜行更接近于日常现实，但诗人的想象力不断尝试在视听的通感层面上修改她所拥有的现实。相对于实际生活中被家人围绕的厨房，充斥着"精灵与小虫"的林中窑洞无疑显得更为宜居，也更具活力，甚至可以说，对诗人而言更为真实。后者之广阔与前者之狭迫决定了"我"以何种等级去呈现两者的不同真实性。在现实中，诗人需要一边写作一边照顾家庭、承担家务，而写作唤起了一个突破感官界域的异象界，使她能够以一种身处奇景的同理心去包容和修改现实。这种从现实界到想象界的超拔，也是对诗人身份转型的一个提喻。塞克斯顿曾谈到写诗对自身的意义，认为"那过程本身是自我感觉的重生，每次都剥去一个死去的自我"[1]。在写作对昔日自我的剥离和重塑中，诗人身份的成形令她更钟爱自己，也更接近自己，哪怕她所身处的生活格局表面并未发生相应的变迁。

最后，末段仿佛由但丁游历时的布景精简而成——"我"

---

[1] 凯夫利斯、塞克斯顿：《诗歌的艺术》，第97页。

被类似灵薄狱中的"幸存者"的火焰所咬啮。塞克斯顿着意构造出了如此空间化且充满细节的死亡旅途，这在她的许多其他诗作中也屡屡出现。可以看到，三个段落完全一致地将现实生活驱逐出了诗歌，整首诗听不到人的声音，也无日常的忧思。其中每一种指向自我的境遇，都在超现实幻象的折射中发生了变异。这种变异与其说是诗人对自我叙事的戏剧性处理，毋宁说是一种超脱狭迫现实的努力，是为了能够在诗句中对自我身份予以重写。

同样地，这种身份重写的诉求也体现于诗人对肖像的寄望，决定了她在拍摄过程中如何表情达意或考虑空间背景的选择。譬如，塞克斯顿的肖像大多不是在书房或满是书堆的起居室拍摄的——即便她在诗中常将"厨房"作为一个专属意象，并暗示那个空间与"我"有着亲密的同构性[1]，我们也找不到一张照片可以一窥她的后厨。

摄影师多夫曼（Elsa Dorfman）有一段回忆印证了这点。她以暗含抱怨的口吻描述了一次在塞克斯顿家拍摄时，如何被这位摄影对象"引导着，[耗时良久才最终]在书架下的打字机旁揿下了一张半身像"[2]。显然，这一建构公众人格的契机即前文所述的"上镜之机"。诗人对拍摄场景百般挑剔，最后决定让诸如"打字机"与"书架"等器物来昭示她作为周遭这片智识之隅的所有人和使用者（见本书封面）。如此，不论其文学滋养的内在

---

[1] See Jo Gill, "'The house / of herself,'" in Amanda Golden, ed., *This Business of Words*, pp. 22–23.

[2] Qtd. in Anita Helle, "Anne Sexton's Photographic Self-Fashioning," pp. 60–61.

价值如何，书房环境已经赐予其足够的资质——不仅确认身处其中的肖像主为一位知识女性，而且也强化了她的写作行为本身。换言之，借助"上镜之机"，诗人向读者发放了一份解读其身份的定向参照，即始终视其为一位"写作者"。这一方面满足了她被视为严肃艺术家[1]的迫切需求，另一方面也与她借助写作展开疗愈的传奇故事相印证。

正如上文所言，写作对于塞克斯顿具有特定的疗愈功能，是心理医生为帮助她对抗死亡欲望所开出的药方。在《活着》一诗中，诗人就试图说明自己如何抗衡其心灵内在的向死之坠，而其中供她攀附的抓力之一便是写作：

> 在这儿，
> 一直以来，
> 都想着我是杀手，
> 每天用那可鄙的毒药
> 涂抹自己。
> 可是不。
> 我是一个女皇。
> 我身着围裙。
> 我的打字机在写。（《活着》：193）

---

[1] 塞克斯顿从家庭主妇转型为专业诗人，期间的身份焦虑颇受研究者关注。比如海德利认为塞克斯顿和当时许多女性诗人一样，紧扣主体地位和言说方式的问题，从而既从女性体验的视角写诗，又能被当作一位严肃诗人看待，See Jane Hedley, *I Made You to Find Me: The Coming of Age of Woman Poets and the Politics of Poetic Address*, Columbus: Ohio State University Press, 2009, pp. 3-4.

诗人此处似乎想要表达，即便主妇的身份难以脱尽，不得不"身着围裙"，但在其生活中真正构成一种韵律并输出动能的，是正在写作的"打字机"。通过用"女皇"来喻示写作者——"女皇"将那个成天以毒药涂抹自身的"杀手"取而代之——诗人不仅提高了写作在生活（道德）等级中的地位，同时也再次提示了写作赋予其"诗人"这一身份权力的神话寓言。如果说，写作帮助她从精神病症中渡涉，向她许下"重生"的允诺，那么，如我们所见，她试图在肖像摄制中展示这种"重生"，并将之作为一种视觉语言在读者市场中加以推广。通过传记我们可以更为直观地看到，就在诗人精神状态堪忧、需前往精神病院就医的日子里，她仍然在参与肖像的摄制和拣选，而照片上的她——后来被印刷到她的诗集封面，显得那样精神独立、富有主见，与病态几乎无涉。[1]可见，"上镜之机"以其特有的媒介功能对诗人生活的诸面向进行了选择——肖像表现的是一个自足而具有话语权的诗人，而不是产后抑郁、失去双亲的病人。[2]换言之，诗歌写作和肖像摄制的并行，帮助诗人赎回了她与生活平等对谈的空间：诗在语言中回溯过去，寻找出路，而"上镜之机"使她在面对受众时，宣告了自己的第二次诞生。

塞克斯顿肖像与彼时主流女性形象之间的另一个重要差异是，流行文化对女性的塑形是与女性作为附属品的物化原则联

---

[1] Diane Wood Middlebrook, *Anne Sexton: A Biography*, p. 389.
[2] 这两点是造成诗人精神状态失控的直接导火索，她的同行好友、诗人马克辛·库明认为"塞克斯顿用普遍商定的社会性术语说出了情感脆弱、受挫者的疯狂。塞克斯顿对那些疏离的灵魂加以剖析和认同。对于千千万万有障碍者的内心生活，塞克斯顿就像一个例行的目击者"。安妮·塞克斯顿：《所有我亲爱的人》，第17页。

安妮·塞克斯顿，1974 年，Arthur Furst 摄

系在一起的，故而在摄制中加入男性决策者和供养人以凸显画面张力，是很通行的做法[1]；但塞克斯顿的肖像却是对女性作为主体的勾画和保存：在占据主要画幅的人物肖像身上，女性程式化的玩偶色彩和讨好之姿荡然无存，取而代之的是光影间时代灵魂的沉稳底色与性感魄力。批评家约翰·伯格（John Berger）在《观看之道》中曾将视觉媒体普遍把女性处理为被看物这一做法追溯至西方艺术史。以欧洲油画的重要类别之一裸体画为例，伯格揭示了女性如何被作为展示和观赏的对象，用以挑逗和满足观赏者－收藏者（通常为男性），即权威主体的欲望。而只有在"少数例外的裸像杰作"中，"画家运用形象的结构，通过她的胴体和脸部神情，表现出她自己的意愿"[2]。按照伯格的分析，经由欧洲油画艺术叙述并加以巩固的性别成见，其逻辑根植于我们的文化，且反过来也驯化着文化本身，以至于女性长期以来"以男性对待她们的方式对待自己。她们像男性般审视自己的女性气质"[3]。

在伯格的话语里，"油画所发明的观看方法"与资产阶级的政治、经济、文化权威等更为驳杂的层面密不可分，尤其是，在这"一系列特殊的成规"中，油画通过描绘女性的客体化姿态及神色而将其变相为买主－收藏者的财物之一。更重要的是，

---

[1] See John Mager and James G Helgeson, "Fifty Years of Advertising Images: Some Changing Perspectives on Role Portrayals Along with Enduring Consistencies," in *Sex Roles*, Volume 64, Issue 3, pp. 238–252.
[2] 约翰·伯格：《观看之道》，戴行钺译，广西：广西师范大学出版社，2015年，第81—82页。
[3] 约翰·伯格：《观看之道》，第89页。

伯格进一步指出，油画对女性的物化在照相机发明之后的广告语言那里有着直接的延续。[1]

伯格认为，现代广告是欧洲油画"濒临消亡而回光返照的"一种艺术形式，因而"在很大程度上倚赖于油画语言"。[2]这一点对我们理解塞克斯顿时代的广告影像至关重要。在美国，初具规模的广告产业诞生于"二战"之后，彼时正在诗坛中享受盛名的塞克斯顿，其肖像摄制很难说不是文学广告运营模式的一个成功案例。但是，正如上文已稍作指出，塞克斯顿的肖像海报与彼时人们所见的主流广告大异其趣。在与塞克斯顿同时期的广告中，对女性形象的呈现仍由一套与油画语言别无二致的符号系统来承担，即把女性作为广义上的消费品来展出——伯格所举出的示例足以涵盖这些典型的女性形象，她们被表现为"安详的母亲（过去油画中的圣母）、轻松愉快的女秘书（过去油画中的女演员、国王的情妇）、完美的女主人（过去油画中收藏者的妻子），以及，性的对象（过去油画中的维纳斯、惊诧的半裸仙女）"[3]。相形之下，塞克斯顿的诗人肖像呈现出判然不同的角色格局：女性在其中被作为主体来构型和设计，人物占据着摄影画幅的主要位置，而诗人的神情不再显出权威注视下女性的温顺屈从，而是对个体自有情感的毫不避讳。她的眼神往往冷峻而专注，表现出一种无需他人认可、自足坚定的对外凝视。在此意义上，她的诗作《与天使同行》的开篇，不妨读作这些

---

[1] 约翰·伯格：《观看之道》，第190页。
[2] 约翰·伯格：《观看之道》，第193页。
[3] 约翰·伯格：《观看之道》，第197页。

肖像的文字参照：

> 我已厌倦做女人，
> 厌倦汤匙和瓦罐，
> 厌倦我的嘴巴和乳房，
> 厌倦化妆品和绸缎。
> 仍有男人坐在我的桌旁，
> 围着我供奉的碗。
> 碗中盛着紫葡萄
> 苍蝇循味飞旋，
> 连我父亲也拖着白骨来了。
> 可是我已厌倦事物的性别。（《与天使同行》：134）

这段诗看上去像是一纸列举女性如何受束于其性别特征的控诉状。通过一种带有个人色彩的"厌倦"感的表述，"我"退守到社会限定的身份边界，一一拔除筑成那道藩篱的栅木，而这一破坏行为最终暗示着对一个新的自我的确认。这新的自我便是，一名摆脱厨房劳役、摆脱作为公开展品和景观——当"男人们坐在我的桌旁/围着我供奉的碗"——的女性。"供奉的碗"，用字经济地指向两层含义，一是盛放饭蔬的食器，二是生殖育儿的子宫。两者分别是对妻子和母亲两种女性角色的提喻与漫画化。诗人固然希望摆脱将女性与烹饪、生育等行为锁定在一起的认知桎梏，在肖像摄制时，她有意识地以独立主体示人，即是为了重写和达成新的自我阐释。值得留意的是，在"上镜之机"成为公共人格的新塑形之力时,诗人用以消除性别成见的方式与过去固化性别等级的途径几乎别无二致,即通过调节和重组视觉语言中的符号系统:当塞克斯顿的肖像摄制在构图、表情方面与伯格所说的传统油画描绘男性的方式变得接近时,女性作为客体的刻板印象也随着视觉叙事的反转而消失——过去属于男性(主体)的社会气质、人格意志随之引入画幅,编织为塞克斯顿人格中获得展示、被人感知的一部分。这种性别主客体反转的背后,回响着诗人对女性自我的必然宣告和对女性写作主权的首次认领。

在《一间自己的房间》中,伍尔夫通过对莎士比亚妹妹的著名假想,说明了身为女性与拥有诗歌天赋这两种处境之间的矛盾是如何根深蒂固且无法化解。在十六世纪,"当诗人的心禁

安妮·塞克斯顿,1973 年,Nancy Crampton 摄(© Nancy Crampton)

锢于、纠缠于女人之躯"[1]时,她注定"会发疯,会饮弹自尽,或在某个远离村庄的荒舍离群索居,孤独终老,半是女巫,半是术士,被人取笑,也让人畏惧"[2]。即使到了十九世纪,女性要从事艺术,也只会遭遇周遭世界的敌意,不仅得不到鼓励和支持,反而唯有"斥责、侮辱、训诫和规劝"[3]。吉尔伯特(Sandra M. Gilbert)与古芭(Susan Gubar)在《阁楼上的疯女人》中对于这一话题进行了学理上的接续。根据二位的研究发现,在塞克斯顿展开创作的二十世纪中叶,情况也没有变得更为乐观——女性写诗直到那时还被认为是越轨逾矩之举。比如,在1965年发表的《关于露易丝·博根的诗》一文中,诗人罗特克(Theodore Roethke)变相"抨击女诗人做了男诗人该做的事——书写上帝、命运、时间和完整性,并沉迷于书写同样的主题或话题"[4]。同时,在兰瑟姆(John Crowe Ransom)对狄金森的讨论中,他与罗特克的说法并无不同。[5] 对此,吉尔伯特与古芭以生动的譬喻概括道,在男性批评家看来,"挥起普罗米修斯般男人的拳头'对抗上帝'是完美合理的美学策略,踩上女性的'小'脚则得另当别论了"[6]。意味深长的是,此言用以描述塞克斯顿的实际际遇也同样适合:众所周知,在许多批评家眼里,

---

[1] 维吉尼亚·伍尔夫:《一间自己的房间》,于是译,北京:中信出版集团股份有限公司,2019年,第103页。
[2] 维吉尼亚·伍尔夫:《一间自己的房间》,第106页。
[3] 维吉尼亚·伍尔夫:《一间自己的房间》,第118页。
[4] 桑德拉·吉尔伯特,苏珊·古芭:《阁楼上的疯女人》(下),杨莉馨译,上海:上海人民出版社,2015年,第686页。
[5] 桑德拉·吉尔伯特,苏珊·古芭:《阁楼上的疯女人》(下),第687页。
[6] 桑德拉·吉尔伯特,苏珊·古芭:《阁楼上的疯女人》(下),第687页。

像洛威尔《生活研究》那样让诗歌回到生活是对新批评派诗歌旧病的革除，因而形成了独树一帜的诗学新题。但是，塞克斯顿的同类作品却被斥为"完全不是诗"，而是"神经官能症的记录文献"。[1]正如吉尔伯特与古芭所言，"女诗人的抒情诗中显然有些东西会引发对女性实现，或者对女性精神失常的思索"[2]，这促动了女性诗人渴望隐藏或规避天然性别的倾向。如果说，"到了1971年，狄金森的男性读者们还在琢磨诗歌与女性气质之间明显的对立关系"，那么，彼时彼地仍在写作的塞克斯顿，对以男性为把关者和裁决者的诗学圈所投来的轻蔑就不可能无动于衷——无论这种轻蔑是公然的还是隐秘的。

当然，如果说狄金森的写作是在这片过去"坚决不对女性开放"[3]的经典领地上违禁开垦，那么，塞克斯顿的写作则是更为决断的另辟蹊径。她以女性自我的真实声音说话，既要压抑和规避女性传统角色的溢出，反过来又须发挥女性主体的特质与魅力，以支撑其诗学对女性经验的独有表达。与狄金森不同，塞克斯顿无法真正脱开"女性"这一身份标签来展开写作，其诗学价值之一即是通过女性表达上的冒险而为后来者扫除禁忌[4]。如果她因此遭受诟病，那么，她受到追捧和赞誉恰恰是出于同样的原因：提供女性主义的寓言之诗，以彻底的自我披露来注解彼时的时代命题——女性何以自主地选择生活，或勇敢地开

---

1 Charles Gullans, "Poetry and Subject Matter: From Hart Crane to Turner Cassity," *The Southern Review*, spring, 1970, p. 497.
2 桑德拉·吉尔伯特，苏珊·古芭：《阁楼上的疯女人》（下），第688页。
3 桑德拉·吉尔伯特，苏珊·古芭：《阁楼上的疯女人》（下），第691页。
4 Anne Sexton, *The Complete Poems*, p. xxxiv.

辟创作——在这些方面，为数不多的女性诗人前辈并没有提供太多的经验。

塞克斯顿以自己的写作开路，凭借"上镜之机"来转译极具实验性的女性创作理念。正如怀特在观察美国"二战"后诗学趋势时提出，新诗诗人对"我"作为主体所承担的指涉作用兴趣倍增，这种兴趣与他们期待挑战"我"在抒情诗体中的传统功能密不可分，"比如金斯堡的《嚎叫》用同性恋生活、共产主义思想和反主流等文化选择的悲欢，来对峙抒情诗的人道主义预设；自白派的洛威尔则刻意破坏'我'的叙事语调，以取消角色与作者的审美距离；在塞克斯顿和普拉斯等女诗人那里，更强调打破抒情诗言说者通常为男性的隐含假设"[1]。从上文分析中可见，塞克斯顿对"我"的构建与重塑，使得女性身份转型的相关表达行之有效。借助"上镜之机"，塞克斯顿找到了诗学表达的"声音"[2]，其肖像摄制如同伯格所说的广告语言那样，将希望汇拢并将之分发给观者，以个人形象与文本表述的共振向人说明，"有精神问题的女性成千上万，不满于城郊主妇生活的女性也大有人在"[3]，但只要发挥天赋、唤起自律与勇气，我们也可以像她在壁垒四立的诗坛长驱直入那样，抵达某个神话式的彼岸。

出于对摄影媒介的认同与运用，诗人将自己的外貌形象引

---

[1] Gillian White, *Lyric Shame*, p. 102.
[2] 由塞克斯顿当时的通信可见，她非常渴望找到自己的"声音"，而在当时的诗歌市场，"声音"意味着成功和更值得印成铅字。See Gillian White, *Lyric Shame*, pp. 107–108.
[3] Diane Wood Middlebrook, *Anne Sexton: A Biography*, p. xx.

入其个人化的诗学表达：不仅通过在镜头中强化写作行为与独立气质来凸示其作为诗人的主体自足性，而且也颇具策略地使那些随诗集传播的肖像照成为文本内部叙事者的参照与印证。如果说，借助"上镜之机"来重新定义诗歌与自我的关系越来越成为诗人的自觉意识，那么，她的诗作或许是这种意识不断得到校验的最终场域。

三、家庭挽诗中的媒介意象

家庭挽诗（family elegies）是塞克斯顿个人化写作中最具辨识度的构成之一，其致语对象（addressee）是诗人故去的亲人，如姑婆、母亲及父亲。作品因内容之私密、自传体式之鲜明而往往被研究者引为自白诗的主要范例，诗人也将其自珍为"最具意义的篇幅"[1]。与一般挽诗有所不同的是，塞克斯顿的家庭挽诗实际上是两种表达主题的交汇：一方面，因其写作直接受驱于心理治疗，诗作致力于记叙家庭故事从而对家人施于的心理影响进行回溯式细察。另一方面，塞克斯顿的写作始于1958年，而与她最亲密的家人分别与1954年（姑婆），1959年3月（母亲）和6月（父亲）去世。密集失亲的苦痛促发了一系列挽诗的写作，疾病与死亡成为贯穿始终的抒情底色。如此，"求治"与"哀悼"这两重动机相互交织，使得两种情感形态与叙事视角融为一体。这些家庭挽诗因而既有回忆童年遭遇、揭开家庭秘事

---

[1] Qtd. in Middlebrook, *Anne Sexton: A Biography*, p. 382.

的坦率告解，同时又伴随着悼亡故去亲人的哀恸情愫。

正如有学者所言，"名义上丧亲之痛的主题与实际上诗人对自我身份的勉力探求相互交融"[1]，在以哀悼为契机的挽诗创作中，塞克斯顿试图重审自我与家人的关系并重构家庭经验中的决定性时刻，诗歌因而充满着可供考证的生平往事和情感记录。对此，文德勒称这些家庭挽诗为"弗洛伊德式抒情诗"（Freudian lyric），认为它们是将"自我的愧疚与疯狂追溯至家庭历史"的最佳案例，而读者唯有对文本中的心理学细节——情节与时序加以推敲琢磨，才算获取了正确的解读之道[2]；吉尔也以"叙事性年表"（narrative chronology）为线索，指出塞克斯顿诗歌在时序和细节要素上的前后联结和彼此映证[3]；而米德尔布鲁克进一步指出，诗人通过一再切入其原生家庭的状态与历史过往，试图梳理的是"她对母亲、父亲和姑婆等人既痛楚而又不可告人的情感"[4]，并使之从未经言说的意识暗域中被照亮。凡此种种，展现了学界将家庭挽诗视为自传性与精神分析指涉的普遍读解。

但是，随着近年来塞克斯顿的媒介意识逐渐获得前景化的讨论，诸如上文援引的海勒就在自传视角之外，以斯图亚特（Susan Stewart）的"纪念品逻辑"（souvenir logic）来描绘塞克斯顿诗歌内部所展现的摄影机制。海勒认为，在家庭挽诗中，作为诗歌意象的家庭相册，其外在物质性（exteriormateriality）

---

1 Greg Johnson, "The Achievement of Anne Sexton," in Linda Wagner Martin, ed., *Critical Essays on Anne Sexton*, Boston: G.K. Hall, 1989. p. 87.
2 Helen Vendler, *Given and the Made: Strategies of Poetic Redefinition*, p. 50.
3 Jo Gill, *Anne Sexton's Confessional Poetics*. p. 86.
4 See Middlebrook, *Anne Sexton: A Biography*, p. 3.

实为一个"质变场域"(transmutation site)，诗人"从中释放出了激情与语词的洪流"[1]。这一观察颇具启示性，但受制于立论的侧重点，海勒未能注意到诗人通过"相片"意象对主体建构做出的反思和修正性书写，更未能识别诗人所赋予另两种"纪念品"意象——"书信"和"画像"同等重要的表征作用。

实际上，在家庭挽诗中，"书信"、"画像"与"相片"体现为三种机理各异的"质变场域"，分别承担着三种微妙有别的媒介功能。它们不仅是塞克斯顿诗歌中的常见意象，也是她诗歌叙事制式的充分象征。对之加以辨析可以重观自白诗内部在剖析自我和重构主体时的复杂策略，补充上文对诗人利用肖像摄影进行身份重塑的外部勾勒，从而对诗人的媒介意识形成一个更具纵深度的梳理与认知。

塞克斯顿自认为是孩童期心理创伤的受害者，终其一生对家中的长辈尤其是姑婆、父亲和母亲怀有复杂的情愫。她在《巴黎评论》的访谈中坦言，写作的最初目的在于描绘并接受"心理治疗过程、过去在身边的人、父母的真实面貌以及全套哥特化的新英格兰故事"。很显然，这种创作驱动促成了自白诗极端个人化的写作特质，但这种个人化终究是以生死相隔的距离为前提的。当记者问及诗人在选择书写对象时是否遵循某种铁律（比如有谁是可以写、有谁是碰不得）时，塞克斯顿回答说"我不会去写那些伤人的东西。它们也许会伤害死者，但死者已

---

[1] Anita Helle, "Anne Sexton's Photographic Self-Fashioning," p. 46.

经属于我了"[1]。

对塞克斯顿而言，生活中亲人的故去如同某种叙事锁套的解除，她因而得以在葬礼或清理遗物的仪式性场合中切入对家庭旧事及主体关系的忆述。也正是因此，其家庭挽诗独有的前情语境（antecedent scenario）便是整理遗物或翻阅具有存念意义的物品，仿佛只有经由这样的举动，诗歌的语声才一触即发。比如，《等分》这首诗是由查收母亲遗嘱专信并清点遗产款项这一行为开启的；《一些国外的来信》和《走在巴黎》两首诗歌则是以翻看姑婆的书信与明信片为促动的；而在《所有我亲爱的人》这首诗中，整理父亲遗物的叙事贯穿始末——日记、相片、剪贴薄被轮番打开，"我"的目光聚焦其间，时而寻觅驻留，时而慨然失落。相似的行为模式在诸多挽诗中结成了近乎雷同的句式与语调："然后我整理了你遗留的 / 衣物和爱，伊丽莎白，/ 伊丽莎白，直到你走了为止。"（《伊丽莎白走了》：18）"我们整理你的东西：一堆无用 / 的信件、家传银器，/ 眼镜和鞋子。"（《等分》：58）"从你供不起的住宅中将你解脱：/ 一半毛纺厂，一把金钥匙，/ 二十套邓恩西装，一辆英产福特，/ 爱和另一份遗嘱的法律冗词，/ 好几盒相片是我不认识的人。"（《所有我亲爱的人》：69）

由此可见，广义的家庭存念品——书信、剪贴薄、日记、相片，包括亲人遗留的金钱、不动产、衣物与日用品等成为塞克斯顿写作家庭挽诗不可或缺的引证物。它们不仅承担着驱动

---

[1] Barbara Kevles and Anne Sexton, "The Art of Poetry: Anne Sexton," pp. 6–8.

诗歌叙事的重要职能，帮助叙事者/悼亡者（即"我"）洞穿时空、缀连往事；同时也成为负载诗人与其长辈之代际情感的物件实体，令"我"重审家庭关系的过程在可视化的同时更接近厚重的生命体验。

斯图亚特对"纪念品"叙事的概括是：通过凭吊物件，主体的观感通过外在物质场域而洞达生动的内部景观。[1] 对塞克斯顿来说，这个"内部景观"表现为"我"与家人关系的焦灼涌现，是连死亡也未能终结的、不断复返的爱与憎的矛盾共存。恰如吉尔所言，塞克斯顿笔下的主体自我唯有被置于与他者的"共时联结"（conjunction）中才淋漓尽显并被人读懂[2]，而正是因为这些存念物唤起了"我"与死者的"共时联结"，诗人才得以在语词的世界里再度进入家庭关系并依此重构主体叙事。这其中，"书信"、"画像"和"相片"以不同的媒介功能分别牵制着（同时也厘定了）诗人构写主体的具体方式。凭借这些媒介意象，家庭挽诗把过去纳入此在，成功唤起了自我与已故亲人的身份协商和关系修通。

塞克斯顿最早的挽诗作品随同第一部诗集出版于 1960 年。自彼时起，不管是"润饰从生活中临摹的家庭肖像，亦或是对自我经历做艺术性的修正"[3]，都足以见出诗人重构自我的内在诉求，以及由此对主体书写所抱有的长久兴趣。在写给姑婆的挽

1　Susan Stewart, *On Longing: Narratives of the Miniature, the Gigantic, the Souvenir, andthe Collection*, Baltimore: Johns Hopkins UP, 2007, p. 136.

2　Jo Gill, *Anne Sexton's Confessional Poetics*, p. 39.

3　Diane Middlebrook and Diana George, "Introduction," in *Selected Poems of Anne Sexton*. Boston: Houghton Mifflin, 1988, p. xiii.

诗《一些国外的来信》和《走在巴黎》中，诗人连续指向同一个关于主体建构的命题：一个人的身份与生命经验可否通过与他人语言的灵媒式共享而获得更新？此处，负载这种"语言"的媒介便是书信。在诗中，"我"渴望通过"只读你的信，/把你的语言植入我的生命"，来弥合两人的生死之隔，而这份生命与语言的双重融通，是为了促使两人的生命都如诗句所言那样："再次完满／未经使用。"(《走在巴黎》：153—154)

塞克斯顿的姑婆曾在年轻时游访欧洲长达三年，其间寄回的书信被家人用羊皮封面包裹并最终交托至塞克斯顿手中，成为后者游历欧洲时随身携带并随时参阅的特殊"日程表"。《一些国外的来信》标题中的"来信"即指这些写自维多利亚时期、盖有欧洲各国邮戳的越洋书信。这首诗始于"我""熬夜翻看你的信件"、"试图／钻进你的纸页并让它活过来"的强烈冲动，字里行间无不是对姑婆信中所述之亲历场合的想象与复演。实际上，姑婆在书写这些信件之际，诗人还远未出生，但这些挽诗却以书信为媒介获得了对未知事件的想象性感知。通过越洋书信，亡者写下的语言文字向读信人递送着隐微的复生密码，一个令生者与亡者能够深刻相连的阈限之境得以洞开。

然而，诗人也意识到，自我向另一个生命习得体认的过程隐隐透露着无效与挫败：

我试图
钻进你的纸页并让它活过来……
可生活是个把戏，生活是布袋里一只猫。

这是一袋被你死亡腾空的时间。
你离我真远,穿着镀镍滑冰鞋
在柏林的溜冰场,同你的伯爵一道
从我身边划过,而军乐队正奏响
施特劳斯的圆舞曲。(《一些国外的来信》:21)

此处,"布袋里一只猫"的意象堪为诡谲,它是对"钻进你的纸页并让它活过来"这一企望的自反式否定。事实上,不同主体之间意欲取得身份认同的过程充满着盲点而难以把控。尤其是,在这只"布袋"里,与"猫"共存的是"被死亡腾空的时间"——死亡既湮灭一切,也令书信中的文字和语声很容易沦为遗忘和缄默。或许正是意识到这点,作为书信的阅读者与诠释方,"我"在跟随书信作想象性的游访之余,尤其专注于将亡者的语言状态加以复原。但标题中"国外"(foreign)一词所内含的"陌生"与"外来"之义此刻被重新唤起——读信人力图习得写信人的语声,但后者口中却充塞着生硬的外语:"今晚我读到冬日如何在施沃伯城堡 / 的塔楼外咆哮,那沉闷的语言如何 / 在你的下颌中成长"、"这是在意大利。你学说它的母语。/ 我读到你如何行走在帕拉蒂尼山 / 那些凯撒宫殿的废墟间。"(《一些国外的来信》:21—23)。外语的生疏强烈预示着死生之间、不同个体之间的难以转译,正如诗歌的元叙事视角所承认的那样——"今晚你的信件 / 将历史简化为一个猜测"(《一些国外的来信》:21),"我"很清楚,以书信为媒介抵达亡者的努力将时刻伴随着"不可测知性"(impenetrability)与"不确定性"(indeterminacy)。[1]

卡夫卡曾以"魂灵"来界定书信这一媒介所联结的主体关系:"写信不仅是在与收信人的魂灵(specter)交流,同时也是写信人在同他/她自身的幽魂(phantom)交流,而后者恰恰就在写信人书写这封信件的过程中在其自己手下悄然成形。"[2] 如果说,塞克斯顿通过描述"读信"这一凭吊模式而为书信所致向的"魂灵"开启了转圜余地,那么与此同时,写信人与其自身幽魂间的联结关系也在诗人笔下获得了显影。诗歌几乎在每一段对姑婆少女时期的想象性细描后,都会插入对其老年光景的勾勒以作对比。也就是说,"我"一方面复演了写信人在写信时的青年游历("我把你看作/一个年轻女孩,在仍然美好的世界里,/先我三代写着信"[《一些国外的来信》:20]),另一方面则在读信的此刻,唤起了记忆中关于写信人的老朽印象("当你属于我时你戴了一只助听器"、"当你属于我时,他们把你包起来抬走,/脸上盖了你最昂贵的帽子"[《一些国外的来信》:21])。如此,年轻与年老,活力与衰亡,两种时段、两种状态的交错并置看似连通了写信人生命的历时跨度,实际上更是为诗歌的生命复返叙事提供了起讫点。而这一复返叙事与写作书信时发生在"魂灵"间的交流一样,始终是双重的:"我"不仅赋予写信人(亡者)以寻回话语-生命能力的可能性,而且经由阅读并复述书信,"我"自身也被纳入了这趟与亡者协同的逆向

---

[1] Jo Gill, *Anne Sexton's Confessional Poetics*, p. 88.
[2] Qtd. in Janet Altman, *Epistolarity: Approach to a Form*, Columbus: Ohio State University, 1982, p. 2.

旅程。

到最后，这首诗终结于一场生者／读信人与死者／写信人之间虚实交接的对话："今晚我将放开说话，在你的信中插嘴。"读信人的声音最终掺入书信并成为其中的一个声部，"我"的当下与姑婆的彼时与今生，两者所置身的三重时空相互贯通。语言的交织如同回旋曲式一般涵盖着三层结构：（1）书信本身的直接描述；（2）读信人的想象与隔空演绎；（3）诗歌描绘"读信"所带来的召唤与重构。在这个意义上，给姑婆的另一首写得稍晚的挽诗《走在巴黎》可读作对《一些国外的来信》的释义性补充，在该诗中，上述三层结构显得更为鲜明，"我"渴望通过阅读姑婆书信来完成自我更新的宣告也远为迫切与直露："我读了你1890年的巴黎来信。／每晚我都把它们带上我单薄的床／我学习它们就像女演员学习台词"、"你的历史就是我的历史（那个孩子们的盗贼）／而我走进你了"、"我只读你的信，／把你的语言植入我的生命"。（《走在巴黎》：152—154）

在受语言滋养而不断充实的书信空间里，诗人从她自己还远未出世的过去中搜寻那把更新生命的密钥。诚如"女演员学习台词"所喻示的，"我"每晚念诵家信，就像演员通过附体于剧中角色来把握后者的身份境遇那样，一遍遍竭力踏上"回溯你的生命"之道。在这场复生仪式中，作为灵媒的书信唤回而且更新了亡者的离魂，不遗余力的读信人也最终迎来了与写信人新生的融通："我们明天穿上结实的鞋，／给发紫的手买皮筒。／我冒昧挽起你的胳膊，／每天都是新的远足。／来吧，姐妹，／我们是两个处女，／我们的生命再次完满／未经使用。"（《走在巴

黎》：154）

塞克斯顿曾试图向人说明其诗歌中的主体有着人格上的多重性。[1]1965年，当出版商请她撰写一份简单的自传履历时，诗人竟感到惶惑且无能为力，声称"无法应对这样一份关于自己'生活故事'（life story）的有序记述"[2]。按照传记学研究者史密斯（Sidonie Smith）的分析，人们对秩序化与整全性的畏惧，源于某种自我体认的障碍，此时主体的感受是"发现自己仿佛同时身处好几重不同的舞台"[3]。或许对于塞克斯顿而言，在每一个平行共振的"舞台"上，"我"操演着与不同他者的不同戏码，而主体对自我的辨认正是在由此构成的不同关系中展开的。

塞克斯顿的名作，也是其家庭挽诗的代表作《复影》便演绎了主体如何通过镜像关系来洞悉自我并达至主体性的过程：该诗以"我"与母亲的两幅肖像画为核心意象，投射出一个检视母女关系的镜像空间；与此同时，这个镜像空间又被"我"与女儿的新一代母女关系予以回应和反照。如此，在以"我"为中轴的镜像图式中，诗歌示例性地诠释了主体在与他者的关系中观察、识别并认同自我的叙述模式。

这首长诗共被标注为七个部分，其内容结构为"A-B-C-D-C-B-A"的对称形态，即第一部分与第七部分呼应、第二部分与第六部分呼应，以此类推，从而与主题上对三代人（女儿

---

[1] See Barbara Kevles and Anne Sexton, "The Art of Poetry: Anne Sexton," pp. 22-23.

[2] Qtd.in Jo Gill, *Anne Sexton's Confessional Poetics*, p. 86.

[3] Sidonie Smith, "Performativity, Autobiographical Practice, Resistance," in Sidonie Smith and Julia Watson ed., *Women, Autobiography, Thoery: A Reader*, Madison: University of Wisconsin Press, 1998, p. 110.

"你"—"我"—外祖母"她")的镜像对称形成近乎完美的一致。在诗歌中,"她"罹患乳腺癌的救治无效与"我"在焦虑症下的自杀冲动,构成了一组死亡镜像;而"我"出入精神病院的疗愈与"你"降临于世的新生所构成的另一组镜像,则在上述死亡的交叠中注入一丝希冀。在整首长诗的叙事中,三人的出场次序与比例亦像是出自精心排布。譬如在诗歌的首末(即第一和第七部分)中,"她"(外祖母)是缺席的,读者听到的是三十岁的母亲对四岁女儿的告解。前者试图向后者解释自己的精神崩溃与自杀冲动,以及出于这种病况而不能与后者生活在一起的万般自责。在第二、三和第五、六部分,"我"则向女儿诉说自己在"她"(即外祖母)家中与后者共度濒死时刻并在此期间完成两人肖像画的故事。其中至关重要的第四部分,即在全诗的中轴段落里,诗人以"画像"、"镜子"、"面具"等意象的高密度交织,将三代女性扭结为一体,展现出主体观测自我所需的不同镜像的聚合:

> 在海上暴风雪期间
> 她自己的画像
> 画好了。
> 挂在南墙上的
> 镜子之洞;
> 相称的微笑,相称的轮廓。
> 而你长得像我;你戴着我的脸,却不熟识它。但毕竟你是我的。(《复影》:51)

在诗中,"我"的画像因挂在"北窗"而注定被"阴影"蚀刻,而在"南墙"上的母亲的画像也始终被死亡气息所覆盖:"她的脸颊凋零像一朵 / 干瘪的兰花;我的哈哈镜,我屈服的爱 / 我初始的影像。她从那张脸上盯着我,/ 从我活得比它久的 / 死亡的石头脑袋上盯着我。"两张画像相向而设,如"镜子之洞"相互映照嵌套,"我"与母亲的"相称"性("相称的微笑,相称的轮廓"),以及这种"相称"性在"我"与女儿之间的复现("而你长得像我;你戴着我的脸")暗示着代际间命数循环的难以突破——而这循环中的传递物不是别的,而是"死亡"。此处,诗句无意描摹画中肖像样貌的细节,而是围绕两幅画像的关系编织出一串隐喻的蒙太奇("干瘪的兰花"、"哈哈镜"、"屈服的爱"、"死亡的石头脑袋"),对画像的视觉描述因而被一种预告死亡的冷峻语调取代。在诗中,母亲的画像成了其生命活力"凋零"的警示牌,而这也正是"我"(作为母亲画像的反射物)即将陨逝的潜在征候。诗歌随之感叹道:"我在墙上腐坏了,我自己的 / 道连·格雷"。

熟悉塞克斯顿生平的读者会认出这个极具巧思的双关修辞。塞克斯顿的母亲名为"玛丽·格雷",它和"道连·格雷"在姓氏上的巧合,使得王尔德小说中发生在画像与画像主之间的灾难性寓言被很自然地引渡到这首长诗中。众所周知,在小说《道连·格雷的画像》中,掩盖在紫绸遮布下的画像乃是主人公所犯罪恶与年岁老朽的表现载体,它作为主人公的本体或肉身的替代而日渐老去并趋于腐化。在诗歌《复影》中,母亲的画像不仅是"我"之画像的对设物,亦成为"我"之实体的一个分身和虚像。经由画像传出的衰败气息，既在两幅肖像相向而设的"镜子之洞"中往返折射，也在现实的母女之间流转递送（"她对我别过脸去，就好像死亡直追上来，／就好像死亡过户给了她。"［《复影》：50］）

事实上，熟读弗洛伊德的塞克斯顿很可能知道"复影"（the double image）在心理学上的出处，并因而提取了这一视角作为该诗的灵感来源。在弗洛伊德的论述中，"复影"与"暗恐"（uncanny）是一对由此及彼、息息相关的概念。最初，在分析哥特小说家霍夫曼（E. T. A. Hoffman）的作品时，弗洛伊德提出了"暗恐"这一术语，字面意义可理解为"似家非家的"，即熟悉感与陌生感的并置、安全感与恐惧感的相互侵占。这也是既往哥特小说所着意突出的情境氛围，如居住在古宅中的主人公在白日有着一份体面温馨的家庭生活，而一旦到了夜晚，同样的房间或家具却蒙上了暗影，一切魑魅丛生，变成了陌生而神秘的"非家"；不仅如此，同一人物的性格也随之发生裂变，著名的"阁楼上的疯女人"便是这种人格变态情状的典型。所谓双重人格，也就是发现自己的另一幅"复影"，它既熟悉又陌生，正如学者陈榕所概括的，在哥特小说中，"主体是一张画皮，一个虚像，似曾相识，却也似是而非。在哥特小说的世界里，灵魂中的暗影随时等待突破文明与主流话语的枷锁，分身而出"[1]。如果说画像承担着道连·格雷身上不为人知的罪恶秘密，是后者一个非理性的分身，那么，塞克斯顿将墙上的肖

---

[1] 陈榕《哥特小说》，载《外国文学》2012年第4期，第97—107页。

像画（有两幅，母亲的和她自己的）称为"我自己的道连·格雷"，无异于指出了其真实主体的两重分身：母亲和"我"这两幅肖像画所呈现的征象，两重分身之间勾连出了一个以"腐坏"为名的死亡之环。

换言之，母女间的伤害、恐惧、病痛等最终销蚀为肖像画上衰败凋敝的双重脸孔，而即便是女儿的新生也未能带来任何终结或逆转。诗歌暗示，"我"与母亲的"复影"关系迁延复制在了"我"与女儿之间。而我们早在诗歌开篇便读到，"我"将女儿称作"我必须承担的一笔旧债"（《复影》：46），"旧"字说明，母女关系所内含的负担感由来已久，似乎根源于"我"被母亲压制并因而采取报复性回应而产生的交恶。如果说"我"对自己的母亲充满怨恨、意欲冒犯，那么"我必须承担的一笔旧债"意味着，诗人担心（或预见到），这样的怨恨与冒犯也将随着她自己成为人母而侵临于她自身。在第七部分结尾，"我"再次回望女儿出生——"你初生时像个笨拙的访客，/ 全身包裹着，湿哒哒的，/ 古怪地躺在我沉甸甸的胸脯旁"（《复影》：56）。其中，"访客"一词很显然是对前文"我"在母亲家中"活得像个生气的访客"（《复影》：48）的点化与呼应，是以囿于礼节举止的"访客"身份一再点明母女之间本不应该维持的距离。而更挑衅伦常，也更令人恐慌的是，在一个家庭里，同一种恶意将（至少）接连发生两次，正如诗歌在结尾处宣告："我，从来也不清楚怎么做女孩，/ 需要另一个生命，另一个影像来提醒自己。/ 这是我最严重的罪行，你无法治愈 / 也无法宽慰"。（《复影》：56）前文所述"我"与母亲的"复影"关系，如今翻覆投射在了"我"与女儿的关系间。女儿的"影像"被"我"视为一个模本、一种警示。或许，在刚出生的女儿身上，"我"一眼认出了过去尚无法定性的亲情之"恶"。这种"恶"在构成一组三联画的祖孙三代的"影像"上轮回折射、往复流动：分离和破裂将是这个仍在续写的家庭故事中的基调。

这种令人窒息的"复影"关系在塞克斯顿的其他几首挽诗作品如《等分》、《手术》中也可窥见。由肖像摹写而成的母亲时而怨斥、时而训教、时而示弱、时而无情，最终以不同的面向被缝入诗句。例如在《等分》中，"我"一开始试图驱逐母亲死亡的梦魇来"蜕去我的女儿身份"，但最终却"仍要 / 用韵句诅咒你 / 让你振翅飞回"，以便让母亲的魂灵"定居在我那没有赞颂 / 也没有乐园的心灵里"，该诗中，"母亲"是以一种超现实主义的失真感被零碎地交付出来的：

> 老爱人，
> 老马戏团织品，她的月中的神，
> 我往昔诗篇中一切最美好的，
> 那孩子们的薄纱新娘，
> 那古怪和荒诞中的
> 幻象，那追猎用的号角
> 那回程的船长，那僵硬海星的
> 博物馆的守门人，
> 那朝圣女子心中的火焰，
> 一个小丑修理工，石堆里

的鸽子脸，

使我说出第一句话的女士（《等分》: 64）

此处的意象像是一处由乱石随意垒放而成的墓地，专为母亲而设。何谓"马戏团织品"？是指母亲形似一件柔软的织品，还是对母亲常用物件的某种提喻？"回程的船长"，这"船"是由母亲驾驶的吗？它又是从何处返航的呢？"石堆里的鸽子脸"，这一意象虽有其奇玄诡谲之美，却使我们很难将它与母亲（一个女性个体）有效地关联起来。可以说，这些意象孤立而私人化，它们失却了参证物，因而将读者拒之门外。唯独就主题而言，这幅足具超验色彩的拼贴画（collage）与《复影》中的肖像画是相似的，它们都不希冀构画某种和谐；它们展示的是母女关系所带来的焦虑、同一种失衡与疲累不堪。在这关系中，受害者、施害者、见证者、反思者，逐渐交融一体。如果说诗人意欲脱去她的女儿身份，那么，这样的驱魔仪式（exorcism）被证明总是失败——哪怕母亲已死，其亡灵也会时时回访：

这时你来了，一个勇敢的鬼魂，
定居在我那没有赞颂
也没有乐园的心灵里，
让我做你的继承者。（《等分》: 64）

又如《伊丽莎白走了》一诗，仿佛一帧帧画片，展示出一位姑婆离世前后的诸多定格：

你躺在你正式死亡的巢穴里，

在我紧张的手指印无法触及的地方

在那儿他们触碰你晃动的脑袋

你的老皮起皱，你肺部的呼吸

变得婴儿般短促，你最后一次抬眼

注视活人床上我那来回的面孔，

在某处你喊道，"放我走放我走"（《伊丽莎白走了》：18）

诗歌开篇是对"伊丽莎白"垂死病容的勾画。这是在波德莱尔开启的道路上，将女性衰朽的视觉意象直露地置于笔端。在该诗中，诗人所拣选的目光与注意力落及之处——起皱的"老皮"与急迫而衰微的"肺部呼吸"似乎被刻意放大，由此，经历过生离死别的读者虽只能听到、读到，脑海中的想象却与眼见亲睹无异。随后，在下一诗节中，"伊丽莎白"的病容被切换为其在棺木中的遗相："他们填了她的双颊，我说：/这黏土手，这伊丽莎白的面具/不是真的。"（《伊丽莎白走了》：18）遗容的失真或许是殡葬场合中的常事，但这里，"伊丽莎白的面具"一经梦呓般去现实化的口吻，无疑蒙上了一层奇幻惊惧的色彩。死者的脸颊与手部因人工填充物的垫入而扭曲变形，皮肤的质地也失去本色，乃至如无机物一般死灰。这种超越现实的体表变形，以及"我"对此所感到的惊怪与质疑，恰切地道出"我"对"伊丽莎白"新获死者身份的无法接受——诗歌末节写道"我因看到你的样貌而尖叫"（《伊丽莎白走了》：19）；此刻，"我"竭力渴望重温的，是"伊丽莎白"的"苹果脸"、她"双臂那淳朴的托儿所"和"皮肤的八月气味"(《伊丽莎白走了》: 19),而这一切却不复再现。在由死者形貌畸变带来的非现实的视觉性荒诞感中,我们不免意识到,"我"对生死两者间的关系纽带何以存续而颇感困惑与焦虑。值得留意的是,在视觉传达上,诗人并不将遗容与环境的总和呈现出来,而是调用语词改变观看视角的出发点,尤其是有意将脸颊和双手这些细部从整体中脱开,将本不相连的头与手并置在一处,造成了超现实主义与蒙太奇般的荒诞视觉效果。

在塞克斯顿的作品中,以语词摹写家庭肖像当然还有不同层面的侧重和变形。如与《复影》相仿的《手术》一诗,亦勾画出母女间的死亡镜像关系,将"我"接受腹部手术的主体经验叠印于母亲的癌症诊治中加以刻画("头上那近乎强悍的医生 / 将我的病情和她的等同起来";"我们戴着这张脸 / 在有着特殊死亡气味的房间"[《手术》: 83])。在这些诗作中,"母亲"或"姑婆"均是"我"之主体身份认同的一个重要投射对象。正是一种施 / 受或生 / 死的镜像呼应中,主体叙事获得了充分的支撑、对照、辨析与校验。这也意味着,类似的家庭摹写从来都是双重的:诗人一方面勾画出他者形象,另一方面又在这些与他者相处的形形色色的历史场景中重构自我。《复影》所显示的亲情情感关系的摇摇欲坠,代表了所有同类诗歌的策源点。写实与超现实的视觉方式成为塞克斯顿诗歌想象力的双翼,从其个人回忆史那痛苦痉挛的暗火中扑飞。

正如前文指出,塞克斯顿所置身的文化环境乃是一个受摄影媒体广泛介入,因而充满"上镜之机"的时代,在其中,诗人的艺术及其作品接受过程"参与了对摄影表现形式的征用和重构"[1]。事实上，生活中的塞克斯顿热衷保存各类视觉物件，以此来记录生活中的特定发生。对于自身经验与足迹的林林总总的见证物，尤其是便条、票根、剪报、相片、甚至旅店房门钥匙这样尚且容易在页面上展示的物件，她都能在剪贴薄中妥善归置。在塞克斯顿史料中心[2]亲自领略过诗人日记、文件、图片和书信的学者海勒分析道，"诗人早年对剪贴薄和相册的制作，使她在手、眼、词语与图像之间形成了紧密的触觉关联，这种联觉也使她对视觉语汇具有敏锐的情感反应能力（affective charge）。"[3] 从传记角度，海勒解释了塞克斯顿对视觉意象的敏感和偏爱：从制作剪贴薄所需的图像处理到对各类纸本的收藏癖好，诗人为图像配以文字说明，并使图像与文字互为解释，这一行为本身，使她在观看与语言表述的联觉互动上变得训练有素。正如约翰·伯格对剪贴墙的看法，在这种常见的家居装饰物上，"所有的影像都属于同一种语言。……因为它们是通过高度个人化的途径入选的，用以恰当地表达他［遴选者］的经验"[4]。对诗人来说，视觉意象是个人经验的恰当见证，是主体叙事最直观的参考和依据，是私密的因而也是最具阐释力的创作语汇。

如果说塞克斯顿对摄影媒介机制的深谙和先觉意识，令她

---

1 Anita Helle, "Anne Sexton's Photographic Self-Fashioning," pp. 38–39.
2 Anne Sexton Papers at the Harry Ransom Center for Humanities Research.
3 Anita Helle, "Anne Sexton's Photographic Self-Fashioning," p. 47.
4 约翰·伯格：《观看之道》，第 39 页。

在诗人外部形象的重塑与自我经营上深受助益；那么，在其诗歌内部，相片、剪贴薄等物件对主体的建构 / 解构以及摄影与写作之间的跨媒介互文，亦呈现出至关重要的标示性，丰富了自白诗所试图予以刻写的主体层次。对诗人而言，构成诗歌的语词恰恰等价于将影像外部元素揭开为内部隐义的文字符码。很多时候，塞克斯顿的诗歌都以一个语言速写而成的视觉画面为开篇，像素描的机制那样，将某一主体形象及其置身的场景元素悉数罗列，供我们在同一时间内观览。随后，通过其写作结构所内含的细察行为，试图揭开画面所寓含的精神向度，其中也可能经历数次的自我推翻与辩驳。一般而言，以遗物存留的相片意味着一种过去时态，在其中死者的生命以冻结的方式继续存在。但在塞克斯顿的家庭挽诗中，"相片"意象所唤起的不仅是生者与死者的接通之径，更是一个主体对家庭关系展开反思、修正并据此重构自我的参照空间。

以《所有我亲爱的人》为例，这首写给父亲的挽诗从《麦克白》中的麦克德夫一角身上征用了频繁失亲的痛楚。莎翁剧中，麦克德夫因夫人与孩子们被杀得一个不存而痛不欲生，他令人哀恸的发问："所有我可爱的宝贝们都死了吗？"[1] 塞克斯顿的诗题"All My Pretty Ones"就是对这一问句的化用。在此诗的开篇，诗人便交代了父母接连故去所带来的重创："父亲，今年的厄运使我们分离 / 你随母亲进入她冰冷的长眠；/ 震惊再次煮

---

[1] 威廉·莎士比亚：《莎士比亚全集》，朱生豪译，南京：译林出版社，1998 年，第 175 页。

沸坚石投入你心，/ 留我在这儿拖着脚步跌跌撞撞。"（《所有我亲爱的人》：69）随后，"我"在这重创中清数父亲留下的遗物。当发现其中相片里的人像是"我不认识的人"时，"我"扬言要把这些"纸脸""全部扔掉"——"纸脸"这一极度物化和去人格化的措辞烘托出身份指认的失效。然而，恰恰是偶然的一张照片提供了转机，点通了"我"与已故父亲的情感接应（"但相册里有双眼睛木头般丰厚 / 吸引我使我驻留此处"[《所有我亲爱的人》：69]）。我们发现，如前述《一些国外的来信》那样想象性地重启他者的生命，这种身份认同模式再度出现。但这次依据的不是文字，而是影像。

在塞克斯顿的笔下，照片中那双"吸引我使我驻留此处"的眼睛所释放的基因记号，令看照片的"我"感到生命体的弥合。"我"仿佛受其引领，从而识别出了更多共享着这双眼睛之样貌特质的祖辈们。然而，"我"能叫得出来的唯有"军人"、"小姐"、"海军准将"这些依据其着装而得出判断的职业名称，亲属指称在此处的缺席，透露出"我"通过相片寻访族系的努力再次中断。就像罗兰·巴特在摄影札记《明室》中所阐述的"失望"体验：面对母亲的照片，他"成了蹩脚的幻想家，伸开双臂想拥有那个影像，却白费了力气"[1]。在塞克斯顿的诗歌中，"我"再度对"陌生面孔"感到"无从下手"，并"把他们锁进本子全部撵走"。

---

[1] 罗兰·巴尔特：《罗兰·巴尔特文集：明室》，赵克非译。北京：中国人民大学出版社，2011，第133页。

然而，仿佛正是为了印证相片在可辨识的情况下所唤起的灵媒作用，在下一诗节由"剪贴薄"引发的忆述后，"我"重又回到家庭相册，对着那个恍若在场的父亲，悉数说出他在每张相片上闪动的魅影：

> 这些是你婚姻生活的快照，摄于各地。
> 肩并肩站在如今通往拿索的轨道；
> 这张，怀揣着快艇赛赢得的一尊奖座，
> 这张，一袭燕尾服鞠着躬在沙龙舞会，
> 这张，站在那窝粉眼小狗的栅栏旁边，
> 它们像表演赛里的小猪崽那样奔跑；
> 这张，在姐姐得奖的那次赛马会上；
> 还有这张，像公爵站在成群的男人中央。
> 现在我把你折起来，我的醉鬼，我的领航员，
> 我首个遗失物的保管人，留待以后再爱、再看。(《所有我亲爱的人》：70—71）

一旦"我"对相片中的人物或场景感到熟识，语言便敲开纸面封印、招引记忆纷至沓来。而且，死者在诗人笔下往往"显得容光焕发，在相片中微笑着，……比其他途径所展示的形象要迷人得多"[1]。诸如在"快艇赛"、"沙龙舞会"及"赛马会"等场合中，身着燕尾服的父亲怀抱着奖杯，卓然立于"成群的

---

[1] Anita Helle, "Anne Sexton's Photographic Self-Fashioning," p. 44.

男人中央",风度宛若公爵。

然而,下一诗句的急剧转折却让这一魅影成为泡影("现在我把你折起来,我的醉鬼,我的领航员,「……」留待以后再爱、再看"),"醉鬼"泄露了父亲迷人仪态下的潜在劣迹,而母亲留下的日记本则确证了父亲"酗酒"的事实("我手捧'五年日志',母亲记了三年之久,/你的酗酒过程,她没说的尽在其间。/她写道,有次你睡过头时间太久。/天呐,父亲,难道每个圣诞期间/我将把掺有你血的红酒喝下肚去?"[《所有我亲爱的人》: 71])。真相的呈露为诗人儿时的心理重创提供了某种迟到的解答,据其传记所言,父亲在醉酒后的非理性言行使诗人"永无可能再信任他的爱"[1]。在此诗的末句,"我"对着父亲的相片做了耳语式的诀别:"我俯身把陌生的脸对向你的脸并将你原谅"。尽管"我"对父亲的责难在此诗中仍显得含糊其辞,但文字表述已足以令相片中的人格魅力遭到涂抹和覆写:有什么是需要"折起来"以待日后"原谅"的呢?

我们知道,相片是对人物本像的复制,故而也成为人物故去后人们追忆往昔的主要凭证。其中,肖像人物的穿着举止、神情气息,以及望向相片之外的目光,都化约为他们故去人生的某种总和。但塞克斯顿从未允许"我"仅仅追随相片的迷人色调去陈述和回忆;或者说,相片中父母的"容光"并不真正成为"我"记忆中的主要光源,也不会遮蔽整个家庭生活中更为充实和切身的日常时刻——并不是说,那些未被相片记录的

---

[1] Diane Wood Middlebrook, *Anne Sexton: A Biography*, p. 14.

部分就因此而被淡化和稀释了。如果说"摄影这种媒介通过将主体写实地予以再现而比自传写作更为确定和可靠"[1]，那么，塞克斯顿力图展示的却是，影像语言与文字语言同样充满着悖谬和谎言，且两者与真实性的关系皆若即若离。

也正是因此，"我"试图在父女关系中做出自我辨析的努力显示出了更大的可叙述性。经由相片与文字的彼此指涉，"父亲"人格的真实性面临着协商：在相片的容光微笑与日记所述的黯然错咎之间，诗人"批判家庭意识形态"（familial ideologies）[2] 的动机变得不言自明。在其中，恰恰是"我"将其照片"折起来"的引而不发，使得主体难以言说的创伤经验昭然若揭，那些阴暗而触犯禁忌的指涉将在一定的延宕后从诗歌中析出，成为主体叙事里令人不安而又无法绕开的一部分。

事实上，《金钱秋千》、《房屋》等诗歌均体现了诗人以照片作为反观媒介的创作运思。在《金钱秋千》的开篇，诗人将父母年轻时的一张合影媲美于时髦的文艺偶像："那么年轻，性感，艳丽，/ 那么像菲兹杰拉德和珊尔达"，而随后的叙述运用了同样的"突降法"（"我知道你们酒杯里的冰块老化。/ 我知道你们的笑将长出脓块"［《金钱秋千》：391—392］），如此形成了对前述曼妙合照的反讽与讥刺。此处，"老化"与"脓块"都是对死亡、病变与创伤等衰朽特质的提喻。通过揭露其家庭在艳丽表象下暗藏的阴影与罪责，诗人不动声色地将读者引入其布

1　Timothy Adams, *Light Writing and Life Writing: Photography in Autobiography*, Chapel Hill: University of North Carolina, 2000, p. xv.

2　Anita Helle, "Anne Sexton's Photographic Self-Fashioning," p. 48.

满暗面的自我叙事空间；不仅如此，通过对父母形象加以后设性地判定与凝视（"我知道……/ 我知道……"），主体自身成为这种形象的继承人和占有者：在"我"身上，魅力与无能、光彩与暗影将永远如影随形。

诚如吉默（Leigh Gilmore）所言，"自传写作中的主体建构其实并不主要倚赖于写作者的生活经验"，而体现为一个从"缺席"中营造"在场"、将"碎片"连缀为"整体"的过程。[1] 在塞克斯顿的家庭挽诗中，媒介意象拥有了扭曲时空的魔力，主体凭借书信、画像、相片等存念物而唤起与逝者共同在场的想象空间。在这个由语词所催生的私人异象世界里，诗人往返于历史与当下、记忆与想象，并在自我与他者的身份融通或敌对博弈中探寻主体的自我重审与形塑。

可以看到，从"书信"的语言植入到"画像"的镜面反射，再到"摄影"与"文字"的媒介互文，诗歌并未因内容的自传性而锁定其表现形式，而是实现了自我审观视角的开放性。在这个被诗人视为"社会与文化心理结构之微观模拟"的"核心家庭关系"里[2]，主体并非如在一般自传叙事中那样连贯同一，而是被分解为不同关系下的诸多面向的放大与复合。正如摄影对主体的修辞性变形，诗歌语言建构下的主体也在不同程度地背离真实。塞克斯顿的自白诗并不回避这一点，而是让笔下主体

---

[1] Leigh Gilmore, *Autobiographics: A Feminist Theory of Women's Self-Representation*, Ithaca: Cornell Univerisity Press, 1994, p. 25.

[2] Diana Hume George, "How We Danced: Anne Sexton on Fathers and Daughters," in *Anne Sexton: Telling the Tale*, p. 411.

经验的复杂性和问题化尽可能地敞开。或者说，以媒介为意象的诗歌叙事并不急于对主体各面向进行整合与安放，而更像是对主体在不同关系中所呈现的片段性与多变性加以还原的动态捕捉。

四、自我反观：摄影与写作的互鉴

通过肖像与诗作的彼此渲染，塞克斯顿展开了实质性的自我重写。或许可以说，正是诗歌内部所凸显的媒介意识，解释了诗人为何会在诗歌的外部传播过程中展现出先于同时代人的媒介敏感度，并能顺应彼时多媒介的文化语境，自如调度其公共身份的形塑。作为身份重塑的有效模式，摄影与写作这两种媒介的运行过程可谓相似，尤其是在构设主客体关系方面表现出异曲同工的工作机制。实际上，海勒正是以诗歌写作对摄影机制的仿拟为出发点，重新解读了塞克斯顿诗歌叙事的总体规律。她将写作喻为"双向螺旋"（double helix）的过程，指出塞克斯顿的第一人称叙说，恰恰与她作为个体在相机前被拍摄的机制相仿：一方面，"我"无时不感到外部主体投来的目光，另一方面，"我"将这目光"反射"回外部，因而在看待自我时，"我"变成了自己眼中的客体，即"你"。用海勒的话说，这个"你"，"在摄影发生作用的过程中，同时作为主体之内与主体之间（也就是说，在能指的层面上）的一个投射来运作"[1]。

---

[1] Anita Helle, "Anne Sexton's Photographic Self-Fashioning," p. 43.

这一观点把我们带入写作中的诗人视角。在摄影过程中，"自我反观"的逻辑让被拍摄者的形象不单是自我呈示的结果，更是他/她在接受了外部以及自我反身的目光之后所调和出来的产物——这里的"外部"可以解释为"一股特殊的文化力量，这力量将主体置于文化语境之多元形态的关系之中，从而调和其效果和意义"[1]。如果将诗人比作镜头前的被拍摄者（读者是掌控镜头的观看者/拍摄者），那么诗人的自我表露亦和被拍摄者的形象呈现一样，是一个不断参照外部文化力量并接受其调和的结果。理论上，这个过程可以无始无终地循环下去：投射、抵达、参照、带回、调和……

事实上，摄影过程所涵盖的"看"与"被看"的联动反射关系，可以视为自白诗写作时，诗人（或她笔下的第一人称"我"）与读者关系的一个隐喻。比如希尔维曼对肖像摆拍时所形成的张力场的分析，就可以移用于对自白诗个人化写作的解读："[被拍摄者的]姿势所发挥的象征性力量如此之大，以至于它向外辐射，将身体周围的空间和与之接触的一切事物都变形成了一张想象性的照片。事实上，姿势本身包含了摄影图像中与主观领域相关的所有其他特征。"[2] 这种视觉意义上"看"与"被看"所导致的"变形"，在个人化写作的文本生产和接受过程中同样存在。如果说一张人像摄影并不直接等同于被拍摄者自身——因为"姿势"会"向外辐射"而成为无形和不可控

1　Anita Helle, "Anne Sexton's Photographic Self-Fashioning," p. 44.
2　Qtd. in Anita Helle, "Anne Sexton's Photographic Self-Fashioning," p. 41.

的能量；或与"周围的空间和与之接触的一切"结成联动而造成自身的变形；那么同样地，诗人对自我的叙述也经历着种种"想象性"目光的回击而造成变形。正如照片最终是由被拍摄者与拍摄者、观看者、传阅者的目光交互织造而成，在照片定格的那一瞬间，正欲表达的主体同时意识到自己在被另一个或多个主体（也包括他/她自己）观看——而当他/她回应外部投来的目光，其回应又对外部施以反作用，并如此循环反射时，才可谓真正构建起了为我们所见的形象。同样地，个人化写作也内含着这个过程：是写作中的自我反观循环，构建出了我们所读到的"我"之个人叙事。这个叙事中的主体像在镜头前的人像那样，经历了无形的、程度难以定量的修饰、神化、变异或扭曲；其中的"我"也不可能是纯粹"自我表述"的结果，而是自始至终都与诗句定格背后纷杂的建构过程相依存：主体，以及从其身上分裂出的客体，两者的目光在诗人对"我"和主体间性的书写中，自觉或不自觉地贯穿着，互相牵制、不断折返。

这也是为什么塞克斯顿诗中的"我"往往呈现出不同的叙事向度。当书写聚焦于"我"的形貌样态之时，诗歌同时揭示并放大"我"在文本编织中所遭遇的"变形"。正如对照片做历史语境上的还原，通过对主体形象之建构过程的考古式重现，诗歌力求将"我"从平面化的感官描画转移到多层次的理性自审中去。诗作，以其建筑物般的形态本身，既成为建构这种立体性之所在，又向我们示范了这种立体性当如何被解读。

比如，在一首题为《小时候的照片》的诗中，自我反观不再是隐藏在作品背后的写作策略，而表现为诗歌内容本身。诗中，"我"正在回看一张童年时期的旧照，视线在相纸间缓慢推移，对其中人物——一个过去的自己上下打量：

> 微笑挂在
> 葡萄的中心。
> 微笑挂在
> 头发上说着再见的蝴蝶结里
> 微笑挂在
> 连衣裙的硬布领口。
> 什么微笑？
> 我七岁那年的微笑，
> 凝结在这彩色的照片里。[1]

　　这是常见的以相片为意象的一例诗作。通过照片留影，过去（七岁）的"我"与现在（正在回看并展开写作）的"我"连同将来（被诗歌读者目光重温和唤醒）的"我"穿越交织在一起。即使经由语言的二次传达，摄影的成片效果仍然让一切变得可触可感。彩色照片重现着皮肤的原色和纹理、蝴蝶结压在头发上的分量、微笑的分寸及其态度、连衣裙硬布领口的质地。

　　然而，一个人的表情同他/她际遇与感官的深层之间，是否

---

[1] Anne Sexton, *The Complete Poems*, p. 362.

（或在多大程度上）裂隙丛生？关于这一点，我们在前文讨论诗人的家庭挽诗时已有述及。写作《所有我亲爱的人》时，父亲的照片提供了灵媒式的存证，但遍布父亲肖像周身的"容光"终将从相纸上消退，随后剥离出一个黯淡的、有过失的，甚至是遭人憎恶的反差人格。在《小时候的照片》中，照片里的审美对象是"我"自身。此时，主格"我"与照片中的"我"（也是被动格"你"）相互对视。两种目光及其背后的循环反射，将可视化的地带不断扩大，直至穿透肖像照表面并深入背后的个体经验：

我打开静脉
血液像溜冰鞋一样循环往复。
我打开嘴巴
牙齿像一支愤怒的军队。
我打开眼睛
它们因所见之物
而一蹶不振。[1]

通过三重的"我打开"：读者被邀请隐入静脉、钻进口腔、遁至眼内。尽管"我打开"可以是一个自体行为，但生理意义上的内剖视角通常只有在"我"将"我"看成"你"（即一个客体）时才可能完成。主体表象被其自身的反转目光一层深似一层地穿透、解构，以这样一个观看方式所呈现的自我认知也

---

[1] Anne Sexton, *The Complete Poems*, p. 363.

因而更具穿透力:"静脉"中流动着的无声的厌倦、"嘴巴"内"牙齿"所积聚的愤怒情绪、"眼睛"从环境细节中日渐储存的"一蹶不振"的印象,有如一堆尚未冲洗的关于"我"的负片,与唯一一张已经显影的微笑留念叠压在一起。此时,自我反观机制赋予"我"以新的活力,不仅复原出肖像表面业已失落的或未被体现之物,同时也拭去了肖像表面所附加的掩盖之物。

如果说照片中的微笑与个体感知的复杂事实,两者看上去似乎是分裂、不连贯、失序的;那么,自反性的写作视角将这些被分割开来的面向并置在一起。诗歌的语词帮助诗人深入记忆的原始空间,通过还原个体的历史经验和存在,把握和重构自我的复杂性。当然,这一过程也是把主体的建构序列"去自然化"的过程,它得以展开的先决条件正是出于对"自我反观"的警醒——在这种警醒中,有关主体"我"的叙事获得了令人信服的激活。

类似的运思在塞克斯顿的创作中并不鲜见,自反性视角的运用不仅强调了诗歌意义的不确定性,也对第一人称抒情诗用以呈现和表达"我"的艺术形制发起了挑战。譬如在诗歌《二月二十一日》的开篇,诗人再次以一张相片道出了摄影在建构主体时对其形象成分的筛选:

> 这张照片立在我的书桌上
> 我们在里面相视而笑、幽暗的头
> 抵着明亮的头。整整一周没人亲它。
> 这照片沿着我们婚礼的红地毯,

> 二十三年来一路朝前走，脸贴着脸，
> 一直走上了卡罗莱纳。
> 丈夫，疯榔头，大力士。
> 就在上周我们办理离婚。(《二月二十一日》: 418)

诗歌先是着墨于一张立在桌头的亲密合照，其中的"我"和丈夫头抵着头、"相视而笑"。紧接着，这段婚姻在"二十三年"来的起落，被一个具象的地名（"卡罗莱纳"）和对丈夫似是而非的界定（"疯榔头，大力士"）一笔带过，从而引出掷地有声的"办理离婚"。读者或可由此联想到这张照片为何"整整一周没人亲它"。从亲密合照到办理离婚、从表意性的肖像照片到具体切身的生活事实，扬抑之间，婚姻的过程与终局、想象与现实充满戏剧性地并置在一起。

但照片在这里并非用以凭吊或抒发憾意，而是充分关涉摄影的生产方式对主体的改变：按照"自我反观"的内在逻辑，合照（"幽暗的头／抵着明亮的头"）所投射出的亲密形象必然包含主体在镜头前的表演成分，被拍摄者因反身意识到自己作为新婚夫妇所置身的既定叙事而以别人眼中理应表现出的样子为调和，建构出了最终被洗印和放大的照片形象，产生了夫妻之真实身份与想象身份的双重错置。"办理离婚"作为这场预言式表演的某种应验，如箭一般穿透了照片中失真的魅影。事实上，尽管诗歌本身未对肖像展开解构性叙事，但"办理离婚"一句的引而不发，恰恰令亲密合照所指涉的主体关系不攻自破。通过对合照背后的婚姻生活做后设性的跟进，该段落如"元叙事"

般展开了摄影之"自我反观"视角的自我反观：合照成为过去与当下的双重自反性目光得以交会的一个场域，在其中，过去为此刻提供了历史叙事，此刻也参与到过去之中，两个平行时空由此形成交响，彼此参照，互为解读。

以"上镜之机"的视觉机制为参照，塞克斯顿的个人化诗学在书写策略和立意上获得了更新：一方面，肖像的外在物质性被引向一个生动的内在景观，成为梳理、分析和整合主体形象的有效途径；另一方面，摄制和观看肖像的视觉活动带来了最直观的启示，即主体的真实性是一个不断被建构的过程。不论是摄影还是写作，主体在其自我表述之外都运行着一个双向螺旋的反观过程，他／她因此而做出择取、获得修改。可以说，这些都可视为写作对摄影语言的吸收和认同，而这种吸收和认同在"上镜之机"大规模到来之前的时代是难以设想的；或者说，这种机制是传统的第一人称抒情诗人未曾经历过，因而也无从着力表现的。

在"美貌门"事件中，塞克斯顿被当作典型案例激起探讨的另一层原因是，人们认为她从事过服装模特的工作，因而在有志于追求"肖像-身份建构"的艺术家群体中最为训练有素，成了"现代模特诗人中的模特"（the very model of a modem model-poet）[1]。然而，对"上镜之机"这一文化现象的观察使我们能够建立起一种历史的眼光，看到肖像摄制与个人化诗学的

---

[1] See James Fitzpatrick, "Anne Sexton, Aesthetics, and the Economy of Beauty."

内在关联与合谋之处，进而理解诗人何以在媒介和文学消费转型的语境下，把诗学动机引进肖像建构中去，并以摄影之"自我反观"的机制为镜鉴，形成一种多向度的自白叙事范式。

阿达多指出，今人对"上镜之机"的态度已不同于以往，当明确得知摄影的建构性时，我们会颇为自得，认为自己识别出了照片的欺骗性。尽管如此，她也不乏温情地写道，即便在这样的境地中我们"仍然向往本真——我们希望相机履行它作为记录者的职能，提供洞见并记录我们生活在其中的世界"[1]。

相机对主体的形塑往往以牺牲本真性为代价，这在互联网时代为各类舆论造势的图像信息中更是屡屡得到验证。然而，在诗歌审美过程中，我们却不必（也很难）对诗人肖像中本真性的失落心存芥蒂。事实是，在阅读个人化诗歌时，似乎只有积极征用对诗人肖像的感性认同，识别出其中寓含的修辞与另一重表述，我们对诗歌的解读才称得上尽力而为。就像琼斯在塞克斯顿肖像中印证了他对诗歌主体形象的领悟，诗人的样貌某种程度上已成为其作品的一部分。当然，在塞克斯顿那里，摄影的生产方式和制作背景甚至提供了有效的意象和叙事范式，使我们看到个人化诗学不仅加深了主体认知、拓宽了主体话语的边界，与此同时也试图追踪勾画出主体叙事常被遮蔽的多维向度，从而对自白诗的主体叙事本身提出了反思。倘若说，由于媒介手段的更新，"二战"后诗人及其作品与受众之间的关系被重新定位；个人化诗歌无论是其诗学动机还是叙述模式，均

1　Kiku Adatto, *Picture Perfect: Life in the Age of the Photo-op*, p. 243.

面临被重新定义的需要,那么,"上镜之机"这一概念或许有助于我们在一种更具互动性和说明力的语境中,重新领会创作的含义。

第二章

诗之为诗

1968 年 8 月，时任《巴黎评论》记者的芭芭拉·凯夫利斯（Barbara Kevles）在塞克斯顿家中与后者进行了为期三天的访谈。按照凯夫利斯在该文题记中所言，塞克斯顿在回顾往昔时，对时间节点的精确度格外严苛。诗人渴望克服记忆的脆弱，以保证所述内容与实际发生尽可能相符，这一点无可厚非。然而，仿佛事与愿违的是，根据凯夫利斯所说，诗人"会把自己真正经历过的事情和那些只在头脑里存在过的相提并论"，"就好像活在皮兰德娄的场景中"。[1]

意大利作家皮兰德娄（Luigi Pirandello）的戏剧以怪诞疯癫著称，凯夫利斯以之作比，仿佛在暗示诗人的日常生活处处充满着戏剧化的反常情状。这些反常情状或许包括访谈时诗人回答问题的语声——如"咒语"和"重复的念祷"；或者，当凯夫利斯提出某些问题时，诗人需要从先前的笔记中逐字读取内容以作回答。类似的场面的确显得颇为怪异，仿佛访谈不是发生在现实生活中的一次对话，而是一个女演员在精心备戏。也许

---

1 凯夫利斯、塞克斯顿：《诗歌的艺术》，第 94 页。

正是因此，塞克斯顿才会自称是"一个演出自传戏的女演员"[1]，而此语恰恰是诗人对自己在读诗会上角色的定义。

如果说读诗是真正的舞台戏剧表演，那么，塞克斯顿笔下的诗作——那些被罗森塔尔命名为"自白/告解/忏悔式的"（confessional）、将一个受创的"我"置入叙事核心，并以自己的家庭故事、身体经验与精神就诊历程等为主题内容的诗歌——何尝不是这种"自传戏"的戏剧脚本？

应当承认，塞克斯顿比她的同代诗人更为极致地将诗歌视作一种自我献祭。她"对自我原罪的精神分析式指认"[2]源自长期书写自我的创作实践。当代诗评家伯特（Stephanie Burt）如今仍这样描述自白诗的美学现象："一个忏悔诗人，在诗作中以第一人称出现，讲述痛苦的个人生活故事"，以期"向我们展现宽广社会的约束，展现社会的许可与限制如何造就了我们"。[3] 半个多世纪以来，人们将自白派诗歌等同于"讲述个人生活故事"的自传性写作，这一认知始终占据主流。

然而仿佛与此相悖的是，塞克斯顿自己对"自传性"的驳斥从一开始就让人无法忽视。她声称"我可以深深地潜入个人化，但这种个人化并不总意味着我自己"[4]。诗人甚至对"自白派"这一名称向来不肯接受，曾提出质疑道："我正在投射、虚构，

---

[1] 凯夫利斯、塞克斯顿：《诗歌的艺术》，第94页。

[2] Miranda Sherwin, *"Confessional" Writing and The Twentieth-Century Literary Imagination*, Palgrave Macmillan, 2011, pp. 6–7.

[3] 斯蒂芬妮·伯特：《别去读诗》，袁永苹译，北京：北京联合出版公司，2020年，第77页。

[4] Diane Wood Middlebrook, *Anne Sexton: A Biography*, p. 158.

这难道就是所谓的自白？"[1]

根据自传研究开先河者勒热纳（Philippe Lejeune）的观点，作者只有向读者做出保证真实的承诺，并主动地、有计划地将其亲历与所知当作真实发生来写，惟其如此，才意味着真正的自传写作。[2] 作者需要与读者签订显在或隐含的自传契约，但塞克斯顿却公然打破该契约：在陈述行为层面，塞克斯顿宣称自己并不总是在写自己（"这种个人化并不总意味着我自己"），从而否认诗歌言说者与诗歌作者之间的必然同一；在陈述内容方面，诗人所说的"投射"和"虚构"意味着对实际事件的背离，诗歌与诗人的经历之间因而并不必然吻合，而是存在大量冲突、变形，甚或无关之处。

当然，在勒热纳的定义中，自传必须是一种散文体叙事，诗歌则因其非散文化的叙事体式而被排除在自传写作的范畴之外。对此，勒热纳的理由是，诗体叙事所带有的"外在符号"无法让读者在心理上产生"似真、见证"的感觉。[3] 然而，值得留意的是，塞克斯顿诗歌的接受情况恰恰与勒热纳的预设相反——即便诗人自称其作品不乏"投射、虚构"，读者和学界也很难不将她的诗歌叙事与其生平传记对应起来；或者说，哪怕是诗体上的"非真"处理，也往往让读者误生"似真、见证"的错觉。事实上，"自传体诗歌"（autobiographic poetry）历来是塞克斯顿研究著述中难以绕开的关键词，其背后是学界与读

---

[1] Anne Sexton, *No Evil Star*, p. 138.
[2] 菲利普·勒热纳：《自传契约》，杨国政译，北京：北京大学出版社，2013年，第65页。
[3] 菲利普·勒热纳：《自传契约》，第21页。

者对其写作之"自传性"的笃定不疑。

如果说诗人确实以一种赤裸的笔触将自我经历融入写作，那么，当她矢口否认诗歌言说者与诗歌作者之间的必然关联时，我们当如何看待这种矛盾？正如前文讨论，自白诗的兴起正值二十世纪中叶艾略特-新批评之"非个人化"理念遭到扬弃，而"将诗句等同于个人表述"的自传性美学获得青睐之时，于这样的诗学风潮中，塞克斯顿在自传书写的同时提出"非自传性"的抗辩，这一事实本身或许关涉美国现代诗风革新与继承的历史复杂性。有意思的是，英美学界在近年来已趋向一个共识，即认为"自传性"与"非自传性"构成了塞克斯顿诗学与诗歌创作的一体两面。[1] 实际上，也正是在传统"自传性"讨论之外对"非自传性"层面的关注，才让塞克斯顿研究在本世纪的前二十年间展现出新的可能性，变得更具活力和多元。本书在前言中已经详述，麦高恩最早指出了塞克斯顿诗歌的"非自白诗"意义，他的研究以语言学为论据切入，其目的就是为了展演自传式阐释之外的其他有效路径[2]；这一努力也在吉尔、怀特等学者那里被引为共识[3]，成为塞克斯顿研究中的重要转向。但在上述研究理念的驱动下，"非自传性"仅仅作为"自传性"的悖谬

---

[1] Kamran Javadizadeh, "Anne Sexton's Institutional Voice," in Amanda Golden, ed., *This Business of Words*, p. 76.

[2] See Philip McGowan, *Anne Sexton and Middle Generation Poetry: The Geography of Grief*, p. xii.

[3] See Jo Gill, "Textual Confessions: Narcissism in Anne Sexton's Early Poetry," in *Twentieth Century Literature*. Vol. 50, No. 1 (Spring, 2004), p. 62; Gillian White, *Lyric Shame*, pp. 108–109.

和对立面受到关切。换言之，这些论者审视自传与非自传之悖论性的热衷之处，在于拓延塞克斯顿研究的话语空间、重置抒情诗解读的恰切模式。但本书希望在剖析其自传性写作的同时，回到非自传写作的文本内部，重新厘定自传与非自传写作之间的微妙界分。也就是说，相对于塞克斯顿缘何在自传性之外诉诸于非自传性写作，笔者更关心的是那些所谓的非自传性诗篇，其具体的美学和伦理维度该如何标注。

一、自传性："研究自己的报告员"

讨论塞克斯顿诗歌不可能绕开"自传性"的视角。即便在一段强调"非自传性"的声明中，诗人还是首先承认，"绝大多数时候我确实是个自传体诗人，或者说，我首先是个自传体诗人，从而引导我的读者去相信"[1]。勒热纳对自传的定义是："某人以自己的生活为素材用散文体写成的后视性叙事，它强调作者的个人生活，尤其是其人格的历史。"[2] 卢梭的《忏悔录》和萨特的《词语》便是这种文类的典型代表。平心而论，塞克斯顿的大多数自白诗，除了在语言形式上与勒热纳要求的"散文体"相背离，在所谈主题（"个人生活"与"人格历史"）和作者情形（即"作者、叙述者和人物的同一"与"叙事的后视性视角"的共同满足）两方面都符合勒热纳对自传作品的定义。

---

[1] 引自克劳肖讲座（Crawshaw Lectures）讲稿，该系列讲座为塞克斯顿在柯尔盖特大学担任文学教授时所做。
[2] 菲利普·勒热纳:《自传契约》，第2页。

塞克斯顿的写作重在展现实际经历，多数情况下以自己的亲身体验为诗歌忆述的主要内容。可以说，她笔下的第一人称叙事，比以往的任何抒情诗都更可与诗人日常的私隐生活相对应。在她的诗歌中，可资证明的传记信息随处可见，如叙事中的人名、地名、年份日期，都可从她的日记、书信中得到印证。不仅如此，诗集以连续不断的笔触，试图勾勒出"我"的精神人格的历程与蜕变。整体而言，塞克斯顿诗中的情感（如痛苦、失落、脆弱、焦虑等）是真实的，但就连角色和情境也是真实的：她描述自己在精神病院就医的经历、父母的接连逝去；她回溯童年，将家庭秘闻公之于众；她无惧禁忌地状写自己身为女性的身体经验和创伤，以"子宫"、"乳房"等为昭然的诗题；她直面丑陋、背叛和失去。和卢梭《忏悔录》的基调相似，塞克斯顿主动对外界暴露个人隐私，其诗歌内容不再（如浪漫主义抒情诗那样）是一种自我心灵的象征，而是诗人生命的再次生成与兑现，语词似乎没有借助任何中介就搭造出了一个独属于"塞克斯顿"的个人世界。

这种鲜明的自传性特征也常被学界解读为与其他私隐创作体裁的混同。如格兰（Charles Gullans）在 1970 年的文章中称塞克斯顿诗歌不过是"神经官能症的记录文献"[1]；就连文德勒在八十年代也认为它们"看上去更像是包含着出色短语的仓促的

---

[1] Charles Gullans, "Poetry and Subject Matter: From Hart Crane to Turner Cassity," in *The Southern Review*, spring, 1970, p. 497.

日记"[1]。且不论这种定性对塞克斯顿作品诗性的抹杀是否公允，这些论见表明，塞克斯顿的写作与我们往常理解的日记、自画像等个人视角下的自我回溯有鲜明的共通之处。事实上，塞克斯顿在自述时也包含类似的措辞。在上文提及的《巴黎评论》的访谈中，诗人坦言："有时候，我觉得我是一个研究自己的报告员。"[2] 所谓"研究"和"报告"自己，这件在诗人看来尤需"勇气"的事，让写作成为一种现代医学式的自我监测与查验。从她步入诗坛的实情来看，这确乎是诗人成功定位其声音（voice）的有效方式：由于这声音与美国当时的文化和诗学转型都颇为应和，塞克斯顿的诗歌被一些读者奉为时代症候的某种代言，具有极高的辨识度和吸引力。关于彼时美国诗学转型的现实语境，我们可以从贝尔（Daniel Bell）对二十世纪六十年代美国文化情绪的描摹中找到相应的表述："早先对自我的热衷此时又重归了，尽管是以一种更尖锐、更刺目的形式。……在艺术本身的特性中，在艺术反应的本质中，自我关注超过了所有客观标准。"[3] 塞克斯顿的写作在此期间应运而生，对自我经验的关注成为其诗歌最为关键的结构和指南。

不过，对这种"自传性"风格何以在塞克斯顿那里充分发展为一种创作属性，这一点或许可以从两方面稍作简述。一方面，在写诗之前，塞克斯顿并无正式的文学经验和知识训练

---

[1] Helen Vendler, *The Music of What Happens*, Cambridge: Harvard University Press, 1988, p. 306.
[2] 凯夫利斯、塞克斯顿：《诗歌的艺术》，第 97 页。
[3] 丹尼尔·贝尔：《资本主义文化矛盾》，严蓓雯译，南京：江苏人民出版社，2012 年，第 127、143 页。

（她声称只在上高中时"写过正儿八经的诗"[1]）。诗歌这门技艺对她而言，既无以往的传统可循，反之也无既定的制式窠臼需要挣脱。或许正是因此，在实践自传体写作、面对极端的自我剖析时，塞克斯顿比他人（如洛威尔、普拉斯等）更显得孤注一掷。另一方面，塞克斯顿富有美貌，也富有故事，她生平经历的创伤、崩塌和不协调，与自白诗的告解风格一拍即合；写作和心理分析，互为呼应、互成补充，是塞克斯顿发现自己和表达自己的救赎之道。当她的经历及其精神体验通过告解的形式悉数入诗后，诗歌替她揭开了生活表象之下混杂着丑相与疑惧的灵魂状态，并令后者获得某种疏通和疗愈。

当然，任何的个人化写作都不可能仅仅表现或作用于诗人一己。无论何种"自传性"叙事都必定伴随着私人经验的让渡，以供读者做代入式的指认和对应。正如塞克斯顿的同代诗人斯温森所言，塞克斯顿"把她的经验从私人领域中传送出来，使其切合我们每个人身上的悲痛、自责、欲望以及自我崩溃"[2]，这种解读并非个别。动人的自传性书写能够扩延出浩大的生命际遇，其对作者私己经验的耽沉与对读者外部世界的"切合"，两者之间并不矛盾。

麦克拉奇（J. D. McClatchy）指出，塞克斯顿的诗歌会给读者一种阅读年表的感觉，人们会一本接着一本地持续追看下去。[3]

---

[1] 凯夫利斯、塞克斯顿：《诗歌的艺术》，第95页。
[2] May Swenson, "Poetry of Three Women," in *The Nation*,196.8,1963, p. 165.
[3] J. D. McClatchy, "Anne Sexton: Somehow to Endure," in J. D. McClatchy ed. *Anne Sexton: The Artist and Her Critics*, 1978, p. 250.

在为其获得普利策奖的诗集《生或死》(*Live or Die*)中，塞克斯顿甚至为每一首诗标注了具体可查的日期。这与诗人所言的、将诗歌作为自我研究报告的逻辑十分相符——在《生或死》的自序中，塞克斯顿的表述甚至令这种研究报告式的自我书写变得更为切实，她说"很抱歉，它们[这些诗歌]读起来像是一个抑郁病人的体温记录"。

事实上，自首部诗集《疯人院，去而难返》(*To The Bedlam and Part Way Back*)开始，关于诊疗和家庭的创作主题便已初具格局，接下来的两部诗集《所有我亲爱的人》(*All My Pretty Ones*)和《生或死》都可视为这种格局下的衍生之作。就这前三部诗集而言，诗与诗之间显然有着情感与事件双重纽带的递进、交错与呼应，结成了一个经年历月的叙事链条。这种连续性和内部映证性，成为塞克斯顿诗歌的奇特魅力，在解读过程中提供了一种小说故事般的审美体验。譬如，《致恳求我别再走下去的约翰》与《远在非洲》是不同诗集里的作品，但都是写给同一个人，即约翰·霍姆斯（John Holmes）的。生活中，霍姆斯是塞克斯顿决定投入创作后遇到的第一位启蒙老师，对后者影响很大。《致恳求我别再走下去的约翰》是诗人针对老师的保守品味，为自白诗深入禁忌而抵达真相的立意所做出的辩护——因为老师如伊俄卡斯忒劝诫俄狄浦斯那样恳请塞克斯顿在自我暴露的写作路径上"别再走下去"了；与此大异其趣的是，《远在非洲》是一首悼亡诗，写于霍姆斯的葬礼——"你非要走吗，约翰·霍姆斯？你从未念过的 / 祷告和诗篇正对你念叨。死亡还没大动干戈 / 就把你压垮了？他被温和的上帝称赞，手扶布道坛，/ 而你在那儿怯生生的，不显出真实年龄"（《远在非洲》：132）。如同小说中相对次要的人物，霍姆斯的出场与下落仅仅由这两首"辩护诗"与"悼亡诗"简笔勾画而成。两首诗的情感基调截然相异，却恰恰因此而互成映照，投射出"我"与霍姆斯情感的丰富多层："辩护诗"中对老师潜在的敬重，在情深意切的"悼亡诗"中得到印证和扩展；而"悼亡诗"所彰显的与老师的惺惺相惜，使得"辩护诗"中独步追寻真相（因而成为老师对立面）的勇气愈发令人感佩——当然，反过来，也使得"悼亡诗"中的哀恸更见其沉郁。

塞克斯顿的第四部诗集题为《情诗》，主题看似有所偏移，然而，按照米德尔布鲁克的概括，"塞克斯顿的情诗和一般以此为题的诗作不太相像。她的情诗鲜少充满激情或多愁善感，甚至连柔情也不太有。这批抒情诗的言说者习惯被当成一组身体属性"（《英文版编者导言》：8—9）。如果《情诗》是诗人对自我身体属性和性别经验的全面开掘，那么我们仍可以说，这是一部沿袭"自我报告"逻辑并在诊疗意义上做出进一步尝试的自传之书。事实上，即便是被认为最偏离自传模式的诗集《变形》，也可视为诗人将自我置于童话隐喻与文化话语的交会体系中加以细察的产物。唯独最后三部诗集——《荒唐书》《死亡笔记本》与《敬畏地，把船划向上帝》蒙上了超现实主义的魅影，出现了有关死亡与信仰的人神对质——这是在早期诗歌中未被充分聚焦的情感与话题设定。此外，最后三部诗集显然在形式上更为自由，也更具实验意识，出现了对圣经赞美诗体裁的仿拟，亦展开了形式各异的组诗创作。如《父亲们死了》《风流韵事天使》《耶稣文卷》《死亡宝宝》《暴怒》等系列组诗,每一系列都由十余首短诗构成。然而,尽管诗歌言说者的角色不一而足,但这些后期诗作在宗教镜像和人格面具之下的重重表达,其主题与美学观都是对前期创作的反复使用。而且,不仅前期与后期所依据的叙事织体大致相同,其复杂的情感成分也源自事出同因的失却、痛苦、创伤、毁灭以及与之抗衡的坚忍或追问。用米德尔布鲁克的话说:"完全有可能从塞克斯顿作品中拼凑出一个名为'安妮'的持续讲述者。她含着金钥匙出生,婴儿期开始就伴随着恐惧,那种恐惧后来发展为死亡欲望。……塞克斯顿作品中没有古典文学女英雄的典故,然而'安妮'却始终被黑暗与预言的骇人力量所占据。"[1]

尽管作品中"没有古典文学女英雄的典故",但诗人终其一生被现代文明的神谕所笼罩,这一神谕指向自我毁灭的天命论——塞克斯顿渴望破除禁锢、无悔地探问真相,但同时也受制于真相那巨浪般的吞噬力。她的自传性书写正是对这种受制与缠斗的"记录",从一而终。

有必要重申的是,塞克斯顿的写作动机与心理治疗密不可分。在因产后抑郁而前往就诊时,心理医生对她进行了罗夏测验(Rorschach test),鼓励她不妨对测验结果所显示的艺术创造天赋做些回应。与此同时,电视上播放的 I.A. 瑞恰慈执教的诗

---

[1] Diane Wood Middlebrook, *Anne Sexton: A Biography*, p. 83.

歌教学节目为她提供了真正起笔的动力。于是，1956 年 12 月，身为一名抑郁症患者，塞克斯顿在心理疗愈中开始写作。她自称最初的目的是为了向自己证明并不是"什么都不会"，从而"不把自己杀掉"[1]。如此，在其生命中，"心理分析搭建了一座桥梁，将一个少女的创造力与女性对艺术事业的志趣联通起来"[2]。

1957 年，塞克斯顿参加了波士顿成人教育中心的诗歌工作坊，师从上文提及的约翰·霍姆斯。1958 年，她又参加了罗伯特·洛威尔在波士顿大学举办的写作研讨班，在此期间，她的第一部诗集《疯人院，去而难返》基本成稿——很难说洛威尔的《生活研究》不是借鉴了他的这名学生的风格，早在《生活研究》问世前，塞克斯顿就已经不断将诗篇发给洛威尔并向其讨教了。这些诗篇的主题便是关于自己的精神焦虑症，由此形成的两个具体写作范畴——对就诊体验的记述和对家庭问题的溯源——亦成为自白诗最初受到辨识的主要旋律。

或许值得指出的是，对就诊体验和家庭问题的写作，虽皆为精神焦虑症的衍生物，却分属两个维度的告解。就诊体验是对抑郁病状的记录和曝光，以发生焦虑症的主体经验为其内容。上世纪六十年代，即便弗洛伊德临床诊断已大行其道，精神疾病也未见得是人们乐于公开的事情。塞克斯顿突破习见，将自己接受疗程的体验、出入精神病院的实录、与心理医生相处的诊间生态等写进诗歌，这是前所未有的；另一方面，有关家庭

---

[1] 见凯夫利斯、塞克斯顿：《诗歌的艺术》，第 95 页。
[2] Diane Wood Middlebrook, *Anne Sexton: A Biography*, p. 3.

问题的写作以纾解焦虑症为其动因和结构形式。诗作沿袭的是弗洛伊德精神分析还原童年往昔并对创伤予以溯源和修复的路径。它们注重对家庭故事的重述和对家庭成员关系的回溯式细察,表现出对弗洛伊德心理治疗机制的移用。这种移用,在福柯的权力考古学中能够找到相应的表述,后者指出了告解/忏悔的心态在人们生活中已无孔不入:

> 告解早已成为西方最受青睐的展示真理与真相的技术……告解的影响已广为散布,它在审判中、在医学上、在教育方面、在家庭关系与爱情关系上,在日常生活的最平常小事上以及在最庄严的仪式上无不插上一手;人们要坦白自己的罪行,坦白自己的罪愆,坦露自己的思想与欲望,还要坦露自己的疾病与麻烦;人们精确地叙说那些最难叙说的东西。人们当众忏悔或私下忏悔,对着长辈忏悔,对着教育者忏悔,对医生忏悔,对自己的情人也忏悔;人们向自己承认,无论是带着痛感或快感,承认那些不可告人的事。人们不坦白,便被迫坦白。[1]

按照福柯的说法,告解成为现代西方文明规约的一种指征,而文学的蜕变与之如影随形。如果说从前人们是在对圣徒的勇武与其他品格的叙说中、在对英雄行为的口述与耳闻中获得快感,那么,如今文学"永无休止"的使命则是,从人的内心语

---

[1] 米歇尔·福柯:《性史》(第一、二卷),第58页。

言与告解形式的坦诚中汲取素材。[1] 塞克斯顿的自传诗，正是这种文学转向的集中呈现和极致表征。

如前所述，塞克斯顿将患者与医生之间的隐私契约公之于众，"坦露自己的疾病与麻烦"，将精神焦虑症的就诊经验作为一种可叙述的文本与读者共享。她首部诗集的标题《疯人院，去而难返》确切地明示了此意。这些就诊体验如果进一步细分，可见出以下三方面的侧重：对精神病院医患关系的写照，对精神病院日常生态的观察，对精神病院权力压制的影射。

在第一类诗歌中，言说者均以心理医生为直接的致语对象，就像精神分析疗法所展开的那样，双方的话语以患者和分析师的相互关系为轴承。譬如，在《你，马丁医生》中，诗人写道，"当然，我很爱你；/ 你从那塑料天空探身，/ 我们这一区的神，所有狐狸的王子"，"你的第三只眼 / 将我们扫视并照亮每一个 / 我们于其间睡觉、哭泣的盒子""你出入疯人院 / 管人是你的事业，你是我们巢穴里 / 一只神谕之眼"（《你，马丁医生》：12）。通过一系列比拟，心理医生的神权地位得到确证。精神病人对治愈疾病的求靠慢慢成为一种信神行为，这种行为模式占据着这些诗歌话语的核心。"狐狸"，"巢穴"，"哭泣、睡觉的盒子"等意象指向精神病人的动物性与孩童特征，以突出其与人性相违的失智癫狂的非理性情态；与之相对的，心理医生则扮演着神职"饲养员"的角色，手握理性的权杖——正如《诗人对心理医生说》中的诗句所言，"你的事业是看紧我的词语"（《诗

---

[1] 见米歇尔·福柯：《性史》（第一、二卷），第58页。

人对心理医生说》: 25)。如果说"我"(病人)的言说特质是无序、随意,有着以潜意识为驱动的呓语特质和游戏属性,那么,"你"(心理医生)的言说则严格执行着理性所特有的规约职能。这是对心理治疗过程中权力之微妙关系的一次测度:"你"既是"我"言说的向导,也是判定这些言说是否有效的权威。

类似的对医患关系中权力-信仰结构的表述,在其晚期遗作《Y医生,到了何种地步》中显得更为直露,尽管与此同时也伴随着自我省思的加深:"Y医生,我对你的需求/到了什么地步?""我挪动细腿走进你的诊间/然后我们讨论我灵魂的死尸。/我们搭一个舞台展示我的过去/然后把彩绘木偶填补进去","我对你的需求/到了什么地步……/我是惹人厌的珍珠/而你是那必要的壳,/你是大西洋的十二张脸/而我是小划船。/我是负担"(《Y医生,到了何种地步》: 407—408)。该诗中羸弱的呼语,牵涉出"我"对心理医生的绝对依赖。这种依赖虽不能完全等同于人子对上帝的信靠,却也与后者十分接近。如果说"灵魂的死尸"暗示着精神创伤的致命性,仿佛"我"曾死去,那么,是心理医生施以救赎、赋予重生:"一次又一次地我掉落井里/而你在危险的沙地里挖掘隧道,/你从教堂搬来祭坛将它撑起。/你用你雪白的手把我挖出。/你给我软管使我呼吸。"(《Y医生,到了何种地步》: 408)

然而,该诗到了末段却发生降格式地反转:"到了什么地步,/以致我该违抗你?"(《Y医生,到了何种地步》: 409)为何要"违抗"?以及,在何种意义上"违抗"?突如其来的质问后,唯独留下一连串充满自我审度的假设与疑虑:"我可能会

是一根不通电的 / 铜丝","我可能会是一个扔了汤匙的 / 贪食者"……"我可能会是没有耶稣为我传话的 / 上帝","我可能会是没有十字架为我作证的 / 耶稣"(《Y医生,到了何种地步》:409—410)。在这组排比句中,只要对任一意象稍作细想——不通电的铜丝、无汤匙可用的贪食者、没有耶稣代为传话的上帝和没有十字架作证的耶稣——就会发现物品失去了其属性而角色丧失了其本能。譬如,上帝如若不派遣独子道成肉身,则救恩见证难以为继;而耶稣若没有十字架受死一难,则复活的福音便无从说起。以此类推,或许诗人此处想问的是,假如"我"违抗医嘱会如何,会丧失某种本能吗?假如任其不治,"我"会否被疯狂与死亡的欲望攫住,永无可能恢复如常?如果这是撼动医生权威的逻辑所在,那么对诗人而言,"违抗"以拒绝治愈,这一行为又有着何种价值和吸引力?

实际上,塞克斯顿早在疯狂、自我毁灭与艺术的创造力之间看见了因果关联,因而曾数度将波德莱尔、兰波、梵高等诗人和艺术家引为同道,将精神疾病的谵妄特质当作天赋来珍视。用诗人自己的话说,当她在一阵充满幻象、出神般的"灵视"(vision)过后,会"觉得跟事物的关系更亲密了。某种程度上,这有点像要开始写一首诗的时候;整个世界非常清晰,而且界定明确,而我的存活感是如此强烈,好像整个人充满了电"[1]。将非理性视为创造的驱动之一,这为"违抗"一词的出现提供了语境。一方面,为配合心理分析疗法、回溯童年往昔而写作,

---

[1] 凯夫利斯、塞克斯顿:《诗歌的艺术》,第114页。

塞克斯顿诗歌的成功无疑倚重于这一切经历；但另一方面，治愈的终局却并不像我们想象的那样令人向往。作为"常人"站在治疗出口的那一刻，对诗人而言也许是困难的。这也是为什么"我可能会是……"的一系列排比，读来终究像是反讽——如果"我可能会是没有十字架为我作证的耶稣"，那么，对诗人而言，或许堕入无从求证的黑暗才是诗歌恒常的开端和宿命。

如此对医患权力关系、理性与非理性、疾病与治愈之辩证性的思考和发问，如一个基本调性贯穿于上文指出的三类细化主题中。譬如，以精神病院日常生态为侧重点的著名诗篇《骑你的驴逃吧》，以医院的诸种场景为连缀，使用平扫式运镜，记述了包括实习医生、护士、病友、医生等人在内的集体群像。在塞克斯顿笔下，作为治疗机构的医院空间充斥着令人生疑的鬼魅：当"我"独处时，总是被周遭的不明声音所侵入（"大黄蜂已派出……还是我弄错了？/ 莫非是在床头收音机里 / 盯着我看的'幻影'？"[《骑你的驴逃吧》：121]），在"我"看来，医院是一个"紊乱的感官的现场"（《骑你的驴逃吧》：119），人在其中，风声鹤唳，时时被一张隐形的监视之网围裹。而朝夕相处的病友们则面目可憎，令人生厌——"在这儿，/ 老是同样一群人，/ 同样破败的现场"，在这酗酒者、自杀者和精神失常者的寄居地，有人"像蜗牛蜷起"，有人"试着吃鞋"，"这些常客什么新事也没干过"（《骑你的驴逃吧》：122）。

《骑你的驴逃吧》虽是第三部诗集《生或死》中的作品，其描述的主题却在首部诗集就早已出现。只不过在处女作《疯人院，去而难返》中，精神病院对于头几次入住其中的诗人来说还没有褪去那种与创作力并联的新奇与浪漫，以至于彼时在病房里听到的无名歌声也提供着令人狂热的动觉："试想。收音机在响／这儿的每个人都很亢奋。／我喜欢这样，也在圆圈中跳了舞。／歌声倾泻在感官上／而且有趣地说来／歌声比我看到更多。／我是说它记得更牢。"（《歌声向我游回》：16—17）又如，早期身体对药物的生理反应更多地被诗人视为奇异想象力的来源："我的安眠药是白的。／是颗璀璨的珍珠；／它带我飘出自身，／我皮肤刺痛、陌异得／像一卷松散的布"、"当那山羊叫'嘘——快睡吧'时／把我像只黄飞蛾那样／带走吧"（《摇篮曲》：38—39）。与《骑你的驴逃吧》中那些不堪的景象相反，塞克斯顿起先书写精神病院时带着不由自主的美化与辩护。在其中，诗歌言说者沉沦于疯狂者的险境，甘愿在感官错置的再一次机会中享有她的归属感。或者说，她已决定与黑暗的力量订立契约，将试图从充满混沌与反常的语言中找到词汇和灵感。但是，到了《骑你的驴逃吧》——这篇"第六次进驻精神病院后写就的独立书"中，诗人却发现自己面临一轮新的知觉体验的选择，原来那个带有反动情调的疯狂之所似乎就要过期、失效，并在"六年进进出出"的疗程体验中被损坏了："这六年是一次长旅，过着可恶的日子，／且无新的去处。"（《骑你的驴逃吧》：122）如此，对精神病院从难掩亢奋到充满倦怠，诗歌叙事在自传性写作的延绵中生成了某种弹性，言说者学着在语义的二元反转中倾听自我，与此同时给出了如此多的呼应、矛盾、重复和差异。

有意思的是，《骑你的驴逃吧》始终以第一人称在叙事中行进，但当运镜突然转向心理医生时，呼语便再一次地以"你"相称，逐渐地，第二人称"你"占据了诗歌的语流，此举令人 / 神、主 / 仆二元的权力关系再次在清晰的焦距中显现："可是你，/ 我的医生，我的崇拜者，/ 你比基督还好； / 你向我允诺另一个世界 / 来告诉我 / 我究竟是谁"（《骑你的驴逃吧》：124）、"我躺在那里 / 像一件 / 被人丢弃的外套。/ 你把我背回，/ 笨拙地，温柔地，/ 在一个有救生员身板的 / 红发秘书的帮助下"（《骑你的驴逃吧》：126）——对医生的敬神化崇拜以及对其赐予重生的认定与感恩，让这些句子完全可以和上述《你，马丁医生》或是《Y 医生，到了何种地步》中的诗句互换而不影响彼此的结构。或者说，即便打乱作品的时间顺序和编排，口吻相仿的虔敬、指涉相近的譬喻也会将实际生活中不同阶段的多个心理医生送上同样的神坛——"你是我的新上帝，/ 基甸版《圣经》的管理人"（《Y 医生，到了何种地步》：124）。

尽管如此，正如上文所述，《骑你的驴逃吧》对精神病院的态度已经出现明显的转色。全诗诉说了"我"如何渴望从无休止的"长旅"和封闭的小世界中逃离。这种"逃离"与《Y 医生，到了何种地步》中的"违抗"，无论在语义还是主题上都非常接近。作为一份从精神病院出走的宣言书，《骑你的驴逃吧》的诗题立意取自兰波诗句"我的饥饿，安妮，安妮 / 骑你的驴逃吧"[1]，回应它的正是塞克斯顿诗中"我的饥饿，我的饥饿"在上下文搅起的声音冲动。诗人虽未言明"饥饿"来自何种欲念与

1　原文为法语，系兰波诗歌《饥饿的节日》中的诗句。

渴求，但似乎与"我"求助于催眠疗法而徒劳无获所感到的不足有关。在某一方面，《骑你的驴逃吧》最为具象地表现了诗人对疗愈机构的悖谬情感：一方面寄望于治愈，一方面却对治愈感到畏惧；或者说，因意识到治疗效果甚微而心生倦怠，而终于放大了生活在其中的不堪——"我已经回来 / 但紊乱不再像过去那样。/ 我已把它的把戏弄丢了！/ 把它那种天真弄丢了"（《骑你的驴逃吧》：129）。如果说"把戏"与"天真"是对精神病态的指涉——在诗人看来意味着为创作提供刺激的非理性力量，那么，"把戏"和"天真"的丢失（对非理性力量的压制与消灭）则不可能不让她感到惶惑不安以至渴望逃离。对塞克斯顿而言，"疯狂"已经被塑造和采用为一种主题性的语言，通过兰波"遗留下神经分裂症式的话语模式"[1]而成为合法的诗学模式。非理性既是她诗歌的创作现实，也是她得以"天真"生活的护身符，而真正的治愈会让她失去这整一套话语方式所带来的身份确证和个体标识——自传性写作内含的自我分析、探寻与表达的立场也将随之失效。

在塞克斯顿笔下，心理医生于权威的收放之间，不仅为病人的失眠症、焦虑症等肉体痛苦带去医治，而且更重要的是，通过诊疗间的密室谈话，通过对病人隐私及梦境的探索、分析和引导调教，不但能够获得病人信任、受到仰赖，而且也被后者视为走向生路的灯塔。这就必然推动双方权力等级化的形成。

---

[1] 茨·托多罗夫：《关于〈彩画集〉》，《彩画集》，王道乾译，上海：上海译文出版社，2012年，第216页。

而以心理医生为权益代言人的医院机构本身，在管理病人的具体现实中，自然更难避免权力压制的输出和外化。如果说塞克斯顿诗中的"违抗"与"逃离"明示了她对这种权力的警惕与抵拒，那么在更多的时候，诗人则通过一种令人不安的情境的刻画和调度，来转译她对权力体系的辩证性体悟。譬如，《你，马丁医生》所勾勒的精神病院场景很难不使人联想到彼时刚过去不久的"二战"集中营或劳动营的生活日常：

> 我们站成几排虚线
> 等待，他们打开门锁，
> 在晚餐室冰冻的门前
> 把我们清点。行过口令，
> 我们便穿着笑脸劳动服走向
> 肉汤。(《你，马丁医生》: 11)

在"晚餐室冰冻的门前"，"我们"列队等待、被统计、行口令。这些措辞都适用于重温那场更广为人知的战争创痛。当精神病院的叙事语言被替换为这种创痛时，生硬的军营的象征代码抹去了正常的生理动作：和战俘别无二致，病人们需要遵循一种畸形的标准化要求，以至于进餐看上去秩序井然，而与病人们本能迸发的肢体情绪相关的表述则显著缺席——此刻，唯有"劳动服"上的"笑脸"是对这一切的默然嘲讽。

另一首题为《摇铃》的诗描述了精神病院"每周二上午"的音乐课：

>　　由于护工们带你前往
>
>　　由于我们凭直觉就听从，
>
>　　像蜜蜂被卡在错误的蜂房，
>
>　　我们这些疯女人坐成一圈
>
>　　在精神病院的休息室里
>
>　　朝那微笑着的女人微笑
>
>　　她给我们每人一只铃（《摇铃》：36）

　　"音乐课"本是一项帮助病人放松身心、协调感官的美育活动，但塞克斯顿却将我们导向对其合法性的解构。在她笔下，音乐课的执行受制于某种一成不变、整齐划一的兵营化管理：每周固定时间，由护工统一带领送往，不管病人的意向如何，哪怕"我们未能因此好转 / 但他们叫你去。你就去"（《摇铃》：37）。如此，由高压强制造成的非现实感，因为病人仿佛"蜜蜂被卡在错误的蜂房"的不适而变得愈加紧迫和强烈。对一节音乐课的再现在此处偏移为对一种现象的控诉，这种现象解释了为何我们的生活很难各得其所、为何我们中的大多数都处在错位与禁锢之中。而学习摇铃的教程为音乐课强加上一个欲盖弥彰的互动：音乐老师（"那位铃儿小姐"）一味"指着我那握铃的手"，下指令"降 E 调"（《摇铃》：36）；而"我"发现身边病友的状貌丑陋而不洁，对音乐根本无动于衷："而这是灰裙子紧挨着我 / 她喃喃抱怨就好像变老 / 是多么特别，特别"（《摇铃》：36—37），"而这是驼背的小松鼠女孩儿 / 在我另一侧 / 她扯嘴上的毛 / 她成天扯嘴上的毛"（《摇铃》：37）。随着"我"的"证言"继续铺陈，全诗充满了语调利落的跨行断句与片语重复，仿佛正是对音乐课上摇铃动作的仿拟。

在塞克斯顿个人化视线的引导下、在她保持距离的省思和犀利精确的譬喻的综合作用下，这些以精神病院为叙事外衣的诗作发生了意义的位移，从对个人就医事件的记叙转向了对理性与非理性的等级博弈。在叙事长链的展延中，当求靠治愈的尝试不断被执掌这种治愈的权力伤害时，诗歌书写突破了预期的声音，从最初对治愈的理解回弹向这种理解的背反。正如首部诗集名字所预示的那样，"去而难返"（part way back）——在疯狂与治愈之间，塞克斯顿并不执守于任何一端，这也恰是其诗歌叙事令人着迷的地方。

塞克斯顿曾把自己（最初脱胎于心理治疗）的写作主题称为"全套化的新英格兰故事"，关于此言的前后文语境，上文已做过引述。位于美国东北角的新英格兰地带是诗人从小生活的地方。作为典型英格兰移民的后人，塞克斯顿的祖辈中不乏成功卓越的参议员与银行家，生活向来颇有余裕。[1] 然而，实际物质生活的余裕感在她的诗中始终难以循迹，在诗人回忆童年遭遇、揭示家庭秘事的告解中，其内含的情调总是充满惶惑和窒息，恰如"哥特化"一词所触发的知觉。如果说"自传写作不是为了表达某种已知的意义，而是为了探求意义"[2]，那么对于塞

---

[1] See Diane Wood Middlebrook, *Anne Sexton: A Biography*, pp. 1-6.
[2] 菲利普·勒热纳：《自传契约》，第 71 页。

克斯顿而言，她对意义的寻得，依据的是有关创伤的忆述。在"刺耳的家庭秘闻"中暗行前驱，这似乎是塞克斯顿诗歌真正的洞穿力所在。

正如洛威尔对他这位学生的推介语，"她诗歌的内容表明她是一个现实主义者，她写起经验来十分个人化，简直像俄国做派那么精确、翔实"（转引自《英文版编者导言》：13—14），塞克斯顿偏爱在叙事中缀以可考的人名、地名或年份月历，并通过对细节的精雕细琢来增强叙事的纪实效果，其家庭主题诗在这方面堪为典型。譬如《复影》中的诗句："到十一月我就三十岁了"，"那年八月你两岁，可我惶惑地推算自己的时日。/ 九月的第一天她看着我 / 说我把癌症给了她"，"从精神病院返回的半途 / 我来到我母亲在马萨诸塞州 / 格罗斯特的家"，"我在波士顿过冬"，"我在五月的第一天 / 最后一次办理出院"，"十月的那一天我们 / 去了格罗斯特……经过鸽子湾，经过游艇俱乐部，经过斯考尔山"，"我记得我们给你取名乔伊斯 / 这样便可叫你乔伊"（《复影》：45—46）。对过往经历的还原与后设性分析，是心理分析疗法的必要前提，如果能够确切忆出导致病人症状的具体时间与环境，则对减轻创伤见效更大。塞克斯顿的写作行为仿佛是对这一疗法的模仿和确证。

纵观其创作，关于童年创伤与原生家庭的叙事从未中断，而且不难识别的是，某些故事在不同的诗篇中历经反复的变体式叙说，似乎在复现心理疗法不断返回某个现场的分析情境；诗与诗之间因而在视角、情感与叙述脉络方面皆有不同程度的重合，有如回声与叠影。正如其传记作者指出，塞克斯顿"一次又一次地被自己对母亲、父亲和姑婆（即孃孃）等人的痛楚而不可告人的情感所吸引，她的过往正是通过这些情感来持存的"[1]。

有两个直观的例子可以帮助我们观察这种特殊的叙事织体。一是关于母亲罹患乳腺癌的叙事。实际生活中，塞克斯顿的母亲于1957年4月确诊为乳腺癌，诗人因此备受母亲责难。因为彼时医学尤其强调癌症的病发与病人心境之间的关联，故而塞克斯顿在1956年发作的抑郁症、自杀企图以及随之而来加诸家庭的一系列负担，被她的母亲自视为患上乳腺癌的主要致病原因。对此，塞克斯顿在早期代表作《复影》中如此写道：

只有我母亲病了。
她对我别过脸去，就好像死亡直追上来，
就好像死亡过户给了她。
就好像我的死已吃掉她内里。
那年八月你两岁，可我惶惑地推算自己的时日。
九月的第一天她看着我
说我把癌症给了她。
他们割了她心爱的双峰
而我至今，仍答不上话。（《复影》：50）

前文已作过解读，塞克斯顿与母亲的关系并不健康，而此番变故中母亲对她的责咎更是带来了无以复加的重创。此时诗

---

[1] Diane Wood Middlebrook, *Anne Sexton: A Biography*, p. 3.

人尚在经受产后抑郁症的折磨——这也是为什么她自称"惶惑地推算自己的时日",而对母亲投来的责备的内化则愈发加重了这种折磨。况且,母亲的手术并不成功,与《复影》相隔不久,堪称其姊妹篇的《等分》,就是诗人为母亲病故而作的挽诗,其中的第二部分描写了诗人在母亲手术住院期间如何被强烈的无能与徒劳感所拖曳:

> 今年冬天
> 当癌症显出其丑态
> 我就一连三个月
> 每天和你一样伤心
> 我在为新英格兰女性设立的
> 医院大殿那个幽闭的角落
> 找到你
> 而我从来不曾忘记
> 这花去我多少时间。
> 我给你读《纽约客》,
> 把你不吃的晚餐
> 吃掉,为你的鲜花
> 心焦,同你的护士
> 说笑,就好像我是
> 麻风病人的药膏,
> 就好像,要是我没说过再见,
> 就能在数小时内

撒回一条生命。(《等分》: 60)

最终，母亲离世，"全部的五十八个年岁 / 像面具从你的脑壳上滑落"(《等分》: 61)。然而，正如《等分》末段所触及的，母亲虽已死去，其声音却挥之不散，甚至于从形而上的角度变得无所不在：

> 这时你来了，一个勇敢的鬼魂，
> 定居在我那没有赞颂
> 也没有乐园的心灵里，
> 让我做你的继承者。(《等分》: 64)

从此，母亲的魂灵在诗人脆弱的病体里入驻并持续施压，诗人对母亲的忆述因而与驱魔（exorcism）的迫切渴求相互羁绊。这一情感的复合体在她后期的许多诗作中都创造出了新的音程。某种可称作"乳房恐惧"的主题如影随形，其作为主音的赋格唱奏令每一个单独的诗篇拥有了一种尚在形成中的音乐的特质：

> 我半夜里认识的那对乳房
> 此刻海水般在我体内击打。
> 母亲，为了不再吃你
> 我把蜜蜂放进嘴里
> 可这没有让你好转。

到最后他们还是割了你的乳房
奶水就从那里一直流到
手术医生手上
他拥抱它们。
我从他手里接过来
把它们栽种。(《梦见乳房》: 290—291)

在梦中
我给牛挤奶,
那可怕的乳房
像一朵橡胶的大百合
在我指间滴汗,
而当我猛地一拉,
等候月亮汁,
等候白色的母亲时
血却喷涌而出
使我蒙羞。(《耶稣文卷的作者说话了》: 321)

我母亲死的时候
没人帮她摇啊摇,没人。
在她临终前几周的床边
看她自己朝金属栏猛撞,
像鱼钩上的鱼那样扑腾。
而我在她那高舞台的低处,

任凭女祭司兀自跳舞,
我想把脑袋搁在她膝头
甚至是以某种方式抱住她
抚弄她缠结的白发。
可她的摇椅木马却痛得
从嘴里淌下了呕吐物。
她的肚子很大,又怀了个孩子,
癌症宝宝,足球那么大。
我抚慰不了。
随着每一次的隆起或开裂
圣母马利亚的存在都要少掉一些
直到那古怪的分娩把她全部带走。
然后房间倒闭。
她的偿还以此告终。(《圣母马利亚》:332)

如果说对塞克斯顿而言有一个事实变得再清楚不过,即"过去的经验只存在于不同的版本中,它将随着我们唤起记忆之时的不同动机而发生改变"[1],那么,诗人针对同一事件做回环重复的忆述,其目的或许可以理解为让往昔变得更具弹性和柔度;或者说,让同一事件在不同的记忆语境中分别发酵,从而不是去收获一个坚硬的定论,而是使疏通与理解渐渐渗入其中的海绵体结构。

---

[1] Diane Wood Middlebrook, *Anne Sexton: A Biography*, p. 3.

这种海绵体结构的另一个案例是对父亲嗜酒症的书写。从1941年，即塞克斯顿十三岁左右起，其父亲开始出现酗酒倾向，直到十年后送入医院进行专门的治疗。按照传记所述，此事与母亲带给诗人的被抛弃感[1]、排便训练[2]等童年创伤相互叠加，都是触发她日后精神问题的可分析性诱因——在给心理医生的《残废和其他故事》一诗中，她写道："恶心，母亲让我坐上 / 宝宝便盆。她对此很在行。/ 我肥硕的父亲喝着威士忌。/ 酒从每个窍孔滴漏。"（《残废和其他故事》：178—179）

在多个具体的诗篇中，身为羊毛富商的父亲总是沉浮于与醉酒相关的意象沼泽中，他虽是家庭叙事的另一核心人物，却不像母亲的形象那样有着确切显见的可叙述性。正如传记作者所剖析的，"父亲过去的饮酒作乐始终让她［塞克斯顿］倍感困扰，部分原因是她小时候对此事并无意识"[3]，对于父亲酗酒一事，年少的记忆不仅遥远，而且也更为隐匿，诗人对此的处理是以自由联想的方式去触及那些影影绰绰的记忆碎片。正如她在《所有我亲爱的人》一诗中所写，直到父亲去世，其酗酒的事实才算得到确认，或说，才在一个成年的女儿那里被客观确切地获知："我手捧'五年日志'，母亲记了三年之久，/ 你的酗酒过程，她没说起的尽在其间。/ 她写道，有次你睡过头时间太久。/ 天呐，父亲，难道每个圣诞期间 / 我将把掺有你血的红酒喝下肚去？"（《所有我亲爱的人》：71）对于塞克斯顿来说，母

1　See Diane Wood Middlebrook, *Anne Sexton: A Biography*, p. 14–15.
2　See Diane Wood Middlebrook, *Anne Sexton: A Biography*, p. 14–15.
3　Diane Wood Middlebrook, *Anne Sexton: A Biography*, p. 14.

亲本是家中"呼风唤雨"的人,但在父亲酗酒这件事上,她却百般庇护,替他圆谎。读到"五年日志"后,诗人似乎才开始将记忆中父亲在家人活动中的频繁缺席,与酗酒联系起来:"在家的每个晚上 / 我父亲和地图恋爱, / 而一旁的收音机则与纳粹和皇军交战。/ 除非 / 因大醉三天而躲进卧室, / 否则他会打出复杂的行程单、整理他的旅行箱。"(《一袋给我的女主人》:116—117)在该诗中,女儿眼中的"家"对于父亲更像是战场的后勤部,父女之间的交集仅仅通过一张"满是褶皱"的地图来维系,这显然是对"我"被排拒在父爱之外的创伤体验的表意。按照诗人在接受心理分析时所言,当父亲酗酒并对她在语言上暴力相向时,"他会突然间变得非常可怕,直勾勾地看着你,好像你犯了天大的罪过。他讨厌所有人,这是我从他脸上见到的最多的表情"[1]。年少的塞克斯顿因父亲投来的憎恶而颇感自卑和受创,对于这些打击,家中似乎也无人为她提供遮护;正如传记所言,父亲的酗酒使诗人永无可能再信任他的爱。[2]

不仅如此,从塞克斯顿接受心理诊疗的文献来看,诗人曾"频繁且生动"[3]地忆述父亲在醉酒时坐在其床边的不伦行为。尽管她有时出尔反尔地强调那一切忆述不过是编造出来的("编出一个创伤来配合我的症状"[4]),但临床观点却认为,病人自称"编造"并不代表其"编造"的内容就从未发生。尽管当心理

---

[1] Diane Wood Middlebrook, *Anne Sexton: A Biography*, p. 14.
[2] See Diane Wood Middlebrook, *Anne Sexton: A Biography*, p. 14.
[3] Diane Wood Middlebrook, *Anne Sexton: A Biography*, p. 57.
[4] Diane Wood Middlebrook, *Anne Sexton: A Biography*, p. 56.

医生专就此事求证于塞克斯顿的母亲时，后者只承认父亲在语言上对女儿施加了暴力。对此，没有人提供确凿的见证，答案始终莫衷一是。这也是为什么传记在写到此事时不得不变换角度——"问题不在于性侵是事实还是幻想，而在于与父亲的关系究竟带来了一种什么样的体验"[1]。对于读者而言，理解诗人对父亲的书写无疑是观察其作品成就的重要前提，因为诗人是如此有意识地将父亲作为检视自我的一个核心关系和语境。

心理学家阿德勒（Susan Kavaler-Adler）提出，塞克斯顿笔下的父亲呈现为一个兼具暴力与情欲的强权形象。阿德勒因此以"恶魔情人"（Demon Lover）来指称这两重特质的综合。她认为，"恶魔情人"是塞克斯顿对"强行入侵的父亲形象"的想象，而这种想象成为其诗歌创作的主要驱策力。阿德勒将诗歌视为诗人性焦虑的升华和补足，其依本显然是弗洛伊德的著名学说，而从塞克斯顿对父亲形形色色的人格指涉来看，这一观点也确非牵强。在诗人笔下，父亲被投射为古阿拉伯部落受献祭的神祇，死后由女儿"躺下来在他身边 /……一起被折叠 / 仿佛丝绸一样"（《他皮肤的青苔》: 34）；他是藏在夜中的偷窥者，"半闭着，/ 看睡梦者路过的一只眼"（《年少》: 72）；他有着进攻者的强力和乞食者的纠缠——"我父亲盘旋在 / 约克郡布丁和牛肉之上：/ 一个街头贩，一个行脚商，一个店主和印第安酋长"（《一袋给我的女主人》: 116）、"仍有男人坐在我的桌旁，/ 围着我供奉的碗。/ 碗中盛着紫葡萄 / 苍蝇循味飞旋，/ 连我父亲也

---

[1] Diane Wood Middlebrook, *Anne Sexton: A Biography*, p. 58.

拖着白骨来了"(《与天使同行》：134)；他也是被改写的童话中宠溺女儿，乃至代替王子吻醒公主的国王，"醉醺醺在我床上俯身，/像鲨鱼在深渊盘旋"(《小玫瑰（睡美人）》：282)。

无论叙事情境如何变化改造，诗歌试图界定父亲的欲望及其加诸自身的宰制力，这一点是显而易见的。或者说，诗歌通过对不伦禁忌的调适性书写，展开了一种以合理化为目的的自我重述。米德尔布鲁克认为，这种合理化在组诗《父亲们死了》中获得最后的印证，因为那时诗人已经四十二岁，死去的父亲已被缩减为"他的象征性的一个影子……代表了遥不可及的欲望主体，成为赋予她（女儿）性体验和安全感的一个情人"[1]。值得辨析的是，该组诗标题中的"父亲们"为复数形式，可见其并非实指。而且，根据具体的诗歌内容来看，标题中的"死亡"也并不指向父亲在实际生活中的离世。构成该组诗的六首短诗，尽管意象纷呈，却集中且不乏戏剧化地表现了父女主题写作的核心视域，即对乱伦创伤的聚焦性追溯。在此过程中，过往时间的线性感获得强调，"我"的年龄被追踪记录下来："我那时十五岁"(《生蚝》：295)、"我十九岁"(《我们是那样跳舞的》：295)、"我七岁"(《船》：298)、"在我生命第四十二个年头与我相认"(《生父》：330)。不仅如此，诗中出现诸多具体地名，如"联合生蚝屋"、"沃尔夫·弗丁戏剧用品商店"——充满细节与亲验感的诗歌书写，仿佛出自一份富有成效、有待解析的诊疗

---

[1] Diana Wood Middlebrook, "Poet of Weird Abundance," in Linda Wagner-Martin, ed., *Critical Essays on Anne Sexton*, p. 77.

记录报告。

耐人寻味的是，按照组诗序列，第一首短诗《生蚝》就宣告了"我"童年的终结，其标志是完成吞下生蚝（"这种父亲式食物"）的挑战：

> ……
> 和着柠檬汁与塔巴斯哥辣酱。
> 我害怕吃这种父亲式的食物
> ……
> 从大海进入我口中的，
> 是一味柔和的药，
> 湿润而丰满。
> 我吞了下去。
> 它像一块大布丁下了肚。
> 然后我吃下一点钟和两点钟。
> 然后我笑了，我们笑了
> 哦，让我作个笔记——
> 这儿有一桩死亡，
> 童年的死亡（《生蚝》：294—295）

戴安娜·乔治直率地指出，"生蚝"一词的性隐喻与"我"失去童贞的象征仪式直接相关。作为对食物的描述，"湿润而丰满"这种修辞或许并非无意，正如乔治所说，吃下这种食物的行为"徘徊在感官享受和性行为的边界,与口交的过程类似"。[1] 如果说"生蚝"是经过伪装的父亲生殖器,而"我"所具有强烈不适感的吞咽则暗示性地指向这种乱伦关系,以至于行为发生后,童年的纯粹父女关系宣告结束;那么,在该系列的第二首短诗《我们是那样跳舞的》中,对乱伦的指涉则远为直接和易于辨识。该诗记述了在"表亲结婚的当晚""我"与父亲共舞的情形。在此期间,这对交际舞舞伴双方的交缠与欲望忽明忽灭,我们甚至听到,舞池乐队唱出的歌词与该诗的叙事相互交织,成为诗歌文本背后潜在不绝的"元"声响:"管弦队演奏着 / '哦,我们是那样起舞在我们结婚的当晚'"(《我们是那样跳舞的》: 296)。在这场舞会派对中,母亲"和二十个男人跳舞"(《我们是那样跳舞的》: 296),父亲则始终"和我跳舞",像"新娘和新郎在睡梦中把彼此攥紧"(《我们是那样跳舞的》: 296)。而当这出内嵌着悲剧的滑稽戏进行到最后时,诗人写道:

> 倒是那条大蛇开了口,在你抱紧我的时候。
> 大蛇,那嘲弄者,醒过来并抵着我,
> 像个大神,然后你我一齐俯身
> 像两只孤独的天鹅。(《我们是那样跳舞的》: 296—297)

---

[1] Diana Hume George, "How We Danced: Anne Sexton on Fathers and Daughters," in *Women's Studies*, 1986, Vol.12, p. 191.

在弗洛伊德精神分析话语中，大蛇是阴茎的配对联想物。大蛇的"嘲弄"与前诗《生蚝》中父亲的"大笑"相仿，以感官的恣肆直露明指出父亲对女儿的猥亵。而被施暴的"我"似乎折服于这种猥亵——或许是出于某种心理自卫机制，或许是暗含反讽——诗人将"大蛇"喻为"大神"，令这股邪恶的暴力染上了古典的专蛮之气。到最后，"天鹅"的意象（其直接的源头可以回溯至众神之王宙斯）悄无声息地穿透前文"着火的鸟"并与之重合，人尽皆知的希腊神话的爱情变形记与交媾情节被重新唤起，在后弗洛伊德时代呼应着父女乱伦的镜像。

相较于前两首诗歌对乱伦意象的暗示与直指，第三首《船》因其超越世俗的宗教庄严感而显得别具一格。叙事从"我"与父母开船出海的场景升向基督教末日异象的景观——天使在云开雾绽后开口说话。一开始，父亲驾驶着游艇，在几乎是冒险的快意中乘风破浪。随后，船（人为）与海浪（自然）力量的制衡被打破：

> 眼下浪头更高了；
> 成了圆形的建筑物。
> 我们开始穿行其中
> 而船在战栗。
> 父亲来得更快了。
> 我湿了。
> 我在座位上颠来倒去
> 像一颗滚落的金桔。

突然

一个浪将我们淹没。

淹没。淹没。淹没。

我们向大海挑衅。

我们曾把它分开。

我们是剪刀。

在这绿色的房间

死者已十分靠近。(《船》: 298)

必须承认,"父亲来得更快了。/ 我湿了"这样的诗句已谈不上含蓄的隐喻。按照豪尔(Caroline King Barnard Hall)的说法,"在这场臆想中,快艇成为性爱圆房的一个喻体,也是女儿('我')童真消却的象征"[1],这与第一首《生蚝》近乎出于同样的构思:差点被海浪吞没的、"已十分靠近"的沉船事故,或许正是对"我"童真破灭的加密表述。

对诗人而言,年少时隐秘难言的创伤获得了诗意的修改和征用。在《船》中,"我"与父母三者的关系被重新安排——在起死回生的事故面前,三人走向角色的均质化,原本独属于"我"的忍辱与折服,被均分为三人共享的痛楚:"而这儿是我们仨 / 划分着我们的死亡,/ 舀出船里的积水 / 解去这明亮的八月天里 / 曾缠住我们的 / 冰冷翅膀。"(《船》: 298—299)

通过情境的戏剧性设定、语言的梦呓化设计,组诗发明了

---

[1] Caroline King Barnard Hall, *Anne Sexton*, Boston: Twayne Publishers, 1989, p. 120.

众多的"父亲"形象并将父女关系导向了扭曲的叙事出口,一方面,这些出口溢出了现代日常的伦理幅度,让曾经噤声的创伤变得可以言说;另一方面,无论是将不伦情感的发生视为成长仪式的标记,还是将邪恶的欺侮和暴力移植到神话或宗教的喻说中加以调和,这些都是对禁忌的一种自我消化,在此过程中,父亲形象得到合理化的误读,他的伤害行为在隐喻的包裹中减弱了力量和锐度。正是基于这条规律,诗人在第四首《圣诞老人》中,不惜将女儿对父亲的失信与孩童对圣诞老人的失信相嫁接:

> 我不再信任你的那一年
> 就是你醉酒的那一年。
> 我酗酒的红肤男人,
> 你嗓音滑溜溜如同肥皂,
> 你那老爹鸡尾酒的气味
> 使你和圣尼克相差甚远。
> 我哭着跑出了房间
> 你说,"哦,感谢上帝,都结束了!"
> 的确是结束了,直到孙辈们的到来。(《圣诞老人》:301)

"我不再信任你的那一年",这里的"信任"当指孩童对圣诞老人每年降临的信以为真。在西方,父母假托圣诞老人向孩子们馈赠礼物,有求必应,这是亲子关系每年一次的表演与验证。该诗在前文交代"我"儿时的圣诞老人——父亲穿戴套装加以扮演的角色——"已经死了"(《圣诞老人》：300)，其中的死亡时刻被界定为"我"认出父亲嗓音的那一年：因为嗓音里"老爹鸡尾酒的气味""和圣尼克（圣诞老人的别称）相差甚远"，故而谎言与真实翻覆、童话时代宣告结束。此处，父亲酗酒与圣诞童话破灭这两重事实之间产生了意味深长的共振。按照传记所言，塞克斯顿对父爱的彻底失信主要根源于后者酗酒，这一判断似乎在诗句"我不再信任你的那一年／就是你醉酒的那一年"中得到印证。事实上，此诗伊始对父亲所扮演的圣诞老人的描述同其他短诗一样，传送出令人不安的禁忌指涉——"你逗我玩的白胡须、／那摩西般的头发、／那曾经在我脖颈上／撩拨的厚羊毛卷儿"(《圣诞老人》：300)——别具妙处的是，套装道具之下的角色扮演与隐喻伪装之下的言说内外合一，女儿对边界不明的身体接触的记忆，通过父亲盛装扮演的情节和盘托出。但与其他诗作一样，此诗也放弃了对隐痛和创伤的长久凝视，而是让其在生命代际的更新中获得缓冲："直到孙辈们的到来"，对圣诞老人的信仰又一次成立，而曾经扮演圣诞老人的"父亲"已经"淡出人们的视线／像一个迷失的信号手／朝那永不再来的火车／挥动着提灯"(《圣诞老人》：302)。

在《巴黎评论》的访谈中，塞克斯顿还分享过一个直接缘起于精神分析诊疗的写作计划：

> 大概三四年前，我的心理分析师问我，小时候父母做爱时我是什么感觉。我说不出来。但我发现那一瞬间就有

了一首诗，于是我自私地保留了这个秘密。两天后，诗写好了，叫《在海边别墅》，讲的就是怎么偷听到那个原初情景[1]（primal scene）。我在诗里写："在我那松木和弹簧床的监牢里，/ 在我的窗沿上，在我的门把手下，/ 他们显然处于 / 盛大的捆绑中。"这故事的关键就在于"盛大的捆绑"这个意象，我的分析师对此感到很满意，我也是。虽然我不记得在此基础上我们还说了些什么。差不多三个礼拜前，他问我"你小时候被打过吗？"我说被打过的，大概九岁的时候。我当时把爸爸送给姐姐的一张五美元钞票撕破了；爸爸就把我带到他的卧室，揿倒在床上，用一根马鞭抽我。医生就说："看吧，这就是盛大的捆绑。"正是通过我自己的意象，我才意识到，那次抽打，其中的性意味是多么浓重，其受虐式的癫狂——真是经典，几乎要成为老套了。[2]

诗人讲述这个故事本是为了向人说明潜意识在其写作中占据了何等的支配力。诸如"盛大的捆绑"这一意象，不经意的流露，无关联的书写，直至心理医生提示才让她将其与父女不伦的记忆碎片联系在一起。写作能解释并表述理性逻辑未能及时反馈的潜意识之流，在这个意义上，诗歌比病患能够对医生

---

[1] primal scene，原初场景，为弗洛伊德心理学专用术语之一，指的是被孩子意识到的父母性交事件，弗洛伊德认为，这一事件发生时间的早晚决定了孩子患神经官能症的倾向。
[2] 凯夫利斯、塞克斯顿：《诗歌的艺术》，第96页。

所说的话更多，更丰富，也更私隐。意味深长的是，在这个故事里，精神分析的规则让位于创作的冲动，诗人抵制住了向分析师讲述的寻医动机，而将后者的问题保留为一颗诗歌的种子。

正如米德尔布鲁克称《父亲们死了》是诗人对"早期抒情挽诗旧题"[1]的发挥，在塞克斯顿以个人历史为索引的诗与诗之间，形成了一系列带有互文性的时序关联，往昔境遇的偶然性从而被织入一部结构性的自传之书中。不仅如此，"诗"的语言与体裁最能提供复杂的戏剧性、丰富的隐喻与用典，通过对自我历史的拼缀与调和性重现，诗人仿佛要告诉读者，她对心理创伤的自我消化，最终是在诗歌而非诊疗中得到实现。

二、非自传性：面具与化身

自传性写作已然展现了塞克斯顿对私人经验的变形能力。个人化诗歌并不完全为了记录主体所历经的事件，而是以戏剧化的情境创设来接纳自传素材，文字所依附的乃是写作者的创痛与其他情感波谱，写作则是对这一波谱区域各处的命名。这种创作实践可以在诗人自己的相应表述中找到源头，她曾坦言："诗性真实不一定是自传性的。这种真实超越了经验自我，是另一重人生。我并不是每次都强求和事实一模一样；如果有需要我就虚构。具体的事例使人信服。"[2] 诗人区分了"诗性真实"与

---

[1] Diana Wood Middlebrook, "Poet of Weird Abundance," p. 77.
[2] 凯夫利斯·塞克斯顿：《诗歌的艺术》，第 112 页。

"和事实一模一样"之间的显在分野,"真实"未必与"事实"吻合,而"虚构"作为对后者的补偿,亦是实现"诗性真实"的重要途径。这种"诗性真实"对于读者而言,便是感到"信服"的理解和共情。按照这一逻辑,诗人对个人史实的偏离和改造,并非对自传写作的刻意背离,而是某种程度上为了接近真实,从而优化自传写作效果的手段。在这个意义上,关于其诗作自传与否的讨论或许可以转化为如下两个问题:首先,所谓"使人信服"的"诗性真实",具体体现为何种真实?其次,诗歌叙事表面的"虚构"是如何导向这种"真实"的?

从塞克斯顿的访谈可见,诗人倾向于强调自己的多数诗作"不过是编自生活的虚构物"[1],甚至还指出诗中的言说者乃是她"戴在脸上的面具"[2]。1959年,当罗森塔尔第一次用"自白"(confessional)来定义洛威尔《生活研究》所带来的全新诗歌形态时,他的理由是诗人揭除了"面具"并从此用自己的声音说话。[3] 似乎是为了回应这一说法,洛威尔的这位学生声称自己戴回了"面具",言下之意,似乎要把那个与诗人已然合一的"言说者"(speaker)再次分离出去,使之成为不同声音的化身。比如诗人曾在讲座中为三首诗歌的不同人格面具做出澄清:

> 我要特别就罗伯特·博伊尔的《安妮·塞克斯顿的成就》一文做几点说明。在《两个儿子》中我戴上了老妇人

---

[1] Jo Gill, *Anne Sexton's Confessional Poetics*, p. 30.
[2] Jo Gill, *Anne Sexton's Confessional Poetics*, p. 30.
[3] M.L. Rosenthal, "Poetry as Confession," p. 115.

的面具……他误以为这是我自己的告白;在《独眼人的故事》中也是同样道理,虽然我承认我对独眼人有身份上的认同。在《新教复活节》中,我的人格角色是一个八岁的小孩,他却认为那是我自己。[1]

  从目前的文献来看,诗人强调言说者"我"并非等同于其自身,而是处在另一种性别、年龄或现实语境当中的某一人格身份之中,这种意识很可能来源于叶芝的诗学影响。在塞克斯顿的第四部诗集《情诗》的扉页,她引述了叶芝的原话作为题序:"我历经许多生命,曾沦为奴,也曾贵为王。我挚爱之人曾坐于我膝上,我也曾坐于我爱人们的膝上。"[2] 对此,塞克斯顿在访谈中进一步声明,叶芝说的轮回重生,她也同样信奉:"听上去有点疯狂,但我的确相信我是许多人。"[3] 这与叶芝对"面具"意识的阐述听上去如出一辙,后者曾说:"(我)相信每一位有感情的人都与历史或想象中的另一个时代联系在一起,只有在这个时代,他才能发现可以激起自身活力的形象。"[4]

  通过想象来扩充生命向度,让个体超越自我而进入诗性的共时层面,这本是渗透在所有文学创作中的内在意图。叶芝重新回到这一点,或许是有感于长期以来第一人称写作被窄化为作者个人叙述的普遍困境。当叶芝把作者的创作激情与作者想

---

1 Jo Gill, *Anne Sexton's Confessional Poetics*, p. 28.
2 凯夫利斯、塞克斯顿:《诗歌的艺术》,第 112 页。
3 凯夫利斯、塞克斯顿:《诗歌的艺术》,第 112 页。
4 叶芝:《帷幕的颤抖》,徐天辰等译,南京:江苏文艺出版社,2010 年,第 111 页。

象自己生活在其他时代的可能性相关联时,这种关联在塞克斯顿这里成为一种自我解释的依据。受启于叶芝,塞克斯顿如此表述其写作时于"头脑"中发生的身份移情:

> 很多时候我化为不同的人,我就像一个小说家会做的那样全力以赴。有时候我成了别人,当我这么做的时候,我坚信,即便那一刻我没在写诗,我也是那个另外的人。当我写农夫妻子的时候,我在头脑里就住到了伊利诺伊州。当我有了一个私生子,我就抚养他——在脑袋里——然后把它退回去,换回了生活。当我把情人还给他的妻子时,在头脑中,我因此伤透了心并意识到我过去是多么无足轻重,虚无缥缈。当我成为基督,我就觉得自己是基督。我的两手臂好痛,想要把它们在十字架上收拢,想得多么绝望。[1]

诗人在写作时幻想自己"化为不同的人":作为农夫的妻子、私生子的母亲、有妇之夫的情人、十字架上的基督,这些无疑是她在现实生活中未曾有过的经历——"基督"想象更是一种显而易见的超现实。然而,细读诗人的上述剖白或其中提及的相关诗作,会发现无论她以何种声音说话,其写作路径与所谓"研究自我"的自传诗并无本质区别。诗人没有(也无法)搁置她自身的情感基础而遁入纯粹的幻象。事实上,面具是以

---

[1] 凯夫利斯、塞克斯顿:《诗歌的艺术》,第112页。

诗人自身情感为中心的向外扩延：在她自身的声音之上，面具构建了合宜的想象视角，为其有限的生活维度打开了新的戏剧性时空。可以说，不同的人格面具仅仅替代性地传达了诗人自身的体悟与情感，以变奏的方式演绎了她的生命感怀；换言之，这种"面具意识"的美学功能是使自传式书写的普适面变得丰富和多层，对读者而言，也使发生在他们身上的共情谱系变得更具广角和弹性。

在英文版《塞克斯顿诗选集》的"编者前言"中，两位编者（也是资深的塞克斯顿研究者和传记作家）对于诗人曾经的自我定位，即一个"讲故事的人"深感认同。她们写道："作为一个诗人，她（塞克斯顿）像任何写作者一样感到自由无碍，无论是发明角色、情境，还是润饰她从生活中临摹的家庭肖像。对自我经历做艺术性的修正，在她的早期诗歌中都十分常见。"（《英文版编者导言》：4）塞克斯顿的诗歌擅用剧情式的情景架构，在将读者引入其中的空间布景里，诗人以亲历情感的析出为诉求，拟造出形形色色与之相适的戏偶角色。所谓"发明角色、情境"，也即回到塞克斯顿自己所说的"虚构"与"投射"，即虚构出情境及相应的人格角色来为寓含其中的情感赋形。不论是从无到有的"发明"，还是从生活中"临摹"、"润饰"，或是"对自我经历做艺术性的修正"，这些都是诗人表现其独有情感经历的方式。

从文学史上看，这种表现方式与艾略特及新批评派对于塑造情境的倚重颇为相仿。在 1919 年题为《哈姆雷特》的批评文章中，艾略特对艺术何以唤起共情做出过著名的推演：

> 用艺术形式表现情感的唯一途径，是寻找一个"客观对应物"；换句话说，是用一系列实物、场景，一连串事件来表现某种特定的情感，要做到最终形式必然是感觉经验的外部事实一旦出现，便能立刻唤起那种情感。[1]

按照艾略特的说法，艺术在引起共鸣时，读者与作者内心状态的等值物是以外部事实——"一系列实物、场景，一连串事件"——为介体来兑现的。这里的"外部事实"显然与写作年代或作家传记无涉，而是指文本本身的叙事情境，也即后来新批评派在讲授一首诗时，要求投以细读的入门要素。在艾略特和新批评派看来，一首诗的情感接应是否顺遂，很大程度上取决于这种情感所形诸的"外部事实"塑造得是否明晰、合宜。可以说，作为"讲故事的人"，塞克斯顿发明出各色的人格面具，这是想象性构设"一系列实物、场景，一连串事件"的必要步骤，其最终目的正是为了"表现某种特定的情感"，并在读者那里"唤起那种情感"。

为了更充分地阐明自己对人格面具的运用，塞克斯顿曾举出过一个如何转译丧失之感的写作案例。在真实生活中，诗人

---

[1] 托·斯·艾略特：《传统与个人才能：艾略特文集·论文》，卞之琳等译，上海：上海译文出版社，2012 年，第 180 页。

曾因产后抑郁症而与刚出生的小女儿长期分离。为表达"关于失去的痛苦",诗人自言"假借别人的口气写了一首诗"[1],题为《产院病房的未名女孩》(下称《产院病房》)。在该诗中,言说者"我"被设定为一位刚刚分娩、尚在病房休养的单身母亲。由于无法确定孩子父亲的身份,诗中的"我"一面学着和新生儿相处,一面则需应付前来做笔录的医生和待之以冷眼的护士。自始至终,全诗各个段落中母亲对孩子的情感仿佛重复着同一种张力与转折,即从一种出自本能的爱意转向因面对舆情而迫不得已的推拒。譬如,母亲从与孩子贴身亲密的"一体的状态"中幡然醒悟"这是张机构的床/你不会认识我太长";母亲对待新生儿时,从上帝对待受造物那般无条件珍爱的凝望("你的脸是我唯一能认得的。/我骨中的骨,你喝下我的谜底")到宣告身份时的严阵以待("我抱住你并用私生子作你的名")……凡此种种,诗歌被高强度的双重情感所统摄,"我"一方面被体内涌动的母爱充盈,喂养时柔情低诉,对母婴情感的天然纽带倍加捍卫,另一方面却因受制于母子分离的必然性而感到如临大敌,在爱之绝望的同时却也不乏犯罪般的快意:

> 我绷起身拒绝你那
> 猫头鹰似的眼,我脆弱的访客。
> 我抚摸你的脸颊,像花一样。
> 你在我身上碰伤。我们忘却。

---

[1] 凯夫利斯、塞克斯顿:《诗歌的艺术》,第99页。

>我是将你摇离的海岸。
>
>你从我中分裂。我选择你唯一的路
>
>我小小的继承人,我将你推开、
>
>抖落我们业已失掉的自我。
>
>去吧孩子,你是我的罪而别无其他。(《产院病房》:31)

上述诗段可见出塞克斯顿典型的行文构成:诗段仿若一个装满意象的容器,在其中,声音各异的比拟通过平行单句的集中叠加而产生交响。在这里,诗人处理的是从最不可分离的一种爱中施行强制的分离。她用了如此多的动词,竭力接近那种痛苦的核心:"绷起身"、"碰伤"、"摇离"、"分裂"、"推开"、"抖落"。爱越是天然不可言喻,失去这种爱的痛苦就越显出凄厉无情。塞克斯顿对这一点有着不容怀疑的经验与洞察。当她在讲座中以此诗为例解释她对"真实"的理解时,她说:"我在诗里写了一个不得不被抛弃的私生子。我从来没有遇上这种事。它不是真的,然而这却是实实在在的真实。"[1]

"不是真的","却是实实在在的真实",这也是塞克斯顿所谓"诗性真实"的同义阐述:尽管生下并抛弃一个私生子并非诗人自身的经验现实,但事件中所浸透的丧失之痛却是"实实在在的真实"。换言之,诗人写下此诗绝非再现曾经亲历的现实,而是试图表现曾经亲历的情感。这一点可从另一首诗歌《复影》的同构性意象中得到侧证。作为传统意义上的自传诗,

---

[1] Anne Sexton, *No Evil Star*, p. 75.

《复影》相对完整地从叙事层面还原了诗人的真实经历,即因患产后抑郁而半被迫性质地与小女儿分离:"我记得最多的 / 是你没住在这儿的三个秋天。/ 他们说我再也得不到你了","世上并无特别的神可去奉靠;如果有,/ 我何必让你长大在别处。/ 我回去后给你打电话 / 你没听出我的声音"(《复影》:45—47)。值得留意的是,尽管《复影》另有一条显性叙事,即诗人与母亲的关系,并因此在结构上显得更为开阔,但就"我"与女儿这一支脉而言,其矛盾情感的张力起伏(从爱意到推拒)与《产院病房》如出一辙。且看《复影》末段:

> 你初生时像个笨拙的访客,
> 全身包裹着,湿哒哒的,
> 古怪地躺在我沉甸甸的的胸脯旁。
> 我需要你。我不要男孩,
> 只要一个女孩,一只小奶鼠,
> 已经被爱,已经在她自己的屋里
> 吵吵闹闹。我们给你取名乔伊。
> 我,从来也不清楚怎么做女孩,
> 需要另一个生命,
> 另一个影像来提醒自己。
> 这是我最严重的罪行;你既无法治愈
> 也无法宽慰。我让你来找我。(《复影》:56)

将新生儿以"访客"相称,这是两诗共有的做法,诗人仿佛正是通过这个意象透露出两诗之间有意的情感勾连。正如米德尔布鲁克对这段自传性经历的解读，塞克斯顿与女儿分离的创伤性体验促成了《复影》的结构张力，并进而在《产院病房》之"我"抛弃私生子的戏剧性虚构中再次获得投射。[1] 不管是事实上的"乔伊"还是虚构中未名的私生子，不管因为事实上医嘱的强力执行还是由于虚构中父亲身份的缺席，母子分离的痛楚在两诗中涌动绵延。这一痛楚来自一位即将被迫放弃孩子的母亲的伤痛，或进一步说，是这位母亲的个体／身体在社会体制／舆论所提喻的男权暴力之下所感到的单弱无助。母亲既无法如常抚养孩子，也不能置孩子于爱的荫庇中，在这个角度上，两诗末句有关罪责的忏悔值得再次引述和并置：

去吧孩子，你是我的罪而别无其他。（《产院病房》）

这是我最严重的罪行；你既无法治愈
也无法宽慰。（《复影》）

根据上下文，虽然两诗所言的"罪"在内容上不尽相同，但母亲对孩子的愧疚感却可以在其间互通代入。事实上，由于两诗整体情感结构的相似性，若说两者均取材于诗人的亲身经历，对于一般的读者反而更易接受。从这个意义上，尽管诗人刻意澄清《产院病房》是"假借别人的口气"所作——因而

---

[1] Diane Wood Middlebrook, *Anne Sexton: A Biography*, p. 78.

此诗与《复影》这样的典型自传诗产生了区别，但是，实际上这种区别应被视作诗人在真实性刻度上进行调校的结果。在面对《产院病房》这样的诗作时，读者仍倾向于将"我"指认为诗人本人，这种误读恰恰是因为读者在诗中首先辨识出了诗人的情感印记，因而将寓含此种情感的叙事归为诗人本人的亲历。换言之，所谓"真实"仍然与诗人情感的亲历性密不可分，无论面具如何变换，诗人和读者之间仍存有一条潜在契约，即只有当诗中的情感属性落在诗人的个性化范畴中，诗歌才给人以"似真、见证"之感。

正是基于这条契约，塞克斯顿发明出了各色的言说者面具。她自身的情感模型不仅塑就了现实可见的其他人，更浇铸为十字架上声音被替换的新耶稣基督："当我成为基督，我就觉得自己是基督。我的两手臂好痛，想要把它们在十字架上收拢，想得多么绝望。当我被人从十字架上抬下来准备活埋时，我想方设法寻求出路。"[1]

纵览其创作，塞克斯顿对基督人格的情有独钟在她的第二部诗集（1962）中初露端倪。在一首题为《在那深深的博物馆》（下称《博物馆》）的诗作中，她对耶稣受难以及三日后复活这一神迹主题进行了体验式重写。事实上，诗题本身就是一则意味深长的戏拟。"博物馆"，即展示与杂览之地，观看与被观看的权力结构在其中得到合理的美化；冠以"深深的"为前缀形容，则主要因为这场未名的展出是在地下举行。由于基督十字

---

[1] 凯夫利斯、塞克斯顿：《诗歌的艺术》，第 112 页。

架上受死后是被埋入土中,因此,作为唯一的珍贵展品(实际上也是唯一的看众),"我",即死后尚未复生的耶稣基督,在那节奏均匀、韵式稳重的三个十二行诗段的行进中,品尝着自己身体部位腐化出脓并渐次被老鼠食用的惊心动魄。

首段以呼救开题:"神啊,神啊,这是什么怪异的角落?""我"受惊于忽如其来的"怪异"处境:在身体结束其使命——"血沿柱子流下 / 两肺窒息"、"酸臭的嘴也慢慢断了气息"后,仍然像活着时忙于体会感知。除了持续清醒的意识、正常如昨的触感之外,"我"另有一个意外的发现:"如果这是地狱,那地狱不过如此, / 不像我听说的那样丑陋、特别"(《博物馆》:94)。可以说,通过对地狱的反陌生化处理,诗人得以进入其惯常的叙事路径,这地狱不是但丁为后世设计的恐怖而不乏恢弘的声色造像,它没有狂飙,也没有烈火,而仅仅是一种日常。这日常固然不是明亮光洁的,而是同创伤与噩梦相连;或者说,这日常正是塞克斯顿充满过错感的诗歌叙事的永恒背景音。到了第二段,一只老鼠"舌头砸开一粒卵石 / 溜了进来",似乎正体现了被看者对观看者权力进犯的一种想象。在老鼠带有侵略性的威胁下——"他的牙齿在试探我;像个好厨子的他 / 等在那里","我"却出于习惯"原谅他",容忍老鼠随侍在侧,甚至"像老约拿那样等待, / 轻抚这笨拙的动物"(《博物馆》:94—95)。这些表述显然都遵循着典型的基督教伦理:"我"是耶稣基督,因而"我"之受造、受派乃是为了原谅。"我"不但原谅过"杀人犯和淫娟"、"偷钱的犹大",而且"我"的爱是上帝之爱广阔无边的见证,正如十字架的箴言,"我"理应原谅和洗净"任何一人的罪"。然而，借用基督面具的塞克斯顿，对复现动人的净罪叙事并无实质的兴趣。当她口说基督的话语时，与其说是宗教情感的某种投射，毋宁说是为了在一种与基督感同身受的献祭意识中获得自我表述的释放。也就是说，塞克斯顿想象自己身为基督被囚于博物馆内，其间被展览、检视、剥蚀、啃啮的滋味，正是对她自身创作中解剖个人痛楚这种经历的仿拟。

在《巴黎评论》的访谈中，凯夫利斯曾追问诗人关于宗教体验的一系列话题。当问题逐渐推进而塞克斯顿一再例证自己与基督的"亲近"时，采访者意识到并试探性地提出，"或许在将来，你的批评家们会把你在自白诗里所呈现的不幸，同你在宗教诗里所展现的不幸者作相应的联系"[1]。这里"宗教诗里所展现的不幸者"即指耶稣基督。可以说，这是将基督人格与写作者塞克斯顿糅合并明示两者关系的一次切近表述。显然，塞克斯顿因为这种糅合被采访者明确揭示出来而感到格外兴奋，她先是肯定前者"总结得再对不过了"，进而又补充自己与基督在"自白"方面的相仿之处——只不过基督所演绎的"最伟大的自白"是"用身体而作的自白"，而她则用的是"词语"。[2]

可见，作为人格面具的耶稣基督并不是日常秩序外的一个他者，而是诗人回应现实身份的形式策略。基督不可避免地与塞克斯顿的自我期许密切相关，它是诗人通过人们熟知的宗教

---

[1] 凯夫利斯、塞克斯顿：《诗歌的艺术》，第116页。
[2] 凯夫利斯、塞克斯顿：《诗歌的艺术》，第116页。

叙事而对自白诗学进行有意识的阐释。这一点在与《博物馆》同期的诗歌《对贪婪者待以仁慈》已有表态。在后诗中，塞克斯顿将自己对耶稣基督的感同身受，通过一个把玩木雕耶稣十字项饰的情景表达出来，诗句措辞几乎与访谈所说的无异："他冰冻彻骨像一块牛排。/ 他想把双臂收拢，想得多少绝望！/ 我抚摸他那水平轴和垂直轴，多少绝望！"当"我"将十字架挂在颈间，耶稣的情动机制仿佛也随之锲入"我"体内——"它像孩子的心跳轻轻拍打我，/ 间接地拍打，温柔地等待降生"（《对贪婪者待以仁慈》: 93）。在这一切情境的准备与酝酿后，诗歌以自我剖白作结——既成为对自我使命的定义，也可视为对自白诗本质的解读，无论何者都是对基督话语的重蹈：

> 朋友啊，我的朋友，我生来
> 就是在罪中为它做注，生来
> 就是要把它吐露。这就是诗歌：
> 对贪婪者
> 待以仁慈，
> 它们是舌间的辩护，
> 世上的浓汤，老鼠的星球。（《对贪婪者待以仁慈》: 93）

生来注定在罪中徜徉，与罪相伴，并"对贪婪者待以仁慈"，这些皆是基督弥赛亚精神的题中之义。在"替罪羊"的伦理框架中，基督道成肉身、替人受过，成为世人共有的祭品。这与自白诗的人文意义不乏相通之处。杰弗里·哈特曼

(Geoffrey Hartman)曾预见塞克斯顿自白诗背后的道德美学，认为它"纯粹，感人，具有普遍的意义……更像是关于人类境遇的一幅有力画作"[1]。人们跟随基督，虔诚献祭，皆因基督内蕴着上帝之爱。塞克斯顿的诗作称不上"上帝之爱"，但亦有虚心、哀恸、怜悯、仁慈等基督式的忠恳。而且，从某种意义上，忏悔的话语模式使言说者本身成为被供奉的祭品，正如诗人的女儿指出母亲"痴迷于说真话"[2]，塞克斯顿在诗中献出自己并剖析自己的不幸、失败、脆弱与痛楚，这与基督的自觉受死意识一样吸引着读众。与那个被犹大出卖、头戴荆棘而遭到鞭刑的基督一样，塞克斯顿也在现实中遭人误解、在对自白诗的艺术探索中蒙受非难与攻讦；而两者也同样在孤绝中秉持着对"真实"的坚守。正如十字架的奥义所闪现的，塞克斯顿试图如基督般通过呈现一个受创的自我和不乏表演性地展出禁忌来传布"真实"与"爱"。

在回答《博物馆》的写作由来时，诗人自称这是出自基督的授意：她感到基督对她说话并让她写下这一切。一方面，诗人自觉有使命重写基督殉难的叙事，复活其生动的细节，使之从寓言说教的陈词滥调中解脱出来；另一方面，她因为更看重耶稣"出于爱"的"另一场更为谦卑的死亡"（埋葬后成为老鼠的果腹之物），因而渴望对之加以描画。塞克斯顿声称，基督身

---

[1] Geoffrey Hartman, "Les Belles Dames Sans Merci," in *The Kenyon Review*, XXII.4 Autumn, 1960, pp. 698–699.

[2] Linda Gray Sexton, *Searching for Mercy Street: My Journey Back to My Mother, Anne Sexton*, Boston: Counterpoint Press, 2011, p. 2.

上"最关键的是爱——而不是死"[1]，而她则在基督人格中汲取了因"爱"而"死"的范例性象征。借由基督面具所营造的自我献祭想象，诗人纾解了袒露个人罪责禁忌的羞耻与隐忧，将自白诗诗学与基督之爱联系在一起，让后者成为前者合法性的背书——"对贪婪者待以仁慈"。如果"贪婪者"在《博物馆》一诗中被转喻为老鼠（"一位君主"和"多毛天使"），那么该诗的末段则是对自白诗腹背虚空之势的具象比拟：

> 现在我把他柔软的红疮凑近我的唇部
> 他的弟兄正蜂拥而入、多毛天使接受我的礼物
> 我的脚踝是一根长笛。我失去手腕、臀部。
> 三日来，出于爱，我把这另一桩死亡祝福
> 哦，不是在天上——而是在地下。
> 在它根部的腐朽筋脉下，在集市和
> 以山为食的羊群的睡床下，
> 在葡萄园湿滑的果实下，我走着，
> 直走上老鼠的肚腹和下巴间，
> 我把我的预言和恐惧交付。
> 远在十字架底下，我弥补其缺陷。
> 我们已信守神迹。我将不在此处。（《在那深深的博物馆》：95）

---

[1] 凯夫利斯、塞克斯顿：《诗歌的艺术》，第113页。

正是"出于爱","我"将自己作为祭礼献给老鼠食用,在后者的"肚腹和下巴间"把"预言和恐惧交付"。以这种襟怀为尚,写诗喂养给世人看众的诗人,也为她自己的受难、为此桩"死亡"而祝祷。正是戴着这样的面具,她后来在题为《耶稣文卷》的系列组诗中重写了基督的一生:《耶稣吸奶》《耶稣醒着》《耶稣睡着》《耶稣使妓女重生》《耶稣做饭》《耶稣唤起》《耶稣死去》《耶稣未生》《耶稣文卷的作者说话了》。其中的诗篇既有第一人称,也有第三人称的叙说和重述,尽管诗中充满对"经卷"、"圣母哀悼"、"童贞受孕"以及诸种风行世间的基督神迹事件的揭幕式重写,但无论如何,这些诗作与那些在评论者看来"对基督教神话的拆解"(《英文版编者导言》:19)之作还不完全相同。与上文所论的以其他面具人格写就的诗篇一样,这些基督系列组诗也是以诗人的自我体验为写作源始,其表现基调与诗人自身的情感音韵及情动机制相仿,既没有背离主体间性的叙事主题,也并不摒弃自传式写作所采用的修辞方式——譬如,在《耶稣吸奶》中,"我"对马利亚言说的话语饱含情色的不伦欲望,使人很难不想到塞克斯顿家庭挽诗的表述底色;在《耶稣文卷的作者说话了》中,影影绰绰的情感表现为塞克斯顿对母亲罹患乳腺癌的记忆与焦虑;而当诗人在《耶稣死去》中将十字架上的伤痕解构为不足为奇的日常死亡时,她的那顶基督面具几乎变得透明——诗人自己的声音跃然纸上,诗歌对神迹的祛魅最终化为一番恳切的自我说明:

我们是一样的人,

你和我,

同样的鼻孔,

同样的脚。

我的骨头被血液浸透,

你的也一样。

我的心脏跳得像陷阱里的野兔

你的也一样。

我想亲吻上帝的鼻子眼看他打喷嚏

而你也一样。

并非出于不敬。

而是出于羞愤。

出于一种人对人的关系。

我想天堂降下来坐落在我的餐盘

而你也一样。

我想上帝用他冒蒸汽的手臂抱我

而你也一样。

因为我们需要。

因为我们是痛苦的被造物。

乡亲们,

回家去吧。

我不会做什么超乎寻常的事。

我不会一分为二。

我不会摘下我白色的眼睛。

回去吧,

这是私事，

是个人事务而上帝

对你们一无所知。(《耶稣死去》: 318—319)

这首诗最后的突降法运用得无与伦比，是对我们求靠上帝之逻辑惯性的讥刺。"我们是一样的人"，都是"痛苦的被造物"，这就像是塞克斯顿本人向读者做出的煞有介事的预警。在《致恳求我别再走下去的约翰》中，诗人曾借约翰·霍姆斯为致语对象，为写作自白诗申明其内在的本能与缘由："起初它是个人的，/ 后来它就不仅仅是我自己；/ 它是你，或你的屋子 / 或你的厨房。"(43) 也就是说，如果要为践行并推进这种"为罪做注"的诗歌美学辩护，那么，一个显在的理由是，"罪"恰恰是我们每个人身上皆有的病症。就像桑德拉·吉尔伯特的诘问："塞克斯顿那'自白式'的、对'安妮'的不断追寻，难道不也指我们每个人吗？在安妮的探寻背后，我们每个人都追寻自己。"[1] 借由基督面具，诗人力图劝退那些对自白诗感到惊诧难解或认为其伤风败俗的读者，因为"我们是一样的人"(《耶稣死去》: 318)，既然如此，何以"我"的问题才谈得上奇观？

透过耶稣面具向我们说话的诗人，努力为其突破禁忌的自白诗学正名，并尝试矫正大众的美学与道德旧观。这其中，耶稣基督转喻性地承担了诗人因为"爱"而自我献祭、替人受过、

---

[1] Sandra M.Gilbert, "Jubilate Anne," in J. D. McClatchy, ed. *Anne Sexton: The Artist and Her Critics*, p. 164.

吐露人皆有之的隐私通病，并因此大义殉难、遭受攻讦的形象定位。当耶稣被重新安排在塞克斯顿诗作的场面调度中，而其襟怀与圣人之爱被私密的个人叙事改写之际，自白诗的写作动机与人文责义也在似有若无间趋于明晰。可以说，塞克斯顿在基督身上觅得了合理的自视之道，这包括她对后者有着强烈的同理心，并将后者作为自我定位的戏剧性延伸。而这些恰恰是以往研究解读的盲点所在。在讨论基督主题的诗作时，学界更多地将诗人奉为渎神者来评述其对宗教的解构和嘲弄，这使得面具与化身的问题鲜少得到正视。这也是为什么以奥斯特瑞克（Alicia Ostriker）为例的研究者们多将这批诗作视为远超于现实维度而在情感共鸣上感到无能无力，或认为它们在塞克斯顿"自传诗所具备的净化功能方面有所欠缺"[1]——这些判断既未能识别出诗人以基督面具书写自我的创作路径，也未曾看到此中存在着一个可供情感互唤兑现的共振场域。

在这个场域中，诗人以面具为化身来探求和建基"我"的意义。通过伪装和戏剧性虚构，诗人变相地追索着同一个根本问题：即"我是谁"？实际上，针对这一问题，她那独树一帜的、以童话为改写底本的创作集《变形》做出过同样的"面具"式探索：尽管这部诗集被认为是"对先前诗歌所展现的典型景观的一次突破"[2]，它仍然充满诗人自身形象与声音的密集投影。

---

[1] Alicia Ostriker, "Review of *Oedipus Anne: The Poetry of Anne Sexton* by Diana Hume George," in *The New England Quarterly*, Vol.60, No.4 (Dec.,1987), p. 162.

[2] Philip McGowan, *Anne Sexton and Middle Generation Poetry: The Geography of Grief*, p. 74.

塞克斯顿曾亲证过这一点,她说:"我以前没把《变形》当作自白诗,但它其实就是自白诗。……不管多么努力,你自己的声音总是贯穿始终。"[1]

诗人所言的"努力"或许是针对《变形》最初的立意而言的。在她的写作计划内,《变形》(1971)与《荒唐书》(1972)和《死亡笔记本》(1974)在同时期齐头并进,但诗人唯独要把《变形》做成一本"畅销书"[2],这其中透露着直言不讳的游戏与实验心态。按照传记作家所言,这本书尚未出版之际,与塞克斯顿长期合作的霍顿·米夫林出版社就担心它不够"塞克斯顿"。因为在此之前塞克斯顿"已然以苦难诗人的形象成名,这是读者所珍视的人格设定,这些读者与她感同身受,并被她构建意象的能力征服而对这种感觉深信不疑"(《英文版编者导言》:9)。出版社的担心不无道理,塞克斯顿以自传写作出道,诗中高辨识度的自传信息强化了读者对其身世与生平的关注。对于诗人而言,作品及其作者始终合一而难以剥离,因为某种程度上,两者是吸引受众的共谋因素。正如上文所论,人们在阅读塞克斯顿的诗作时,始终不乏对其人格史料的消费,但是《变形》却是对格林童话的改编,不仅与诗人自身的经历看似无涉,而且故事的呈现沿用了童话叙述的口耳相传模式,由一个置身故事情境之外的讲述者娓娓道来。也就是说,与典型的塞克斯顿作品相区别,《变形》中所有的诗篇都是以第三人称写就的。

---

[1] Anne Sexton, *Anne Sexton: A Self-Portrait in Letters*, Linda Gray Sexton, Lois Ames, ed., Boston: Houghton Mifflin, 1977, p. 372.

[2] Diane Wood Middlebrook, *Anne Sexton: A Biography*, pp. 332-333.

这样的"变形"难免会被质疑丧失了诗人作为诗歌亲历者的迷魅和吸引力。

然而,事实表明,《变形》还是如愿以偿地成为塞克斯顿作品中最受欢迎的诗集之一。它非但没有脱离诗人自身的情感旨趣,反而因为诗人将自我经验织入更为开阔的集体阅读意识而获得前所未有的成功。谁也无法否认,童话母题具备为人熟知的叙事原型与情感要素,能够补偿个人化写作过于私密而难以被人分享的那一部分。这或许是塞克斯顿使用童话作为原始叙事图型的原因之一。

然而,实际上文德勒曾因此对《变形》表示过非议。她认为"童话和民间故事提出孩童式的非黑即白的道德标准,全无福音书的错综复杂,也无希腊神话的凡俗世故"[1],因而只有像塞克斯顿这样"缺乏正统教育"的诗人才会去触碰。当然,文德勒此番文化精英式的调门无论在理论还是实际层面都存在破绽。对此,麦高恩的反诘显得一针见血,他说:"塞克斯顿的确站在文德勒所激赏的美国诗歌神殿的外围,但文德勒以她自身一维的单向视野看低塞克斯顿的作品,却见出其目光之短浅。难道塞克斯顿纯然是以非黑即白的伦理观来写作的吗?难道她的诗歌可以轻易地以文德勒所构建的二元论来归类吗?"[2] 事实上,当人们后来赞誉安吉拉·卡特(Angela Carter)或玛格丽特·阿特伍德(Margaret Atwood)在改写童话时如何充满个性与洞见以

1　Helen Vendler, *The Music of What Happens*, p. 303.
2　Philip McGowan, *Anne Sexton and Middle Generation poetry: The Geography of Grief*, p. 74.

及女性主义的战斗之声时，不应该忘记塞克斯顿在较二位更早出版的《变形》中就已做出过并不逊色的探索和贡献。1976年，卡特在翻译法语原版童话故事集时，意识到"《睡美人》《穿靴猫》《小红帽》《灰姑娘》《拇指汤姆》以及所有圣诞童话剧中的主角——所有这些摇篮故事都是精心乔装的政治寓言"[1]。这样的发现推动她迎来人生中的巅峰之作，即《染血之室与其他故事》，在该短篇集中，她对《小红帽》《美女与野兽》《白雪公主》等童话故事展开重述，力图让潜藏其中的父权本色、旧世界意识等原形毕露。这种剥离童话之"精心乔装"外衣的意识，同样也构成了塞克斯顿《变形》的动机。如果加以对读会发现，卡特与塞克斯顿两者的改写甚至在篇目的拣选上都不乏重叠之处。只不过，我们在剔除了"乔装"后的《变形》中，看到的更多是脸庞掩映在面具之下、受困于家庭梦魇的塞克斯顿本人，其叙事话语也大多与此前自传写作中的命题交错相扣。

人们很容易在诗集名"变形"中读出两重指涉：一是指童话故事经过改装；二是暗示"我"（安妮）化身为假面角色的身份替换。在这部有意突破自我惯例的创作中，塞克斯顿采取了故事嵌套式的叙事结构。第一层以一位"中年女巫"为叙事者，她在诗集的总序言诗中开宗明义地说道："在这里说话的是 / 一个中年女巫，我……与两只大手臂绞在一起，/ 脸在书里浮现 / 嘴大

---

[1] 转引自埃德蒙·戈登：《卡特制造：安吉拉·卡特传》，晓风译，南京：南京大学出版社，2020年，第297页。

开着，/ 准备给你们讲一两个故事。"[1]而第二层便是由这位"女巫"讲述的十多首故事诗。尽管研究者怀特指出，作为言说者，"与两只大手臂绞在一起"的中年女巫形象有超自然的诡谲和"去人格化"之嫌，但读者依然能认出"女巫"的自指性——"女巫"是诗人寄寓自我形象的重要符号之一，令其声名鹊起的代表作《她那种人》就是她以"女巫"自诩的最早体现。以"中年女巫"为纽带，言说者面具底下若隐若现的诗人发出了可供辨识的声音，就像木偶布袋中真正的操弄者。

如此，从叙事的第一架构到第二架构，女巫在她讲述的每一个诗歌文本中逡巡。她的存在与其说确认了童话世界与现实世界的差异和关联，毋宁说是塞克斯顿为达至一定程度的"元叙事"而欣然采用的自我镜像。其一，她乐此不疲地提供导读——每一首诗歌都由一段或似社论或如梦呓的引言导入。其二，她在讲述时后设性地辅以提示，有意强调自身的存在。譬如当叙事推进之际，以"你们都知道"这样的插入语提醒读者并引带出故事的结局；或如，在讲述《青蛙王子》时，她以这样的自问起笔："为什么 / 这样一位 / 十分可爱的公主 / 要在这时候 / 散步于她的花园 / 把她的金球 / 像泡泡一样抛上去 / 并让它落到井里？"(《青蛙王子》: 269) 其三，她是我们阅读时的精神伴侣，不仅提供个人化的声音，而且也不断给予意见、箴言和警句：

---

[1] Anne Sexton, *Transformation*, Boston: Houghton Mifflin, 1971; London: Oxford University Press, 1972, p. 1.

从前有一个可爱的处女

名叫白雪。

算她十三岁吧。

她的继母,

本身是个美人,

尽管,当然是让年龄,侵蚀,

却只愿听到无人美得过她。

美是一种简单的激情(《白雪公主和七个小矮人》: 240)

王子到来时,女巫就把长发

系在钩子上放下去。

当他发现莴苣已被放逐

就纵身跳下高塔,变成压扁的牛肉。

荆棘像图钉般刺瞎了他的双眼。

和俄狄浦斯一样他流浪了许多年。(《莴苣公主》: 254—255)

两只眼善待她们

把她们接进宫去

因她们是神奇的。

她们将成为她的巨石阵

她广大无边的被覆,

她的印鉴,她的戒指,她的古瓮。

而她将变得和摩西一样强大。(《一只眼,两只眼,三只眼》: 265)

此外，这位"中年女巫"显然独属于她的时代，其话语不仅彰显着二十世纪中叶美国中产消费文化的结构性视野，而且这种视野还在当下语境与传统童话的反差下被刻意放大，乃至成了《变形》中一以贯之的修辞亮点。在格林童话叙事的固有语汇中，遍布着现代饮食、家居、时尚、电视消费、精神病史和以结婚生育形式实现的家庭关系的种种话语——两者以令人惊异的效果构成了生动的互文。

譬如，在《白雪公主和七个小矮人》一诗中，当复述白雪公主几次三番被继母毒倒，后又被小矮人救活的经典细节时，塞克斯顿如此描述：第一次，"她便奇迹般地苏醒过来。/ 她像苏打泡那样充满生气"；第二次，"她便奇迹般地苏醒过来。/ 她把眼睛睁得圆圆的像孤女安妮"（244）。苏打泡（soda pop）是"二战"后流行的饮品，而"孤女安妮"（Orphan Annie）则是彼时家喻户晓的漫画人物。与此同理，七个小矮人则在诗中被戏称为"小热狗"。这些喻体都是彼时读者常见和熟悉的物象，当童话中原有的角色和故事脉络被这些物象重新填充和编码时，可想而知读者所体会到的感官刷新和联觉反应是多么切身。又如《小玫瑰（睡美人）》一诗，诗人在其中改述了国王为避免女儿陷入百年睡眠而采取的措施，其中之一便是"迫使宫里的每一个男子 / 用巴伯欧擦洗自己的舌头 / 以免他们毒染了她居住其中的空气"（278）。此处，巴伯欧（Bab-o）是当时常见于美国商场的氯化洗涤剂品牌，其气味与效用对彼时的读者而言必定鲜明可感。随后，当诗人写到睡美人陷入睡眠而一切生命与器物皆随之而眠时，她用"被困在时光机里"的"紧张性精神症患者"来形容这一切;此外,在诗人笔下,醒来后成为"失眠症患者"的睡美人自陈曾经入睡的感觉仿若"遍身注射了奴佛卡因"。上述,"紧张性精神症患者"(Catatonic)、"失眠症患者"(Insomniac)、"奴佛卡因"(Novocain)都是较为常见的现代病理学术语,通过这些术语的注入,传统童话的时代封闭性被打开,百年流传的民间故事被赋予某种当代性的链接,获得了出乎意料的可流通性。这种修辞与构局法则在《变形》诗集各篇幅中比比皆是。比如《小红帽》中,出现了"Duz"(汰渍,洗衣粉品牌)、"Chuck Wagon"(查克马车,狗粮品牌)、"Eames Chair"(埃姆斯躺椅)等时下消费品牌,以及"Johnny Carson /'Tonight' show"(美国著名深夜脱口秀节目"今夜秀"及其第一任主持人、著名笑星强尼·卡森)等大众媒体热点;尤值得一提的是,在重述灰狼伪装的经典情节时,诗人还别出心裁地使用了"Transvestite"(异装癖)这一酷儿新词,在适度的讽刺之余颇令人觉得恰切熨帖。

此外,彼时仍处在人们记忆余波中的第二次世界大战也是塞克斯顿词群的来源之一。诸如"天色黑沉得像德国总部的大本营"(The day was as dark as the Führer's headquarters)[1]、"女巫变得/像日本军旗那样鲜红"(The witch turned as red /as the Jap flag)[2]这样的字句,都是将个人感想转化成集体意象的典型表述。如果说在格林兄弟收集和编写童话的浪漫主义时期,两兄弟

---

[1] Anne Sexton, *The Complete Poems*, p. 244.
[2] Anne Sexton, *The Complete Poems*, p. 289.

"认为自己的任务应当是在诸多版本的基础上将童话尽可能重塑为最接近原版的故事"[1]，那么，借用卡尔维诺的话，塞克斯顿在二十世纪中叶所做出的改编和重新演绎则使这些童话"停到了更遥远的海岸"[2]。

在塞克斯顿的叙事下，虚构和现实相互渗透的越界空间呼之欲出，诗人在传统故事的来龙去脉间不断穿插进当代意象以及与之密切相关的描述性细节，同时通过对言说本身充满自指性地问答而反复提醒着言说者的存在。这些可被称为"元叙事"的形式策略将读者迁出了常规的童话解读结构：人们会发现，自己正置身于一种复合音调的"诗性混合"[3]中，那些来自森林村庄、王宫城堡的众多角色悉数移步到了诗人为他们搭建的城郊住宅内，他们的命运在消费主义至上的世界里复苏，被新发明的物资、疾病和媒介所定义；他们的声音既奇幻又俗世，既庄严又时髦，既带有亲证者的忧思，也不乏远古人的质朴。

事实上，通过这种重写，女巫声音背后的诗人也逐渐从模糊的背光处趋至前景。此时，第一架构与第二架构悄然重合，都指向一个设法表现个体经验的写作者——塞克斯顿早期自传写作的情感结构和主题范畴重又浮现，诸如对母女或父女关系中的"性"禁忌审视在《青蛙王子》《拉帕泽尔》《小红帽》及《小玫瑰（睡美人）》等篇中都程度各异地得到再现，尤其是

---

[1] 伊塔洛·卡尔维诺：《论童话》，黄丽媛译，南京：译林出版社，2018 年，第 95 页。
[2] 伊塔洛·卡尔维诺：《论童话》，第 100 页。
[3] 麦高恩认为《变形》是一种结合了奇幻与俗世、可能与不可能，以及诗性与务实的"诗性混合"，Philip McGowan, *Anne Sexton and Middle Generation Poetry: The Geography of Grief*, p. 74。

《小玫瑰（睡美人）》，反映了一个父亲与被他过分保护的女儿之间的不伦情爱。这也是为什么诗人说"到最后它们［《变形》］仍像我最私人的诗作那样，呈现出完全的个人化"[1]。

作为"在孩童与成人之间来回摇摆的指针"[2]，《变形》借助格林童话固有的经典性和共情术，成为诗人自白诗学的一种扩增。这一点也在戴安娜·乔治那里得到印证，后者认为："《变形》所涉及的公主和女儿们与塞克斯顿早期的叙事者不可分割……大多数的童话故事始于家庭，主人公总是处于危险或安全的家庭关系中；同样的，它们也是在家庭故事中结束的。"[3]根据前文讨论，家庭是塞克斯顿洞穿其生命之隐秘细节的主要场域，也是其诗歌的"驻扎"[4]之地。而童话本身就是家长教给孩子的读物，不仅故事本身的传承立足于家庭代际的教养关系，而且故事中的人物情节也多半是在家庭中展开——格林童话的原名就是《献给孩子和家庭的童话》。在这个意义上，自白诗与童话之间构成了叙事基调和角色内容上的对应，没有什么比童话更适宜于塞克斯顿用作改写个人家庭体验的底本。或许这也是为什么对塞克斯顿在总体上持负面评价的文德勒，在面对《变形》这部诗集时显得网开一面，她称《变形》是塞克斯顿自白诗之外"唯一一组堪称败少成多"[5]的作品，因为诗人从童话那里获取

---

[1] Anne Sexton, *Anne Sexton: A Self-Portrait in Letters*, p. 367.
[2] Louis L. Martz, "Review of Transformations," in Linda Wagner-Martin, ed., *Critical Essays on Anne Sexton*, p. 49.
[3] Diana Hume George, "How We Danced: Anne Sexton on Fathers and Daughters," p. 187.
[4] Jo Gill, *Anne Sexton's Confessional Poetics*, p. 60.
[5] Helen Vendler, "Malevolent Flippancy," p. 440.

了"一种结构"。

实际上,在文德勒所认为的塞克斯顿作品的种种欠缺中,其中之一是题材的散漫失焦。文德勒指摘道,诗人时而"将一组诗歌建立在星象的解读上",时而"又以其心理医生'Y医生'的评语为素材","一组写耶稣的生活,另一组又采用了赞美诗的形式;甚至还有以野兽为题材的"。[1]在如此单层次的堆叠中,文德勒似乎未能辨识出这些诗作中经由面具调和变形的诗人自己的声音和故事。在这些看似"非自传性"的作品中,人格面具是使个人化诗歌真正导向风格和意象之多元化的介体,而这并不是文德勒所言"在愈渐动荡的自我之外为诗歌找到安身之所"[2]能够一言蔽之的。实际上,塞克斯顿曾就《变形》声称:"我采用童话并把它转为属于我自己的诗,这当中,诗歌既延续了故事的轮廓,同时又溢出了那个轮廓……它们十分扭曲、残酷、富有趣味性和讽刺性。"[3]《变形》意欲构设的并不是一个"反自传性"或"非自传性"的创作立场,也不是文德勒所言"自我之外"的一场探求之旅,而是一个对自传写作加以戏仿与自指的表述空间:无论以基督、女巫还是童话角色来塑形装扮,这些作品中贮藏着的纷繁复杂的情感、细节、视角、意象等皆是对诗人自身经验的搬演和赋形。

换言之,塞克斯顿写作的"自传性"与"非自传性"并不存在非黑即白的二元对立。甚至不妨说,在核心动机与主题立意方

---

[1] Helen Vendler, "Malevolent Flippancy," p. 440.
[2] Helen Vendler, "Malevolent Flippancy," p. 440.
[3] Diane Wood Middlebrook, *Anne Sexton: A Biography*, pp. 336–337.

面，两者有着诸多一脉相承之处。"非自传性"虽以不同人称乃至怪诞的超验性面具写就，但本质上仍是在弹性地处理和认知自我——与自传写作一样，所谓的"非自传性"作品也是为了复写和拟定诗人身为女主演的"自传戏"脚本。在这个意义上，纠结诗歌言说者"我"是否诗人本人并无实质的意义，无论"自传性"或"非自传性"写作都不过是填补真实性之裂隙的物料和元素，而在这填补的过程中，两类诗歌并不是平行无涉地分别重复着说出诗人自身的具体情境，而是彼此阐发、互为评注，形成一个屡屡使诗人的生命序列及其厚度再现其中的有机时空。

三、诗之真与诗人之真

当然，承认"自传性"与"非自传性"在本质上的趋同，并不意味着我们就应忽视塞克斯顿对两者界别不遗余力的澄清。吉尔在其论著中提到，诗人曾于创作后期应邀为"克劳肖讲座"做一系列讲演，其中心题旨就包括"我"的主客体区分，即诗中的言说者"我"应在何种程度上独立于作者本人。[1] 诗人对此类话题的关注势必源自其创作心理和观念结构的长期梳理和沉积。塞克斯顿以"我"的诸多面具对应于自身经验，在她对诗歌创作为数不多的自我说明中，对化身意识的宣明与担责成为其明确的观念总汇。应当说，塞克斯顿反对将自己的诗作仅仅当成"自传"来看待，是为了提示读者对其多重面具的"变

---

1 Jo Gill, *Anne Sexton's Confessional Poetics*, p. 26.

形"之作保留必要的视角。正是在这个意义上,对于我们而言,与其在"自传"与"非自传"之间厘定界限,不如对下列问题追加细述:塞克斯顿为何将其对化身意识的澄清视为举足轻重?在这种澄清背后,有无超越化身意识之外的诗学意图以待揭示?

1965年,塞克斯顿首次在访谈中回答了诗歌何所求的问题。她表明自己的创作动机乃是为了追寻"一种诗性真实":

> 我要在诗中追寻真实。那是一种诗性真实(poetic truth)。它不一定是既成的事实(a factual one),因为你所经历的任一事件、所做过的任一举动背后,都有另一重真实、一种秘密的生活。[1]

随后,如前文引述,在1968年接受《巴黎评论》的访谈时,诗人进一步界定了"自传"与"诗性真实"的关系:

> 诗性真实不一定是自传性的。这种真实超越了经验自我(immediate self),是另一重人生。[2]

可以看出,在塞克斯顿对"诗性真实"的追求中,"自传写作"并未被别除在外。自传写作意味着重新回归"个人化"而

---

[1] Anne Sexton, Patricia Marx, "Interview with Anne Sexton," in J. D. McClatchy, ed. *Anne Sexton: The Artist and Her Critics*, p. 34.
[2] 凯夫利斯、塞克斯顿:《诗歌的艺术》第112页。

对自我历史展开回忆和再现，这是塞克斯顿等自白派诗人在叛离艾略特"非个人化"意义上的美学建树，其影响是革命性的。然而，"诗性真实"正如塞克斯顿自己所意识到的那样，"不一定是既成的事实"，而是"另一重真实、一种秘密的生活"；也就是说，个人的经验现实无法涵盖诗歌对真实性的要求，或者说，"诗性真实"不可能仅仅由自传性的"经验自我"去等价还原，而需要借由多维的"另一重人生"去揭示、去蔽，或重新再造。这与勒热纳对自传定义的说明十分相似，后者指出："自传不是要揭示一种历史的真相，而是要呈现一种内在的真相，它所追求的是意义和统一性，而不是资料和详尽。"[1]

在一个由"我"发出的赤裸声音之外，塞克斯顿借由纷繁的面具去经验"另一重人生"，这是其创作中"自传"与"非自传"写作并存的深层理由。而那些理应被区分为"非自传"的作品，可以说是自传素材被编码后的替代性文本，其努力亦在于对"诗性真实"的传递和对"内在的真相"的揭示。按照上文分别对"自传"与"非自传"诗歌做出的细读，所谓"诗性真实"的具体内容，是从这两者中析出的共有成分，即诗人的生活主题与情感肌理，诸如母女的爱与分离、家庭的欲望与创伤、精神的受难与疗愈等。从中可见，"资料和详尽"确非诗歌的焦点所在，塞克斯顿对"另一重人生"的想象是以追索"内在的真相"以及"意义和统一性"为贯穿的。

塞克斯顿曾对自己不竭的创作欲望做出描述："我想把它

---

[1] 菲利普·勒热纳：《自传契约》，第77页。

[生活]囚禁在一首诗里来加以保存。这类似于做剪贴簿，日子一天天过去，你却使它有所意味，把它从一片混沌（chaos）中解救出来——让'当下'成为永恒。"[1] 通过写作，诗人的诉求是将混沌的生活经验点化成一连串意义的序列：缀连日常生活的片段、织造精神的自我寓言、内视裹挟在外部事物中的心灵风景——这样的写作既根植于自传的话语模式，同时也有赖于主观体验的投射与象征性的文体风格。可以说，此时诗人的创作动态主要不在记录，而在于发现。正如她对"真实"的进一步阐发，"你可以说一首诗里存在着真实，但那真实不一定与我的经历相符……诗歌比你的生活更可信"[2]，对此，我们可以将她的一些以"我"为言说者，但既未经过面具变形，亦非处于自传事件轮廓中的诗歌文本视为额外的例证。在这类作品中，诗人的心灵成长或情感展现是诗歌的经纬所在；诗人生平的史料不必再为诗歌的行进铺垫轨迹，甚至定位与勾画现实的时空坐标也可以被全部移除。

向来受诗人珍爱的早期代表作《她那种人》，奠定了这种以"内在的真相"为矢的，在辨析和剖白自我中为"真实"赋名的写作状态。在诗人将身份逐次分层并植入"女巫"、"洞穴主妇"与"自杀者"之"我"的三个诗段中，我们没有读到以时空线索为穿引的自传信息，唯有对应于三类角色的心灵演绎所制造的赋格式隐喻：

---

[1] Anne Sexton, Patricia Marx, "Interview with Anne Sexton," p. 34.

[2] Anne Sexton, Patricia Marx, "Interview with Anne Sexton," p. 35.

我已出走,一个痴迷的女巫,
萦绕着黑空气,夜里更神勇;
梦着邪恶,我已一户挨一户
在那些平房上,结好绳索:
孤独家伙儿,十二根手指,发乱迷狂。
这样的女人不太像女人。
我已是她那种人。

我已在林中里找到温暖的窑洞,
给它们装上煎锅、书架、丝绸、
木雕、衣柜、数不胜数的器物;
做晚饭给那些精灵和小虫:
咕哝着,重整着错杂之物。
这样的女人遭人误解。
我已是她那种人。

我已乘坐你的马车,驾车者,
把我赤裸的手臂向途经的村庄挥摇,
记下最后的明亮路线,幸存者
在那儿你的火焰仍在我的腿上撕咬
我的肋骨在你的车轮下断裂。
这样的女人不觉得死亡可耻。
我已是她那种人。(《她那种人》:27—28)

上述三个诗段如同塞克斯顿为预言自我而设的三个祭台——缭绕在祭台内外的词群界定了她的心灵状态："痴迷"、"孤独"、"发乱迷狂"、"遭人误解"、"赤裸"、"断裂"、"可耻"……当然，这些语词终究指向现实生活中诗人的精神病症、自杀倾向以及由此而来的出格感与羞耻心；它们虽非可供查证的"经验自我"，却闪烁着构成"经验自我"的种种景观和印记。换个角度来说，塞克斯顿虽试图摆脱"自白派"标签，却不可能否认以下事实：即便有些诗作中的自传指涉经由滤化，这些诗作也并非对生活的架空或拆解；无论如何，经历与事件维持着令人兴奋的温度，是诗歌永久的根源和滋养。

在另一首描摹死亡欲望的诗歌《星夜》中，诗人私人化的生平经历同样隐没在语词表述的情感波动之下，但从未被真正移除：

> 城镇并不存在
> 除了一棵黑发之树像溺水女人般
> 滑升至灼热天空的地方。
> 城镇沉默不语。夜煮燃了十一颗星星。
> 哦星光熠熠的夜！这就是我
> 想死的方式。
>
> 它动了。它们全活着。
> 就连月亮也在它橘黄的枷锁里膨胀
> 像某神，从眼里，推出小孩。

那隐身的老蛇吞吃星星。
哦星光熠熠的夜！这就是我
想死的方式：

进入在夜中狂奔的野兽的体内，
让那巨龙吸噬，从我的生命
劈裂，没有旗帜、
没有肚腹、
没有哭喊。（《星夜》：77—78）

诗人试图引导我们深入其灵魂的奇观，观测其中相互并置的惊恐与温和。在这里，诗句没有具体时空下罹患抑郁症或寻求自杀出路的自传表述，唯有病理性的欲望与梦幻交织而成的精神宣叙："哦星光熠熠的夜！这就是我/想死的方式。"作为梵高同名画作《星夜》的艺格敷词诗（Ekphrasis），塞克斯顿借助画中潜在的旋动之势来表现主体灵魂的极度战栗与沉醉："溺水"、"滑升"、"煮燃"、"膨胀"、"推出"——这些动词为空间物象赋予了螺旋状的时间线性，唤活了失语的视觉画作中的声音与感受，它们在诗歌表述的透明涂层下不停翻涌，让人感到真实而难以平息。

在这些勒热纳意义上的"自传"写作中（如《老矮人的心》《妖术》《新教徒的复活节》《为狂年而作》《向死》《一九五八年的自己》等也是此类诗篇），传记内容的细节虚脱难辨，心理现实成为塞克斯顿测绘自我的另一种象限。写作虽仍以"我"为言说者，保持着抒情声调、主题、情感、视角等方面的恒定波长，但诗歌对"我"并无外部事件层面的记叙，而是精神维度上的凝视和追踪。其所追问的核心是：在个人历史的阴影中，我们为何感到难以适从，对之我们又该如何处理？这些问题与自传诗或面具诗一样依托于个人历史的叠化，意味着主体朝向"真实"那不可抵抗的诱惑的每一个移步。

虽然在任何意义上塞克斯顿都不是一位传统诗人，但她确实高度意识到自己的作品与文学传统之间的关系。当她提出某些作品的"非自传性"时，这不仅是对化身意识的辨明，其背后回响着文学本体论的斑驳敲击声。正如"诗性真实"这一措辞本身所暗示的，塞克斯顿笔下的"我"被分散为生活着和思虑着的、具体的和抽离的、关系中的和独处的、直接说话的和戴着面具的等种种存在形式，这是对亚里士多德的"诗/历史"之分的对应。事实上，自亚里士多德提出"诗"与"历史"的区分起，"诗"优越于"历史"的信条就从未动摇。相对于历史性真实，诗性真实体现为"在特定的场合，某一种类型的人可能或必然要说的话或要做的事"[1]。而塞克斯顿的"诗性真实"更像是对"诗"与"历史"两者的糅合，不仅是个体维度上实际事件的再现，同时也超越个体，通过诗性手段（"投射"和"虚构"）来抵至普遍性——正如吉尔对其创作的概括，"既由事实所揭示，又是创造出来的"[2]。

---

[1] 亚里士多德、贺拉斯：《诗学·诗艺》，郝久新译，北京：中国社会科学出版社，2009年，第25—26页。

[2] Jo Gill, *Anne Sexton's Confessional Poetics*, p. 140.

在塞克斯顿的早期诗歌中,她就已经凭借一种普适情绪来建构她眼中的自白诗学:"倒不是说它美, / 而是我在那儿找到了秩序。/ 应该有些特别的东西 / 为怀有 / 这种希望的人而备。"(《致恳求我别再走下去的约翰》: 43)此处的"它"即那些极尽私隐的自我剖白之作。诗人不仅仅在"那儿"尝试建构与检视自我,同时也意识到需写出一种为他人而"备"的作品。这种染有德善色彩的诗学视域可在勒热纳的自传写作动机论中找到相应的表述,后者指出:"自传家在人类心灵研究的资料中又添加了一份绝无仅有和不可替代的材料,他把自己的头颅遗赠给人类。其人文理由是:自传家希望自己的经历对他人有所教益,具有'教导'作用……其道德理由是:自传家决心使社会关系恢复曾有的透明度……渴望赋予其人生某种普遍意义,他们的意义在于他们代表着某个群体、某个社会阶层、某代人或某种性格。"[1] 以上勒热纳所称的自传写作的两点理由——人文理由和道德理由,有着互为因果的逻辑关联:只有写作具有一定程度的可代表性,自传家对自我的真诚分析才可能对他人产生"教益";反之亦然,若要为读者提供一份智识启迪,那么,诗人就必须始终向读者敞开他们之间的共通性。这也是塞克斯顿着墨于"非自传性"为其诗歌属性抗辩的焦点所在,其言外之意在于表明自白诗写作具备"代表着某个群体、某个社会阶层、某代人或某种性格"的广延性。

当然,这种言外之意若说是出于一种自我辩护也不为过。

---

[1] 菲利普·勒热纳:《自传契约》,第 75 页。

在塞克斯顿的写作生涯中，那种始于自我经验、勇于自我暴露乃至以谈我为乐的新诗学所招致的攻讦，很难不使她通过澄清"非自传性"来消除读者的成见和敌意。1970年，查尔斯·格兰在文章中指责塞克斯顿的诗歌"完全不是诗"，因为其中的细节令人尴尬，歇斯底里的气氛令人恼怒，故而不过是些"神经官能症的记录文献"。[1] 同样地，诗人詹姆斯·迪基（James Dickey）也声称塞克斯顿的诗歌至多是严肃而直言不讳的"肥皂剧"，它们"给人的主要感觉就是有失尊严——与这世界相关的，比如手术、酗酒的情人以及垂死的双亲等，写的都是她所受到的凌辱"。[2] 这些发难全然否定了塞克斯顿的诗学价值。对此，塞克斯顿"非自传性"抗辩的核心显而易见，即强调自白诗写作并非对自我的耽沉，同时还内含着"以我为鉴"的推己及人之责；书写自己也是为他人立传，其中贯通着"为怀有／这种希望的人而备"的使命感。在实际创作中，独属于写作者的情感得以在不同的人格面具间流通，个人化主题得以在诸重人生中被共享，对"诗性真实"的寻猎亦渴望在情感张力和经验幅度的非凡糅合下突破狭义个体的边界、显化出与他人的共性。

据《牛津美国文学百科全书》记录，塞克斯顿的作品自问世起从未遭到冷遇，甚至还引起了众多从不读诗的人的兴趣。[3] 事

---

1 Charles Gullans, "Poetry and Subject Matter: From Hart Crane to Turner Cassity," in *The Southern Review*, spring, 1970, p. 497.
2 James Dickey, "Dialogues with Themselves," *New York Times Book Review*, April 1963, in Steven E. Colburn, ed., *Anne Sexton: Telling the Tale*, p. 106.
3 Jay Parini ed., *The Oxford Encyclopedia of American Literature (Volume 4)*, Oxford: Oxford University Press, 2004, p. 1.

实上，塞克斯顿不仅在年轻的新诗读者群中拥有大批信众，同时也备受彼时主流官方奖项的青睐——普利策奖、古根海姆奖、美国艺术文学院奖只是这些殊荣的一部分，更使这位未受大学教育的诗人感到荣宠的，是被哈佛大学生荣誉会员破例吸收，另有三项荣誉博士学位和其他学府所能提供的高等教席[1]——这些都是她在受众吸引力方面不言自明的确证。事实上，早在塞克斯顿创作初期，就有研究者将其诗作奉为时代的预言书，指出诗人与整个时代的病理同构，认为其作品表达的创伤、痛苦与疯狂是对美国群体痼疾的集中表述。恰如诗人梅·斯温森所言，"塞克斯顿并非故意渲染恐怖情绪，而是这些真实而可怕的诗歌潜在地快照出我们当下日常生活的每一瞬间"[2]。这种观点相当具有代表性。此外，杰弗里·哈特曼在塞克斯顿诗中辨识出"顺势疗法"（homoeopathic）[3]的道德立场。所谓"顺势疗法"，原指为了治疗某疾病而使用能够在健康人中引发相同症状的药剂，类似于现代医学中的免疫防控。以"顺势疗法"比附塞克斯顿的诗歌，足见哈特曼对其个人化写作的精准定位：塞克斯顿对身体经验与精神创伤的开禁式写作，在哪怕从未有此经历的读者心间也注入了令人窒息的浓度；当看到不幸在令人惊愕的创伤和安静的文字间达成转换，读者将进入词语为其创设的庇护所，摈弃脆弱与梦幻。

---

[1] 学者 Linda Wagner-Martin 指出："在与塞克斯顿同时期的诗人中，没有人像她一样获得如此多的关注。" Linda Wagner-Martin, *Critical Essays on Anne Sexton*, p. 16.

[2] May Swenson, "Poetry of Three Women," p. 166.

[3] Geoffrey Hartman, "Les Belles Dames Sans Merci," p. 699.

无论如何，仅仅把塞克斯顿的作品视为病案记录，或只闻见其中自恋式伤痛的呓语，是有失公允的。正如日后更为成熟的批评者麦高恩、吉尔与怀特等人所持的观点，单以"自传"路径解读塞克斯顿的作品终会失效——自传性并不是这些作品中唯一有影响力的部分。事实上，从"诗性真实"的说法来看，塞克斯顿仍同传统诗学一样，认为诗歌应当关注人性中的普遍特性。只是时过境迁，对人类灵魂中哪一方面最能体现这些特性的看法产生了差别。也正是这种差别在实践中推动了自白派对传统诗学的革命性背离。对于塞克斯顿而言，"诗性真实"不能从文明规训的有序世界中获取，也必然不是一个美化而洁净的主体表象，而是通过对道德禁忌与审美禁忌的双重挑衅去洞悉现代精神焦虑的骇人内涵。为此，她曾借用卡夫卡的"斧子"喻说，认为"斧子劈开我们内中冰封的大海"所带来的"震惊感"（shock）乃是"诗性真实"的直观表达，而有时为了达到"震惊感"，有必要"在实有的生活上做些变形"。[1]

塞克斯顿注定要把自己的个人故事与幻象写进诗里，也注定对最粗粝与禁忌之词毫不鄙弃。她对"诗性真实"的追求既是一种为达至"震惊"而自我鞭策的技艺练习，同时也内含着驱动他人、反抗平庸、让世界免受麻木之害的诗之责义。从这个角度看，她提出"非自传性"并不是要反悔"自传性"的写作事实，而是要解体自传解读的窠臼，尤其是要将部分典型自传作品的意义腾挪发散至新的层面。在这一过程中，诗人也并

---

[1] Anne Sexton, Patricia Marx, "Interview with Anne Sexton," pp. 32–33.

非刻意持守"自传"与"非自传"的界别,而是将"非自传性"的意识置于"诗性真实"的艺术总观中,以前者去切合、支撑后者,并作为后者的真正落点所在。说到底,倘若没有"非自传"这一维度,"诗性真实"这个说法就难以成立,正是"自传"与"非自传"的并存,才构成了趋向塞克斯顿所提出的"诗性真实"的必要条件。

回到文学史的叙事脉络,二十世纪下半叶,诗界先锋金斯堡、洛威尔等人力图革除"新批评派"及艾略特"非个人化"的诗学权威,创造了种种令人振奋的新诗语言。就像洛威尔宣称的:"和我同代的诗人,尤其是年轻诗人在诗歌的形式方面已经登峰造极了……然而写作同它的文化之间总是相互隔阂……诗歌变成一种纯粹的技术活,应当有所突破,让诗歌回到生活。"[1] 塞克斯顿固然受到这种"让诗歌回到生活"的同行理念的加持,他们的诗歌从自我经验出发,"为了探寻终极真理而探寻个人生活的丰富储备"[2]。这种实践作为一种诗学革新,其能量和成就之大有目共睹。然而,正如斯坦·鲁宾(Stan Rubin)所指出的,"自白诗"的缺陷——"转化为公共意识的无能为力"和"压倒性的个人灾难"——也成为一个公认的教训。[3] 如何处理诗

---

[1] Robert Lowell, "National Book Awards Acceptance Speeches," https://www.nationalbook.org/robert-lowells-accepts-the-1960-national-book-awards-in-poetry-for-life-studies/ [2019-2-14].

[2] Stan Sanvel Rubin, "Introduction," Earl G., Kitchen, Judith Kitchen, Stan Sanvel Rubin, eds., *The Post-Confessionals: Conversations with American Poets of the Eighties*, Madison: Fairleigh Dickinson University Press, 1989, pp. 12–13.

[3] See Stan Sanvel Rubin, "Introduction," pp. 12–13.

歌与社会的关系？如何将"回到（个人）生活"的创作热情转译为有效的诗学价值？这些皆成为二十世纪八九十年代"后自白派"诗人不得不着手处理的遗题。

格里高利·奥尔（Gregory Orr）将自白派与后自白派的区分与联系概括为二，他认为，后者对前者除了在主题上有所继承和延伸之外，还表现出了一种矫枉过正的急迫感，即在针对"如何利用抒情诗策略来对自传性的素材做不同处理"[1]这个问题上变得极其敏感。他指出："后自白派诗歌对自传性自我的维系，是将它置于其周围世界的遭遇中展开的。虽然这种策略也属于传统抒情诗的范畴，甚至也零星地为自白诗人所采用，但受到强调就是另一回事了。这是后自白派诗学的核心，该核心赋予其独特的个性而构成自传性书写传统中一个特有的现象。"[2]

如果塞克斯顿的面具意识及其化身策略可视为将"对自传性自我的维系""置于其周围世界的遭遇中展开"这种尝试的已有范例，那么后自白派的诗学更新就谈不上写作属性上的本质飞跃，而仅仅是理论装备上的接力和完善。在塞克斯顿的写作生涯中，她的那个"自传性自我"不仅身陷精神病院、家庭成员与周遭世界的现实过往中；而且还在另一重为其量身定制的人生剧目中摇曳复现，戴着不易被勘破的化身面具。在1959年写给《安提奥克评论》的编辑时，她曾这样表述："我对故事、情节和戏剧化场景很有感觉。大多数诗人的想法是以意象为衣

---

1 Gregory Orr, "Post-Confessional," in Brett Miller and Jay Parini, eds., *Columbia History of American Poetry*, New York: Columbia University Press, 1993, p. 654.

2 Gregory Orr, "Post-Confessional," p. 668.

冠……但我更偏爱人处于情境之中，处于行动、场景、失去或获得之中，然后，到最后，找到想法。"[1] 塞克斯顿的诗歌在一个个或还原或拟造的戏剧情境中编排角色、布置关系、铺展情节，这是她讲述自我并投影其心理现实的方式。如果将其诗作譬为一张"自传性自我"的图谱，那么，她不惜以种种方式激活其层次并扩大其领地，从而最大程度地捕获"诗性真实"。不仅如此，如同《变形》所做的，塞克斯顿将童话置于某种具有当代意义的话语重述中，在被内化为集体意识的童话系统里重新唤出"自我"，使得"对自传性自我的维系"立足于群体记忆与文化经验，令其个人的情感现实受到公共性语言和目光的调和。

后自白派诗人斯坦利·普拉姆利（Stanley Plumly）曾提出，希望诗歌被"自我"和"我"占据，但不是以自我为中心——"我固然将'自我'置于中心，但这个'自我'却是诗歌中隐性的存在"[2]，这与塞克斯顿面具诗或童话诗的立意如此明显地相似。对于后自白派而言，诗歌越接近显性的自传式书写，其可靠性就越遭到怀疑。"我"的声音由于不可避免地与唯我论形成联系，在诗歌中已演变为危险的要素，甚至是破坏性的前提。这一点实际上也是塞克斯顿强调某些诗作为"非自传性"的主要考虑，只不过后自白派的决心和立场比她显得更为外化和坚定——如果说，塞克斯顿是以提出"诗性真实"来关联她对个人化/普适性这对关系的思辨，那么后自白派对此则表现出一种

---

[1] 转引自诗集编者导言。
[2] Gregory Orr, "Post-Confessional," p. 18.

明确的集体反思。

后自白派几乎以建立原则的方式宣明,诗中的"我"应当面向公共层面。这些诗人不仅着力寻求经验自我与超验性自我的糅合,而且有别于自白派对自我苦难的聚焦,他们更倾向于表达对他者的认同,企望让"手足式的苦难"来参与协商"我"的视角。比如,他们提出了"一定比例的自我"(Proportionate Ego)这一概念,在表现自我、世界及他者时,十分注重三者之间的均衡性,以使自传性主题的实现变得更具说服力。[1] 又如,在形式方面,后自白派诗人威廉·马修斯(William Matthews)区分出了"形式的私密游戏"与"被读者理解的形式的共情面"两个层次,并在此基础上将改变自白派对前者的过分投注视为自身的使命。[2] 正如上文所分析的,渴望开启读者的心灵,点化作品的共情要素,赋予诗中言说以普遍意义的内涵与外延,这些都是促发塞克斯顿投入诸种写作实验的动因所在。而后自白派诗人的共识皆可视为塞克斯顿内驱意识的延续和细化,与塞克斯顿实现"诗性真实"的抱负有着鲜明的一脉之承。

在1968年《巴黎评论》的访谈最后,当凯夫利斯询问诗人缘何能够做到"自顾自地写,而完全不顾时事热点"时,塞克斯顿的回答是,"一个人首先得弄明白自己是谁,才有余力去面对国家问题"。尽管随后她又在自己的创作中举出一些以公共事件为背景的诗篇作为反驳,但她始终强调所写的"是人类的情

---

[1] Gregory Orr, "Post-Confessional," pp. 668–671.
[2] Stan Sanvel Rubin, "Introduction," pp. 21.

感……是内部发生的事,而不是历史事件"。无论其主题或叙事多么离经叛道,塞克斯顿的写作仍然以"弄明白自己是谁"及表现"人类的情感"为校准。于她而言,似乎关涉公共历史事件无非是揭示体验的一种方式,其入诗的前提取决于它们是否像她使用的其他情境那样行之有效。

必须承认,塞克斯顿的写作向来无意与诗之为诗的本体性脱节。正如特里林(Lionel Trilling)所言,"揭露隐藏的真相"这一心理倾向在他们的时代发挥了旺盛的活力,因为这种倾向完全契合人们根深蒂固的信念,即"在每一个表面的人类现象之下都隐藏着另外一种不同的真实"[1],塞克斯顿的"诗性真实"可视为对上述洞见的同义表述。她在独特的告解风格中遵从着呈示自我创伤与私密体验的写作规律,但这一规律又无以回避地遵从着更高的、与历史意义相对立的诗性意义。由于确信自己的故事是描述"另外一种不同的真实"的绝妙载体,塞克斯顿充分展现了她对私人经验的剪裁与挪用,与此同时,她充满幻视的头脑中始终被"我是许多人"的信念所占据;她所设构的情境——或个人或普适、或现实或超验、或日常或宗教、或已发生或凭空造就——都承载着她之所以写诗的隐秘,这使她的诗歌势必处在"自传"和"非自传"的张力中——对此张力,她有意不予化解。

事实上,本章起首引述过诗人的自我定义——"一位演出

---

[1] 莱昂纳尔·特里林:《诚与真》,刘佳林译,南京:江苏教育出版社,2006年,第139—140页。

自传戏的女演员",这是诗人为我们留下的一个谜底,是一种有意识的自我准备,同时也受到其整体创作语境的检验。"女演员"的自称覆含着塞克斯顿写作的全部概念,既允许我们在诗人的个人历史、在某种对象化的现实中读解其诗歌,同时也指引我们看向其诗歌中暗含着的"戏剧"形态的自设法则——该法则不可移易的要点首先在于表演和虚构。

当哈特曼在1960年赞誉塞克斯顿的诗歌为"面对自知(self-knowledge)的道德途径"[1]时,我们会发现,这与诗人自言要"弄明白自己是谁"听上去颇为呼应。对"知"(knowledge)的肯定暗示了学界对诗歌需析出智性之物的期待和寄寓,也吻合塞克斯顿提出"诗性真实"的根本立意。只不过,"回到生活"的新诗语言,其对诗人生活经验的表现,会不会倾覆诗性之真原有的微妙与多维?"诗之真"与"诗人之真",这两者间的平衡关系又当如何予以把握?这是回荡在自白诗读解者们心里的问题。

应该说,塞克斯顿看似悖论的创作立场回应了这些问题。她以"编出来的自白"(an invented confession)为写作范式,从"自传"格局衍化出"非自传"的语境与视角来绘制"诗性真实"的时代图谱,这在"自白"话语趋于极盛的时期是尤为可贵的美学贡献。归根结底,尽管自白派是在对艾略特"非个人化"的敌意上建立起来的诗学革新,它也永无可能背离诗之为诗的本质而走向绝对意义上的个人性。塞克斯顿的创作是对

---

[1] Geoffrey Hartman, "Les Belles Dames Sans Merci," p. 698.

这一点的明证，她对"自传性"的反思以及在此基础上对"非自传性"的丰富，是在保护自白诗的风格及其诗学的可持续性。因为纯然的"自我之歌"会使诗歌的活力耗尽，这也是为什么当自白派走向式微时，会有一种渴望对之纠偏补弊的"后自白派"来对"自我"进行重新的着色。

今天，当人们试图区辩新晋诺奖诗人格丽克是否当属"后自白派"的一员时，应当注意格丽克与塞克斯顿在对"自传性"的设防方面并无本质不同，格丽克所声称的——诗歌"不是为了简单地记录现实，却是为了不断创造一种沉浸在现实中的感受"[1]——听上去不过是塞克斯顿诗学自述中一个增生的句段。而值得强调的是，塞克斯顿是在一个"我"不断辐射、膨胀的写作兴趣内部，试图恢复一种广域的诗学原貌，并因而开始动摇她在写作意义上的所属标志物。在此意义上，她的创作构成了美国诗学等级更替中富有意义的一环，也成为今人在溯源与鉴别新生的诗学案例时一个难以绕开的传统。

---

[1] 转引自包慧怡：《格丽克诗歌中的多声部"花园"叙事》，载《外国文学研究》，2021年第1期，第51—63页。此文指出，格丽克的上述表述，正体现了她区别于"洛威尔、贝里曼、普拉斯和塞克斯顿等典型自白派诗人的地方"。这种区分在国内外学界较为常见。

第三章

反常的诗性

塞克斯顿把人生与诗歌做了交易，这在许多意义上已然进入传奇、受人模仿。迄今，她的诗歌仍以"极度的真诚"[1]感染着我们，并因而重塑着我们的语言行为、观察方式、主要话题及情感涌动的直接性。诚如吉尔伯特和古芭关于诗人不可规避其自我主体的说法："即便诗人的'我'当时是个'假想的人'，她冒险将这个生灵进行非个人化的强度也会使她把自己的隐喻当真，由自己来演绎自己的主题：就如多恩真的睡在自己的棺材里……西尔维娅·普拉斯和安妮·塞克斯顿真的用煤气自杀。"[2]塞克斯顿厕身于她的诗作中，她的第一人称叙事亲密而直接。如前文讨论，在大部分诗作中，诗人像是在日记或信件中说话，甚至提供具体的人名、地名以强化读者在场聆听对语的感受。但有意思的是，即便如此，塞克斯顿也从来不是一个容易读懂的诗人。

与人们对自白诗惯常预设相悖的是，"一首典型的安妮·塞

---

[1] 乔治·斯坦纳认为普拉斯拥有无法模仿的"极度的真诚"，见乔治·斯坦纳：《死亡是一门艺术》，载《语言与沉默：记语言、文学与非人道》，李小均译，上海：上海人民出版社，2013年，第348页。此言同样适用于塞克斯顿。
[2] 桑德拉·吉尔伯特、苏珊·古芭：《阁楼上的疯女人》（下），第693页。

克斯顿作品，会有一种由一连串错置滑移造成的'感觉'"(《英文版编者导言》：14)。在学界，塞克斯顿晦涩的语言织体有目共睹。如格林（Kate Green）戏称塞克斯顿的诗歌为一串"符码"，使人"难以进入"(inaccessible)[1]；吉尔则坦言，"塞克斯顿的诗歌特质中有着令人无措的种种疑难、不可化约的前后出入，以及对自白诗范式所应呈现之物的拒绝呈现"[2]。什么才是"自白诗范式所应呈现之物"，吉尔并未列出，或许在她看来，这是一个不言自明的内容范畴。但2014年，怀特在其著作《抒情诗之耻》为塞克斯顿专门划辟的章节中，却对该问题进行了去自然化式的讨论。她指出，学界历来对抒情诗的固有期待是具有明晰的"可分析性"(interpretability)，而塞克斯顿的诗歌想当然地被认作轻松好读、个人化和富于表达力的典型作品，因此在自白派经历经典化后的几十年间（二十世纪七十年代至九十年代），由于被错认为缺乏"回味"和"言外之意"，塞克斯顿的诗歌被诸如"语言派"诗人视为"与作者之一己之声苟合"而"无法参与社会性书写"的失败案例[3]——怀特的论点是对这一发难的驳回。通过例证塞克斯顿作品实际上的"难度"，怀特指出了文学史上固有的抒情诗阅读模式的局限，认为诗人被错误读解乃是其创作挑衅这种模式所招致的结果。

与其他研究者将"难度"归咎于诗歌本身的做法相异，怀特认为"难度"更多是针对读者的阐释环节而言。她调用了奥斯

---

1 Kate Green, "Inventory of Loss," *Anne Sexton: Telling the Tale*, pp. 376–377.
2 Jo Gill, *Anne Sexton's Confessional Poetics*, p. 139.
3 Gillian White, *Lyric Shame*, pp. 108–109.

本（Andrew Osborn）在《普林斯顿诗歌和诗学百科全书》（*The Princeton Encyclopedia of Poetry and Poetics*）中关于诗歌"难度"（difficulty）这一词条的界定——"对快速而确定无疑之解释的抵制"，以此来说明塞克斯顿诗歌之"难度"的用意和实质，乃是一种给阐释者或研究者所带来的无从下手的为难感。[1]

若是将伊格尔顿对 T.S. 艾略特某诗的评述移置塞克斯顿身上，也同样适用："我们被紧紧地扣留在能指的层面，无助地撞击着它的厚重和晦涩。我们被迫去体验语言本身，而不是它意指什么。……而且，我们可以想象，这是诗人追求的效果的一部分。这节诗所要说的，一定意义上就是'这是现代主义'。它表明自己是不可能被消费的那类文学。"[2] 这里，伊格尔顿所说的"不可能被消费"对应的正是怀特在塞克斯顿诗中辨识出的"难度"的本意，即我们在理解诗歌时感到难以把握，或者说，无法以既定的阐释模式按图索骥。而这一点，正如伊格尔顿所强调的，被认为是"现代主义"作品的基本美学特征。

怀特的讨论虽侧重于诗歌的接受环节——即人们如何看待抒情诗，以及这些看法如何左右彼时诗歌写作的生态——却道出了塞克斯顿作品中"反抒情诗"（anti-lyric）的实践意识，将其语言的"难度"与现代诗学特质相勾连，将其整体创作置于反抒情（自白）诗的语境中去理解，这都是极具启示性的洞见。这种洞见既是在麦高恩、吉尔等"反自传"研究成果上的进一

---

1 Gillian White, *Lyric Shame*, p. 145.
2 伊格尔顿：《如何读诗》，陈太胜译，北京：北京大学出版社，2016 年，第 135 页。

步推进，同时也与本书上一章的讨论不乏呼应之处，尤其构成了塞克斯顿作品中隐现的悖谬性的有力印证。

然而，受制于论题的侧重，怀特的讨论仅仅止于对塞克斯顿反常的语言现象的举证，却对其后的价值立意未见深化。塞克斯顿为何要表现刻意为之的"难度"？或者说，在以叙事和情境化为主导的自白诗体的写作中，诗人为何要逃逸"可分析性"的对应考量而趋向其反面？通过制造"难度"，诗人使我们感到阅读现代派诗歌的体验，这种体验与她希望给予读者的东西是一致的吗？对于我们，这些问题有如针绣般细密地贴绕于其诗歌文本的表里，不对其展开说明，就无法赏析其诗歌运针的美感及其语言纤维的原貌，更重要的是，就无法对诗人艺术立场的有机张力做出相对整体而公允的判断。

一、精神病与私通：作为自我确证的反常性

塞克斯顿因产后抑郁而"重生"为一位诗人，这几乎成了一个迷人的寓言。米德尔布鲁克在梳理这段往事时曾指出一个有趣的细节：彼时医生对塞克斯顿的诊断语中有包括"歇斯底里"（hysteric）、"精神性神经病"（psychoneurotic）、"非典型精神失常"（borderline）、"酗酒"（alcoholic）等几种症状，而"精神病"（psychotic）并不在其中；但是，当塞克斯顿日后向人描述自己成为诗人的转机时，却屡屡使用了"精神病"一说。例如，在《巴黎评论》的访谈中，她就声称："我二十八岁那年，表层破裂了。我得了精神病，老想着把自己杀掉。"米德

尔布鲁克坚信，塞克斯顿使用"精神病"这一措辞是出于精心的刻意为之，因为"精神病"一词暗示了至关重要的诗学血统，"将她与许多人联系在一起，不仅有洛威尔、罗斯科（Theodore Roethke）、贝里曼、舒瓦茨（Delmore Schwartz）以及普拉斯，还有艾略特和庞德，更有前精神分析时代的兰波、波德莱尔和柯勒律治"[1]。

上述米德尔布鲁克推断出的能让塞克斯顿渴望忝列其中的三条谱系，虽未曾得到诗人的亲证，却道出了人们在试图理解其诗歌原创力时会联想到的其他名字。1959年，罗森塔尔就洛威尔的《生活研究》指出，这些作品是弗洛伊德话语影响下的产物，其主题动机源于"自我疗愈"[2]。众所周知，精神上的患病与疗愈既是洛威尔、普拉斯、塞克斯顿、贝里曼等人共有的经历，也在他们的创作中成为共享的主题。这也是为什么人们对"自白派"诗歌的研究路径常常从精神分析切入，甚至不乏学者将该诗学与精神分析学视若等同。[3]

就诗人的精神病史以及他们在诗中表现"感官错置"的程度而言，米德尔布鲁克所提及的艾略特和庞德，以及二人都颇为追慕的现代主义先驱——"前精神分析时代的兰波、波德莱尔"确实应属于同一个阵营。这并不是认定法国象征派成了精

1　Diane Wood Middlebrook, *Anne Sexton: A Biography*, 1991, p. 65.
2　M. L. Rosenthal, "Poetry as Confession," p. 154.
3　米兰达·舍温的《"自白"写作与二十世纪文学想象》（2011）认为"自白派"是一种精神分析学式的、立足于自我构建的诗学现象。而文德勒也始终戏称"自白派"诗歌为"弗洛伊德式抒情诗"（*The Given and the Made: Strategies of Poetic Redefinition*）。

神病诗人的原型,而是,他们如此寻求狂热和寄望于病态,这使得我们对塞克斯顿诗学调性的理解被吸收到一个"反常性"的审美传统中去——诗歌的原创性以诗人的反常性为辩护,诗人本身的病态成为诗歌本质以及广义的艺术主题的源泉。

弗里德里希(Hugo Friedrich)在《现代诗歌的结构》中,将"反常性"作为(以波德莱尔为创始者的)现代欧洲抒情诗的首要特征提出。在弗里德里希看来,"反常性"或可用"不被人理解"来解释:"这类诗歌首先期待的并不是被人理解,因为按照艾略特的话来说,它并不包含'让读者的某种习惯得以满足'的意义。……甚至连诗人自己对作品的意义也是所知有限的。"[1] 进一步地,这种"反常性"决定了人们用以认知和描述现代诗歌的语汇往往内含于"否定性范畴"之中,即以诸如"方向丧失、通常物消解、秩序瓦解、内在统一性消失、碎片化倾向、可颠倒性"[2] 等否定性/消极语汇来界定和评价诗歌。

弗里德里希认为,伴随着社会政治经济生活的演化,抒情诗这种文体从19世纪开始逐步拥有了某种特权:

> 在进入19世纪之前,部分也在19世纪开始之后,诗歌是位于社会的回音室之内的,它被期待为对常见素材或境况的理想化塑造,即使在呈现邪魔之物时也应表现为救赎的安慰,而抒情诗本身虽然作为一种文体与其他文体相

---

[1] 胡戈·弗里德里希:《现代诗歌的结构:19世纪中期至20世纪中期的抒情诗》,李双志译,南京:译林出版社,2010年,第5页。
[2] 胡戈·弗里德里希:《现代诗歌的结构》,第8页。

区分，但是绝没有凌驾于其他文体之上。之后诗歌却开始对立于一个忙于从经济上取得生活稳定性的社会，演变为对科学破解世界之谜、对公共领域丧失诗性的控诉；一个与传统的激烈分裂出现了；诗歌的原创性从诗人的反常性中获得辩护；诗歌表现为一种在自我内部往复的受难话语，这种受难不再追求救赎，而是追求精微的语词，而抒情诗就被确立为这种诗歌最纯粹、最高的表象，抒情诗开始与其他类型的文学对立，赋予了自己以下权力：可以无拘无束、毫无顾忌地诉说它从某个专断的幻想、某个延伸入无意识的内倾化、某次与空洞的超验性之间的游戏中获取的一切。[1]

进入现代以后，诗歌与社会公共形态的分裂与对立，使"反常性"成为艺术家及其诗性立场的重要替换词。诗歌创作不再以展现"适意、愉悦、内容丰足而情意协和"[2]等来作为对社会形态的表意，而是趋向一种梦幻、内倾化和超验性，即表现为一种"脱离狭迫现实的努力"[3]；甚至令社会的常见素材与日常经验成了诗歌需加以反抗的"平庸和习见"[4]。根据弗里德里希的溯源，这种"反常性"现象在十八世纪的卢梭和狄德罗那里就已见发端。卢梭和狄德罗的某些信念和原则，成为后来波德莱尔

---

[1] 胡戈·弗里德里希：《现代诗歌的结构》，第6页。
[2] 胡戈·弗里德里希：《现代诗歌的结构》，第6页。
[3] 胡戈·弗里德里希：《现代诗歌的结构》，第42页。
[4] 胡戈·弗里德里希：《现代诗歌的结构》，第30页。

等人一再引作解释自我的因果模式。这个模式主要有两个方面，一是卢梭对与周遭世界决裂而遭受"贬斥"的个人的认同；二是狄德罗将"非道德"和"社会实用才干的缺失"确认为"天才"的相伴物。可以说，这两点为象征派的成就提供了支撑，也正是塞克斯顿诗学获得合理性的美学基础。

在论及卢梭推崇"反常性"的特殊激情时，弗里德里希指出，"虽然这种（自我与社会之间的）分裂是在卢梭个人的病态条件下出现的，但是它显然也与该时代的一种已经超越个人的经验相关联。将自己的反常看作自己使命的确证，如此坚信自我与世界必然不可妥协，以至于在这信念的基础上树立原则：宁可被人憎恨也不愿归于正常"[1]。意味深长的是，这番话对于两个世纪后的塞克斯顿同样适用。塞克斯顿完全不避讳讨论自己的精神病史，相反，她反复将"精神病"作为自我叙事和诗人履历的一个关键词，似乎正是出于对个体反常性的自证。在上一章对精神病院主题诗的细读中，我们已经识别出诗人对病态／疯狂优越于常态／理性的等级意识：塞克斯顿杜绝了回到健康生活之轨的诱惑，"宁可被人憎恨也不愿归于正常"的心理是其诗作表述颇为常见的态度（《复影》的点睛之句是"而我得弄清楚／为什么我宁可死／也不愿爱"[53]）。无疑，塞克斯顿是精神疾病的受害者，但她从痛苦和疏离中找到了自己声音之冲动的来源，受害因而缔结出英勇与骄傲之举，"感官紊乱"的病态经验成了她最终佩戴的徽章。正是这枚徽章为她提供了真正的庇护，既

---

[1] 胡戈·弗里德里希：《现代诗歌的结构》，第 10 页。

允许她说出那些被禁止的，也引导她潜入前理性、梦呓式的语言，甚至教会她将接收到的误解与责难反身作为定义自我的闪光物——《她那种人》就是这样一份回望"反常性"的确认书："这样的女人不太像女人。/ 我已是她那种人"，"这样的女人遭人误解。/ 我已是她那种人"，"这样的女人不觉得死亡可耻。/ 我已是她那种人"。

事实上，这种从否定性与反常性中组合自我定义的方式，也构成了塞克斯顿自述如何成为诗人的故事本身："一开始我对心理医生说：'我糟透了，什么都不会。真是个大傻瓜。'于是他就建议我去自学，收看波士顿教育频道。他说我的头脑很好用。其实就是在做完罗夏测验以后，他说我有创造方面的天赋，只是一直没发挥出来。"[1] 通过对当时就医的细节加以汇集，诗人将我们引入一个关于"天才"的话语结构——按照弗里德里希，这一结构来自狄德罗遗赠的一整个诗学史传统。通过《拉摩的侄儿》和《百科全书》等，狄德罗将"非道德"和"社会实用才干的缺失"确认为"天才"的伴生物。而当塞克斯顿抱怨"我糟透了，什么都不会。真是个大傻瓜"，或"我二十八岁前有一个隐藏的自我，这个'我'自以为只会调奶酱、换尿布，除此之外什么也干不了。我不知道我竟有点创作上的潜能"[2] 时，这些表述都强调了自己缺乏"社会实用才干"的事实，也暗示了与狄德罗式"天才"相关联的自我阐释模式：在实用的

---

[1] 凯夫利斯、塞克斯顿：《诗歌的艺术》，第95页。
[2] 凯夫利斯、塞克斯顿：《诗歌的艺术》，第94页。

才干与创作的天赋之间存在竞相争夺、此消彼长的关系；拥有与生俱来才华的创作者必然与某种严重的生活缺陷相伴。如此，塞克斯顿创造力的丰赡因其生活能力的缺失而受到暗示，当然，更通过实际上的脑科学检测——"罗夏测验"获得了实证。

弗里德里希指出，在狄德罗之先从未有过这种表述，"天才有权变得野蛮，也有权犯错误；恰恰是他那惊人的、怪异的错误能点燃火花"[1]，对"错误"一词的引述，弗里德里希或许是用波德莱尔、兰波开启的特质去校验的。"错误"在意义上内含于"反常性"，"犯错误"是由于个体背离和冒犯了社会的期待。"怪异的错误"可以是伦理上的失范、病理上的疯狂，也可以是日常行为的乖僻和一反常态，是因为一个人"建起的房屋中住不进理智"[2]而导致的种种离经叛道。"怪异的错误能点燃火花"，此言与塞克斯顿诗学的核心极为接近。

哪怕从未读过其访谈录的读者也很清楚，这些"错误"一方面来自诗人的心理疾病，另一方面则源于她在家庭、社区，乃至整个"美国梦、小资和中产阶级"的生活图景中所感到的格格不入。塞克斯顿自称向来有一种错置感，曾以为离开原生家庭，过上诸如结婚、生子这样的"像样的生活"就可以将"噩梦、幻觉与恶魔"驱挡，但结果却事与愿违。她对生活未曾有过归属感。诗人有两次发出"他们是自己人"的慨叹，一

---

[1] 胡戈·弗里德里希：《现代诗歌的结构：19 世纪中期至 20 世纪中期的抒情诗》，第 12 页。
[2] 胡戈·弗里德里希：《现代诗歌的结构：19 世纪中期至 20 世纪中期的抒情诗》，第 12 页。

次是走进精神病院时,另一次则是在参加第一个诗歌研讨班之际——塞克斯顿的自我身份认同是在"精神病人/诗人"相互同化而又彼此叠加的角色总量中获得的。

准确地说,卢梭和狄德罗关于"反常性"的先论并不直接影响塞克斯顿,却搭建了波德莱尔、兰波和他们的追随者们都置身其间的新的美学之塔——在这座自绝于外部世界的塔中,诗人成了迎向晦暗、深渊、谬误、缺陷乃至非道德的人。而这些,诗人却是将其作为某种优越感来加以接纳的。事实上,从她 1965 年的访谈可见,塞克斯顿尽管并不同意"天才"和"精神错乱"(insanity)"由同一温床孕育",但她仍然暗示了成为前者所必需的"高度的敏锐性"(a heightened awareness)是从包括后者在内的事实中萌发的。[1]

塞克斯顿将"精神病"视为超自然天启的必要前奏,将日常生活中的无所适从演变为蓄意为之的置身世外,与此同时,"死亡"——作为"反常性"体认的终极形式——成为她和她的诗歌共同致力趋向的处所。这处所是超越现世,涵纳异类经验之地。它是瞬时、短暂、迷乱、病态;是通过自残而启动的张力极点;是连续性的戛然中断,其反面是长寿而稳固、是社会机器所象征的秩序井然。

在塞克斯顿代表作《骑你的驴逃吧》题下,诗人引述了兰波的诗句作为引子。这是她在作品中与这位"反常性"纲领宣言者(弗里德里希语)为数不多的直接对谈。塞克斯顿有阅读

---

[1] Anne Sexton, Patricia Marx, "Interview with Anne Sexton," p. 31.

兰波诗歌的经验，甚至将后者视为某种亲密的私交。[1] 兰波如何系统性地渗入塞克斯顿个人化诗学的深处，这一点很难确知，但可以猜度的是，兰波诗学精神的主导结构为塞克斯顿的诗学命运建立了历史，特别是当他提出诗人是"伟大的病者、伟大的罪犯、伟大的受鄙弃者——也是所有知晓者中最高的"[2]之时，他将那个领域变成清晰可辨的传统。

当然，将诗人看作有别于庸人的"伟大者"，这并非兰波新创。早在古希腊时期，荷马便以目盲的代价树立了"诗人-先知"的典型。但按照弗里德里希所言，兰波为这古已有之的典型带来了真正的"转折"[3]，这"转折"便是"反常性"的注入和对"伟大"之过往内容的绝对性取代。这"转折"仇恨传统，意欲改造一切常规，其力量是一种"反作用力"。在很大程度上，塞克斯顿的诗歌是对这种"转折"之表述价值的继承。只不过在她这里，诗歌是以女性身体的语言来推进和展示这种"转折"。

1989年，在为塞克斯顿诗集《情诗》二十年再版所撰写的前言中，米德尔布鲁克以"私通"（adultery）为关键词，认为这是贯穿于该诗集内部的主题。文章甫一开篇，她便以霍桑的《红字》为比照，来说明塞克斯顿在处理同类主题时所扩展出的

---

[1] 诗人解释说："我偶尔读到他的话，就把它打出来，因为上面有我的名字，而我刚好又想逃离。我把它放在我的钱包里，然后去看医生，那时已经是第七次或第八次了。在精神病院，我开始写《骑你的驴逃吧》，所以这句话对我而言来得正是时候。" Barbara Kevles and Anne Sexton, "The Art of Poetry: Anne Sexton," p. 15.
[2] 转引自胡戈·弗里德里希：《现代诗歌的结构》，第49页。
[3] 胡戈·弗里德里希：《现代诗歌的结构》，第48页。

当下意义:"一个多世纪前,霍桑在《红字》中塑造了一个女性主人公海斯特·白兰,以展示她如何因私通之罪而在小镇边界过着忍辱负重的生活。在塞克斯顿时代的新英格兰地区,小镇边界已然变成了城市郊区(suburbia),而私通就潜伏在性爱命运的下一个地平线,当婚姻和生育催熟了女性的身体并定位出其乐趣的中心后。"[1] 米德尔布鲁克对"私通"这一词语的择用,诠释了她对诗人之新锐勇气的致敬。正如她感叹塞克斯顿的这种写法"在 1969 年是全新的,几个世纪以来没有哪个女性发表过类似的诗歌"[2],"私通"标示的是违禁:既是对新英格兰清教主义的逆反,更是对社会契约和婚姻制度的轻视。当然,这也是诗歌向来的禁区。塞克斯顿却将笔触深入其中。

《情诗》打破了对女性情事、性爱甚至自慰等话题的一贯沉默。把身体作为爱情事发的空间与容器,通过女性的"我"与恋人之间的互为度量,展开对女性身体感官的单元式透析:《抚摸》《接吻》《乳房》《为庆祝我的子宫》《致回到他妻子身边的我的情人》《孤独手淫者的歌谣》《赤足》《膝之歌》……这些题目本身就足够骇人听闻,而赤裸直率的描摹——"所以,随便和我说点什么,只是别像登山者跟踪我,/ 说这儿是眼睛、这儿是项链、/ 这儿是乳头尝到的亢奋"(《乳房》: 201);"她在那喘息床上是隐秘的 / 正当他的身体飞上了天,/ 飞得笔直像一支箭"(《你们都知道另一个女人的故事》: 218)——更使它们的创作者

---

[1] Anne Sexton, *Love Poems*, Boston: Houghton Mifflin, 1969; London: Oxford University Press, 1989, p. vii.

[2] Anne Sexton, *Love Poems*, p. vii.

以突破禁忌的"女英雄"之名而备受关注。这在传统女性诗人（如狄金森等）是无法想象的——浓厚的清教主义文化不可能踏进这个禁区，而连严肃的暗示都被认为和艺术的纯粹性相冲突。

其实，就文本本身而言，《情诗》中并非每篇都需要归结于"私通"的主题。确切地说，围绕该话题的其实只有《致回到他妻子身边的我的情人》和《你们都知道另一个女人的故事》两首。读者完全可以将余下的众多诗歌当作与"私通"无涉的情话，就像任何别的情诗所展现的那样。但这并不是说，米德尔布鲁克所言有差池。在上述与霍桑《红字》的对比说明中，米德尔布鲁克将"私通"视为女性在婚姻以及生育之后终将迎来的"性爱命运"（sexual destiny），后两者所做的准备是"催熟了女性的身体并定位出其乐趣的中心"。也就是说，经历结婚与生育的这一过程，能够帮助女性唤醒相应的感官，并培育出品尝性爱的乐趣，使女性在性爱的力量中得以释放出新的灵感和激情。在米德尔布鲁克的话语中，"私通"有意识地区别于婚内性爱，甚至作为平庸而常规的婚姻生活的对立面来呈现。更确切地说，"私通"是将内含于婚姻和生育的人伦关系和经济结构滤除后的一个更为纯粹的性爱形态。在这个意义上，《情诗》中对种种女性器官的露骨抒情，对手淫、乱伦和女同性恋等众多反常题材的轮番书写，都充满了"私通"的振荡音。正如一位学者的观察，塞克斯顿的情诗表述，"更多是关于疏离而非和解"[1]——在她那里，对情爱的知解是用身体的欲望和感受力去启

---

1 Robert Phillips, *The Confessional Poets*, Carbondale: Southern Illinois University Press, 1973, p. 8.

动的。但情事并不等于和谐、欣悦，也并不产生导向结合的共同愿望；相反，爱情是在道德、宗教和政经结构的夹缝中的一片飞地，是折磨、痛苦、渴求和极度兴奋，其表现方式总是绞缠和施展于易变的身体，而当言说者随着身体触觉的速朽而破裂或脱离于对方时，她忍受无法言说的伤害与空洞。

整体而言，《情诗》是对不稳定性的揭示。但塞克斯顿对不稳定性的态度是矛盾的。当不稳定性源于女性相对于男性的次级与被动地位时，她力图揭露并讥刺这一事实——这是为什么她如此受女性主义批评的关注，并被奉为"妇女运动文学中较早出现的代言人"；然而，如果不稳定性意味着新的经验，并表现为（也要求她）与僵硬的、平庸的、常态的力量敌对时，她就会为这种状态着迷。在这个意义上，她将女性的肉身推向了新造的圣坛，以凌驾于一切俗常旧习。

据诗人所称，她的创作动机未曾被"女性主义"的自觉意识沾染过。尽管她对身体感觉的追随，前所未有地捕捉了女性身体的循环周期、受限性及其在两性关系中的位置。当然，诗人也曾坦言"如果在早期就拥有自觉的女性主义意识，那就会觉得自己所做的一切更加有理可据（legitimate）"[1]。

事实上，相较于女性主义，《情诗》的立场要错综复杂得多。在一个句子中对身体的高举，在下一句中被一种羞辱感或失落感所遏止，直到再下一句再度涌现。这是《情诗》显著的内在起伏。用米德尔布鲁克序言中的话说，这些诗作并不产出

---

[1] Caroline King Barnard Hall, *Anne Sexton*, p. 91.

罗曼史或悲剧，而是"描画欲望那起起落落的轨迹，像一种药品，唤醒感觉并窃取感官，一剂药物中混合着变形、瘾头与悲伤"[1]。《情诗》中的女性主体，其语调是多变、动荡乃至充满反差的。其中的女性言说者"熟识了乐器的音位与音品，可以在上面弹奏多种曲调"[2]。而在这些不谐和音所奏鸣出的乐声中，唯有"反常性"是其中恒定的基调；事实上，也只有置于"反常性"的标题下，这些从禁忌中突围的情诗才真正将我们引向诗人所有作品间的联结处。

可以说，《情诗》带着这样一种抱负：诗人对身体和情欲的刻写，不是为了迎合女性主义的警句，也不单单是满足对特殊的情感体验的耽迷，而是，为"反常性"提供一份可从中获取结晶的样本。在碰巧是女性自我的目光中，她注入了书写反常性的张力。尽管这些诗歌在对象、口吻和措辞上形态各异，体现了多种人格的视角——前文讨论过的诗人对叶芝面具观念的引用（"我历经许多生命，曾沦为奴，也曾贵为王……"）正是这本诗集的题记——但它们的共通之处是：探讨失却的艺术；对生活常态之吸引力的警惕；意识到爱之速朽、易败；分享"真实"的脆弱；进一步地——最值得注意的是——将有限的、短周期的激情之爱比作献祭性诗人的同类模式，与此相对的，将稳固、常见的主流婚姻关系视为平庸或无创造力的具体化身。

《致回到他妻子身边的我的情人》（下称《致情人》）最公然

---

[1] Anne Sexton, *Love Poems*, p. viii.
[2] Anne Sexton, *Love Poems*, p. ix.

地表现了上述对立。该诗题因其长度也成为诗集目录中的一个聚焦，位居诗篇序次的中部。此诗在人称上制造了一个典型的三角结构：你、我、她。"我"和"你"维持着一段婚外的情人关系，而"她"则是"你"的妻子。诗歌的语境前情以情人关系行将结束作为切入："我把你的心还你"，言说者如是说。但诗文更在意的是推出一种平行式的比较，即"我"和"她"之间的价值较量。开篇仿若突入一场有礼有节的协商：

她很警觉。
她小心为你熔化
然后由你的童年、由你爱玩的
一百颗弹珠她铸成自己。

她从来都警觉，亲爱的。
她其实，是精美的。
沉闷二月中的烟火
而且真实得像铁罐。(《致情人》：211)

事实上，"她"是在"我"与"你"之间的完全排他的谈话中被介绍出来的。这其中，"我"尽量显得同情、客观，落落大方；"我"甚至提醒，妻子对"你"的爱如何其来有自，以至于得以溯回童年——"她小心为你熔化 / 然后由你的童年、由你爱玩的 / 一百颗弹珠她铸成自己"。但是，细读过后会发现，诗歌言说者的善意中包含着对立物的合成："我"称述"她"时的语气既显得亲和又不相为谋，其间暗藏的攻击性更是不言而喻。在"我"口中，"她"的这种"为你熔化"的爱是以消除自我为代价的，即为了爱他人而完全抹去自我，而这种爱对"我"与"你"来说，显然是一种过时、错误，乃至令人疲乏的爱。这一点在第二节中由转折词"其实"一语道破："她其实，是精美的。"这等于告诉我们，下文中，无论"我"如何欣赏"她"或对"她"产生何种体认，都是在否定"她"的长效态度上所做出的短暂让渡。

在这场致语情人的言说中，言说者将自己的一面之词表现得尽可能公允、平和，给予其表述内容一种形式上的无可辩驳性。这是她的狡黠之处。事实上，"我"对"她"的所有评述，都是由颇为庸常的意象连缀在一起的，比如：她"真实得像铁罐"，这怪异的比喻本身就是一种讥刺。这其中有一种语焉不详，释放出钝化而沉闷的响声，让人感到密闭滞重。甚至，这个判断无情地将"她"掷入无可改变、无法消解的现实世界，正如我们生活其间的都市、人工造物、机器运转。而这一切正是"我"的反面，在《致情人》一诗中，这样的对比是剧烈而不容误解的：

> 面对现实吧，我向来是一时的。
> 一种奢侈。港湾里一条鲜红的小船。
> 我头发像车窗上扬起的烟。
> 过季的小帘蛤。
> 她不止这些。她是你不得不有的，

使你实干使你成长如热带生命。

这绝不是做实验。她就是和谐。

她为那小船看管桨和桨架（《致情人》：211—212）

  表面上，"我"将自己定义为短暂与消极的脱胎之物："我向来是一时的。/ 一种奢侈。港湾里一条鲜红的小船"；"面对现实吧"，像是对爱情绝望者的规劝。然而，这些短暂与消极之物最终指向了一抹饱满的亮色，这"鲜红"所带来的高浓度的炽烈与欢愉，喻示了即使在无法持久的关系中仍感到绝对的着迷。"我头发像车窗上扬起的烟。/ 过季的小帘蛤。"此句表明，言说者很清楚，自己的魅力只有通过把握转瞬即逝性与贯穿着裂缝的诗意才能得到转译——"过季"在这里是刻意为之的自谦。与"过季"成为反差的即是"她"——妻子——的日复一日。后者以其"就是和谐"而对"你"的生命与生活秩序也施以和谐化的规训："她是你不得不有的，/ 使你实干使你成长如热带生命""她为那小船看管桨和桨架"。言说者反复提醒，妻子角色所饱含的负累与担责"可不是做实验"那么简单。然而，如果说"实验"一词意味着冒险与赌约，那么，"我"那看似善意的共情也旨在暗讽：从妻子身上，绝无可能享有"实验"的不确定性与引人入胜。

  借助这种列举逐次展开所带来的惯性，言说者为那位不在场的妻子设立了框构，"她"几乎如时钟指针一般，精确不移地走步在这个框构里。这是一种日常的周期，循环密闭，与乏味和虚无相伴："早餐时把野花摆在窗台，/ 中午坐在陶工的旋盘边，/ 月光下展出三个孩子"，"晚饭后她还把每一个 / 都抱过门厅"（《致情人》：212）。

不过，当诗歌进行到三分之二处，"我"却替妻子拆除了这一框构。"她"被置于一场假想的、无可逃逸的身体交易中：

> 我把你的心还你。
> 我准许你——
>
> 获得她体内在污秽中
> 怒颤的保险丝，她体内的淫妇
> 和她创伤的掩埋——
> 那红色小创伤的活活掩埋——
>
> 获得她肋下摇曳的暗火，
> 她左手脉搏中等着的酩酊水手，
> 获得那母亲的膝盖，长筒袜，
> 吊袜带，和那叫唤——
>
> 那好奇的叫唤
> 当有一天你埋进手臂和乳房
> 拉扯她头发上的橘色丝带
> 并回应那叫唤，那好奇的叫唤时。（《致情人》：212—213）

这是夜色掩蔽下"你"与"她"作为夫妻的爱欲确证。而"我"在"准许归还"之名下对这一切的想象，则是由切肤的嫉妒与伤痛编织而成。这里出现的许多词语：污秽、怒颤、淫妇、创伤、摇曳、暗火、酩酊、叫唤、吊袜带，都是泛起爱欲的联想音。某种程度上，这些分派给"她"的描述是对指向自我之语汇的征用。可以想见，如果没有这种征用，那么"我"与"她"之间的竞逐张力将产生致命的减损。"我"很清楚，在"你"与"她"的关系中，无法不运行着一种双重进程，一重是生活结构意义上的，另一重则是肉身意义上的。而"我"的"准许归还"既是对这双重进程的合并与固化，同时也是对情人必须回到日常生活的一个报复性惩处。毕竟，日常意味着一成不变、平庸与苦斗，最后一个诗段的双重修辞暗暗指向了这一事实：

把她当纪念碑去攀爬吧，一步一步。
她是稳固的。

至于我，我是一幅水彩画。
我洗掉了。(《致情人》：213)

通过降格法的使用，诗人比对出了"我"与"她"所指代的两种价值的等级制："她"的"纪念碑"式的存在向诗歌开初的"铁罐"意象投去了呼应："她"确切、真实、稳固。至于"我"，"我是一幅水彩画 / 我洗掉了"。到这里，"鲜红的小船"

那种突显的光亮泯灭了，色彩在水中溶解、淡化，最终变为失败的空白。然而，这却是作为艺术媒材的画作与纪念碑之间的殊异。在水彩画中，尽管颜料褪去，其色泽与艺术形式却获得了一个临时的居所。尽管在"我洗掉了"这句话中回荡着深深的无奈，但"我"要表述的，无疑更侧重于自己经由绘画艺术而获得加冕的隐喻性。换言之，这是对反常性的自我辩护：短暂、不稳定、有罪、一时的明烈和热度，这是与庸常对立的诗性，而只有通过这些诗性，才有可能把握和拥有理想状态的一瞬永恒。

倘若说《情诗》中的诗篇主要是基于身体感觉的主体表达，那么《致情人》是对这个主体及其身份密码的关键性破解。它展现的是，诗人本人与这位言说者"我"之间的投射关系：两者都是被社会规约所贬斥的格格不入者，都一厢情愿地崇拜短暂集中的浓度，因而也都自视为庸常凡俗的对立面。有趣的是，在塞克斯顿笔下，这种对立面的二元勾连是在与"情人"这另一终端的三角关系中得到展示的。在另一首诗歌《你们都知道另一个女人的故事》（下称《另一个女人》）中，也隐藏着这样一种三角关系。只不过，此诗以第三人称来讲述另一个女人（the other woman），即我们常说的第三者，而"妻子"自始至终未出现。诗歌首句"这有点《瓦尔登湖》"，有意指向这"另一个女人"的独自幽居的现状：她与情人的相会仿若处于黑暗隐秘的森林深处。当情事（"正当他的身体飞上了天，/ 飞得笔直像一支箭"）结束后，诗歌言说者陡然插入评议，"日光是众人之敌"，以揭露此刻来自白日之光的袭击。"日光"使恋人在情爱高潮后蜕为凡人、原形毕露:"此刻她就一般般了。/ 他收回他的骨,/ 把钟拨回一小时。"这首诗包含着同样的双重对比:一方面是婚外关系的反常性与婚姻内部的常规性之间的对比,另一方面是性爱的激烈与日常的凡俗之间的对比。相较于暗夜中令人着迷的沉醉,"日光"击退一切魔力,令一个被去魅的日常结构昭然若揭。诗篇的第一个意象《瓦尔登湖》所带来的浪漫灵性的庇佑也随之瓦解:"瞧,/ 一旦结束他就把她,像个/电话听筒那样,挂了回去。"

在由"私通"所构形的三角关系中,在诗性与庸常的对立中,反常性与出格者得到了本体论上的辩护。但即使没有这种三角关系,在为数更多的其他诗篇中,单单是对男女双方或女性自我身体的叙述中也会显露这一辩护。正如米德尔布鲁克的观察,塞克斯顿情诗的言说者往往习惯了欲望凝视下的被肢解感(feeling of dismemberment),她们的立足点是作为情事幻想的接受方(receiving end)。[1] 当诗歌只关乎恋人双方,因而言说者"我"失去了"妻子"这一对立面时,其男性情人就会成为后者的替补。这位男性情人通常扮演着传统男性作为专制与主导的角色,体现为权力和体制的化身。而哪怕在没有这样一个男性情人的颂诗中,诗人也会制造出一个类似的对立面,一个代表社会常态的共同体,比如《为庆祝我的子宫》中的"他们"和《乳房》中的"标准",从而引出"我"与统一性和常规性的对立:

---

[1] Diane Wood Middlebrook, "Foreword," in Anne Sexton, *Love Poems*, pp. viii–ix.

> 我体内的每个成员都是一只鸟。
> 我扑棱着所有的翅膀。
> 他们要去掉你
> 但他们不会。
> 他们说你空不可测
> 但你不是。
> 他们说你病得快死了
> 但他们错了。
> 你像女学生那样歌唱。
> 你并没有撕裂。
>
> ……
> 让我唱吧
> 为了晚餐,
> 为了亲吻,
> 为了正确的
> 肯定。(《为庆祝我的子宫》:202—205)

这是这些情诗可被视为"反常性"寓言的一个重要理由:"我"总是这样那样地与固有的世界对立,总是叛离于某种整体性的标准,总是在对自我(以及身体)的物象化中亮出短匕。当米德尔布鲁克在序言中自问:"私通可以是英雄主义的吗?"其回答令人深思:"或许不能,但它可以产生灵性上的教益。当圆房那一瞬间消逝退去,意识与良知返回了……私通与自尊相冲突，促使人们清醒地洞见我们身上最具诱惑力的幻觉的起源和意义。"[1]

按照米德尔布鲁克的观点，我们得以经由罪性的深处，更有意识也更具反思地洞察自我；或者说，"意识与良知"在有罪的激情退潮后，更为清晰地发挥了见证者的效力，为我们提供"灵性上的教益"。灵魂需要这种与"自尊相冲突"的爱欲之罪的反作用力。某种意义上，"私通"提供了一个可以规避社会裁决、却难逃自我省察的场域，这种生发于自我的、否定与欲望的对立交织，成为一种格外的自我确认。在塞克斯顿笔下，女性身体是这种"自我确认"的共鸣腔，或者，作为后者修辞上的喻体。因而，《情诗》的内核不仅仅是在抒发情爱的速朽、反道德的极度、身体感官的浓烈，或像其中《就那一次》一诗那样，描写生命悟见的易逝，而是如何通过上述这些情状来勾勒自我。这个"我"由趋向死亡的准备与不安宁的欲望构成。她与主流的富足与健全相悖——是"不够标准"（《乳房》）、"洗掉了"（《致情人》）、"孤独"（《孤独手淫者的歌谣》）、"部分时间"（《另一个女人》）、"病得快要死了"（《为庆祝我的子宫》）。这些反常性既是承载主体的容器，又构成了"我"难以改动的书写，因为诗人即是由它们所定义的，没有了这些，她的诗歌就会终结。

正如彼得·盖伊（Peter Gay）形容现代主义者："他们就像上了瘾的冒险家，只有在美学安全区域的边缘甚至是以外的

---

[1] Diane Wood Middlebrook, "Foreword," p. viii.

地方，才是最得心应手的。"[1] 这对塞克斯顿同样适合，这位诗人——"伟大的病者、伟大的罪犯、伟大的受鄙弃者"拒绝持存，而向往献祭。正是在献祭的亢奋与溃灭之处，她开始"歌唱"（《为庆祝的我的子宫》），并逐渐感到全面的"收获"（《我们》）；或者说，创伤变为一种决心，反常性被压抑为坚硬的抗体，最终成了一种自我辨识的语言。正因如此，我们看到，在《情诗》中，反常性始终被两股对立的词群所包覆：一边是受限的、空洞的、求他的、短暂的；另一边则是完满的、充盈的、自足的、永恒的。

二、萨满式誊写：摆脱语言的惯性之链

作为诗人的"一种自我阐释的模式"[2]，"反常性"强调与周遭现实世界的决裂，表现在语言中，即出现了弗里德里希在波德莱尔、兰波、马拉美等人身上所施加的共有标题："语言魔术"与"专制性幻想"。诗歌从与其对应的现实世界中退却，投入前理性与空想的自为之地。"语言魔术"的意思是，诗歌的创作不再以靠外界对象联结的表意性为前提，而是由语言本身的音调组合催生完成，这种组合方式"调配语言的声音元素和节奏元素就如同调配魔术公式一样"[3]。语言材料成为主动而自律的有机

---

[1] 彼得·盖伊：《现代主义：从波德莱尔到贝克特之后》，骆守怡、杜冬译，南京：译林出版社，2017年，第6页。
[2] 胡戈·弗里德里希：《现代诗歌的结构》，第10页。
[3] 胡戈·弗里德里希：《现代诗歌的结构》，第36页。

体，脱离于传情达意的功能，以内在于自身的基质来活动，就像它的使用者要求脱离狭迫现实的努力一样。如此，语言以封闭的方式迎向其自身的绝对自由，这造成了"专制性幻想"的独断之处："这幻想伸长了手搅乱现实，丢弃现实，搓揉出新的超现实。"[1] "专制"即指诗人兀自独霸词语的意义，以不被理解为由阻断读者。

在前弗洛伊德时代，波德莱尔与兰波已经意识到梦的伟力。与梦境的运行机制相仿，这些诗人实现了对不同感官界限的突破，将现实进行区隔并转化为非真实的构造物。梦，作为狭迫现实的对立，自波德莱尔以来被视为"一种生产力"，从而"将人造的非现实置于现实之上"[2]。这种对现实与非现实在等级上的重置，在美学观与方法论上，无可估量地影响了整个二十世纪的诗歌与艺术。对现实秩序的颠破成为语言的重要命题。当塞克斯顿担心一旦服用抗躁狂症及精神分裂症的药物便是让"诗人滚蛋"[3]之时，她很显然沿袭了这种等级制，即把迷醉和非逻辑视为创造力的更高层次。就波德莱尔而言，他曾身体力行地试验麻醉品和毒品带来的神秘效力，在他的专著《人造天堂》中，诗人曾忠实地分章讨论酒精、印度大麻和鸦片所打造的不同幻觉：

的确是在迷醉的这一阶段出现了一种新的灵敏，一种

---

1 胡戈·弗里德里希：《现代诗歌的结构》，第69页。
2 胡戈·弗里德里希：《现代诗歌的结构》，第40页。
3 Diane Wood Middlebrook, *Anne Sexton: A Biography*, p. 226.

各种感觉上的高级的尖锐。嗅觉、视觉、听觉、触觉都参与了这一进程。眼睛瞄着无限。在最巨大的嘈杂声中耳朵抓住了几乎是不能抓住的声音。这时开始了幻觉。外界的物体慢慢地、不断地具有奇特的外形；它们走样、变形。接着的是暧昧、误会和观念的颠倒。声音具有色彩，色彩包含着音乐。[1]

如此，由感官错置所致的这样"一种新的灵敏"，就是众所周知的"通感"。波德莱尔将"通感"归功于麻醉品的致幻效果，这在日后成为一条极具诱惑力的艺术守则。特别是当弗洛伊德的精神分析理论适时登场后，在生命科学的意义上判定了如下事物的存在及其主宰地位：潜意识、梦境、自由联想、幻觉——语言的非理性活力得到了理论上的条分缕析。于是，从超现实主义到意识流，从音乐到绘画，根深蒂固的写作规范被打破，无意识成为新的书写主体，诗的语言与普通语言的疏离变得更加恣肆、莫测。这种疏离"可以是诗歌的基础设置，也可以通过麻醉品和毒品引入，或者从心理病态中产生"[2]。事实上，所有这些形式皆在超现实主义的宣言中得到实证。超现实主义者们相信，"精神病人在制造'超现实'方面的'天分'不比诗人逊色"，诗的语言越和精神病者的语言接近，就越成功、越具有令人瞩目的效果——塞克斯顿正是在此诗学脉络上一个意外

---

[1] 夏尔·波德莱尔：《人造天堂》，郭宏安译，北京：生活·读书·新知三联书店，2009年，第46页。
[2] 胡戈·弗里德里希：《现代诗歌的结构》，第40页。

的复兴者。在她那里，精神病状是实际而客观存在（而非额外追求）的体征。对于如何采用梦境或自由联想式的语言，她抱有天然的热衷，也具有相当的认知储备。如果说自波德莱尔，梦的生产力开始受到信奉，那么弗洛伊德为这种生产力的形成机制与运行规则提供了一套标准化的语言和富有阐释力的例证。相较于其他诗人，塞克斯顿的诗作受弗洛伊德话语的影响和启发最为直接、彻底；对她而言，弗洛伊德的经验比任何诗人同道更亲近也更值得借鉴。

吉尔曾提出，塞克斯顿的语言"从来就不是通透的，而是像心理分析显示的那样具有移置（displacement）和浓缩（condensation）的特点，充满着含混与矛盾"[1]。这是针对塞克斯顿游离失控的句法和武断古怪的意象而言的。很显然，诸如"移置"和"浓缩"这样的弗洛伊德术语在当时已广为人知。这两个在吉尔认为破解了塞克斯顿诗歌编码的动词，源于精神分析学说的重要著作《梦的解析》，是弗洛伊德为了解释和细化梦境的形成机制而提出的概念。具体而言，"移置"意为各种现实元素在梦中的传导和替换，从而使潜意识的愿望经过选择和伪装在梦中复现；"浓缩"则指的是潜意识的庞杂多面的隐形含义被有选择性地加以汇聚、并被浓缩为显性的梦的内容。[2] 在弗洛伊德看来，"移置"与"浓缩"是梦之构造的两种主要活动机制，而吉尔以此描述塞克斯顿诗歌的语言特质，则恰好解释了

---

[1] Jo Gill, *Anne Sexton's Confessional Poetics*, p. 140.
[2] 弗洛伊德：《梦的解析》，方厚升译，济南：山东文艺出版社，2019年，第289—320页。

塞克斯顿的诗作何以会有一种滞重的非"通透"感——因为诗人写作时的句法运作和措辞表达，与梦的运行步奏相仿，是潜意识隐义经过"浓缩"和"移置"的结果；故而其诗歌意象之突兀、句法之逾矩，必然抵触逻辑理性的解读方式，也必然与我们想象中的线性叙述相违抗。

事实上，按照勒热纳的说法，精神分析与自传写作在本质上判然有别："前者是展开自由联想，取消思维的自主选择，来显示一种无意识状态。后者是找回往事，加以编排，在一种十分清醒的状态下将其讲述出来。"[1] 自白诗本是接近于自传写作的文体类型，但塞克斯顿却在其中施以精神分析的运作法则——让南辕北辙的书写方式发生张力，在对现实的再现中制造非现实，这是塞克斯顿诗歌活力的来源，也是为什么自白诗经久长流，直到七十和八十年代仍产生重要影响，乃至在二十世纪末成为美国诗歌主导模式[2]的关键原因之一。塞克斯顿的诗歌不只提供了一个空间，在其中有许多微妙的表述借由非理性的层面和穿插其间的超现实意象析出。对表意性的横加破坏，成为她诗歌具有辨识度的一个重要因素，尽管这无疑给她的读者带来了挑战。而诗人对这一点似乎早有预见，她在访谈中含带吁请地指出：人们"只看到最显而易见的东西，就止步不前了。他们被外在的东西给震慑住了，而我觉得将来人们更会被我的那些神秘诗，而不是所谓的自白诗所震慑"。塞克斯顿所说的"神

---

[1] 菲利普·勒热纳：《自传契约》，第83页。
[2] Christopher Beach, *The Cambridge Introduction to Twentieth-Century American Poetry*, Cambridge: Cambridge Unibversity Press, 2003, p. 155.

秘诗"，泛指她作品中对于与精神病症相关的"灵视"（vision）体验的书写。这种灵视据她而言时常降临，且持存时间从"六分钟"到"六个月"不等，而她关于这种体验的描述无疑也是在波德莱尔所开创的美学意义上，坦白精神病态对诗歌创作的巨大裨益："当灵视过后，我觉得跟事物的关系更亲密了。某种程度上，这有点像要开始写一首诗的时候；整个世界非常清晰，而且界定明确，而我的存活感是如此强烈，就好像整个人充满了电。"

塞克斯顿曾说，"语言和理性思维毫无关系"[1]，在她的诗歌中，以线性方式所复述的外部现实，往往伴随着诗歌言说者心理的内部时空和自我的无意识状态。表面似为自传叙事语言统领的诗行，常因言说者理性的突然缺席而失去控制；换言之，虽然塞克斯顿的诗歌具有明显的情境化倾向，但这些情境却并不按照传统叙事的方式来编排，而是以碎片的方式不断闪回，或陷入隐晦，表现出与线性逻辑相悖的任意失控的絮语状态。以前章中讨论的《复影》为例。诗歌固然以主体"我"作为叙事人称，其间也不乏确可考证的地名、人名等自传要素，如"到十一月我就三十岁了。/ 你还是很小，在生命的第四年"（《复影》：45），"从精神病院返回的半途 / 我来到我母亲在马萨诸塞州 / 格罗斯特的家"（《复影》：48）——若从单个诗句着眼，这些诗句中的情境与叙事意义不止明确翔实，甚至还与诗人的生平经历一一对应。然而，从上下文以及诗歌整体来看，这些自

---

[1] Anne Sexton, *Anne Sexton: a Self-Portrait in Letters*, p. 245.

传性片段并未有效地连缀成叙事线索，而是仍然作为（且只作为）零落的、单个的意义单元呈现。如此，"我"之主体意义不仅未能形成有效的建构，反而是分崩离析地散失在语词中，表现为一个失去中心，并不时与超现实意象相交织的意识流载体。比如，在一个以"我"的自杀急救为叙事主线的诗节中，由"白衣人"、"催吐"、"毒药"、"电动床"结成的意义指涉之网突然地被"今天黄叶变得异样 / 你问我它们去哪儿"横向隔断，其中显然存在刻意的省略与跳跃，造成主体意义的纷乱和流失。又如，在描述女儿发高烧的两句诗行后，诗中突然插入"丑陋的天使对我说话……他们像绿色女巫 / 在我的脑袋里闲扯，让厄运 / 如破水龙头那样滴漏"（《复影》：46）。这其中，"天使"与"女巫"的出现令人愕然，它们的身份和话语也都不明所以。如此，诗歌对现实的指涉与对超现实的诡谲想象相互穿插、比肩而存；这中间常常出现错置的意象，表现为对明确叙事线索的断然偏离或阻断。

诚如文德勒不乏尖刻的观察，"塞克斯顿的幻想多半是自我放纵的；她几乎不能引一条垂线来测定她偏离的程度"[1]，在梦呓般的意象交混中，诗歌言说者若隐若现的主体声音历经分解，现实被有意无意地逐出诗歌。或者说，当经验现实在诗歌中快要被耗尽之时，凌乱纷杂的潜意识絮语释放出了非逻辑的力量，这种力量改变着言说与现实，将传记式经验转化为一种独立的审美对象，而非对外部现实的再现和依附。

1　Helen Vendler, "Malevolent Flippancy," p. 446.

塞克斯顿有一首关于语言运作的"元诗歌",收录于她的第一本诗集《疯人院,去而难返》(1960)。诗题《诗人对心理医生说》仿佛要把读者带到心理病患的就诊现场,但实际上全诗并不在于描写情境,而是立意于"诗人"与"心理医生"各自的职能分析,通过阐述这对医患角色的定位与相互关系,来传达诗人自己关于诗歌语言的观点。

全诗共分两节,第一节以"诗人"的专属物"词语"为视点展开:

> 我的事业是词语。词语像标签,
> 或硬币,或像蜜蜂成群,更妥当。
> 我得说只有事实的原始信息叫我崩溃:
> 就好像词语如阁楼上的死蜜蜂被清数
> 脱落于它们黄色的眼睛和干枯的翅膀。
> 我必须始终忘记一个词语怎样挑选
> 另一个,规范另一个,直到我已获取
> 我可能已说……却未说的
> 东西。(《诗人对心理医生说》: 25)

在头两个诗行里,诗人对"词语"做了诸多类比:先是喻之为"标签"、"硬币",旋即又使之从前两个喻体中滑脱而指向一个颇为陌异的个人化意象——"蜜蜂成群"。最后的"更妥当",是转向读者的一句耳语,它使前述喻体的滑动变得更像是有意为之的表演,我们知道,诗人/言说者对这几种意象的挑选正如她对其他意象的省略那样,都出于一种试错的率性而为:哪个"更妥当",这是在言说过程中浮现,而非一开始就择定的。尽管随后的诗句延续了"蜜蜂"的象征意象,似乎是对前述诗句在逻辑上的展开和说明("就好像词语如阁楼上的死蜜蜂被清数/脱落于它们黄色的眼睛和干枯的翅膀"),但是细读之下,从"蜜蜂成群"到"死蜜蜂被清数",这条譬喻之链所联结的两个意象群实际上南辕北辙:如果说"蜜蜂成群"意味着词语的嘈杂和涌动,在声音和触觉上使人感到难以招架;那么,"死蜜蜂被清数"则显然是其反面,它们趋于沉默与禁锢,是对词语死寂状态的刻画——"阁楼"的空间闭锁更加剧了这种死寂带来的窒息感。死蜜蜂"脱落于它们黄色的眼睛和干枯的翅膀",这在动词的意义上提示着一种破灭和粉碎:词语消失、枯槁、灰飞烟灭。在两个意象群所分别导向的动静语默中,"词语"都对"我"造成了胁迫与压力,这是两者之间唯一可能的共通点——"我"在"词语"面前是被动和无助的,或被追赶叮蛰,或被迫面对着空洞。在这个被动和无助的"我"趋于消抹的同时,"词语"显化成为主体,后者在与诸种实物的隐秘联系中驱逐着"我"。或者说,"我"与"词语"之间的主客体地位发生了倒转,这种倒转直接导向该诗节尾句的表达。

在那里,诗人坦言"我必须始终忘记一个词语怎样挑选/另一个,规范另一个,直到我已获取/我可能已说……却未说的/东西",这是诗人对自己言说能力的一种预判:"我"只有消解主体理性,言说才得以可能。这个预判使我们回望此诗开首时,诗人对几个喻体的犹疑斟酌:可以想象,正是因为试图"忘记

一个词语怎样挑选 / 另一个，规范另一个"，其对词语之喻体的选择才呈现出滑动和游移。从"标签"到"硬币"、从"蜜蜂成群"到"死蜜蜂被清数"，这些象征物并非"挑选"和"规范"等逻辑理性的结果，相反，它们的出现受惠于潜意识联想的涌动，是十分自由而偶然的结果。

"获取 / 我可能已说……却未说的 / 东西"，这里的时态引人深思：什么是可能已说（might have said），却未说（but did not）之事？如何可能已说却又未说？正如麦高恩所言，"塞克斯顿扩展语言、使它得以变幻、延伸，这就为新的阐释留下空间"[1]。"可能已说却未说"是对言说层次的丰富化，它定格了那样一种动态，展现了潜意识言说的独属特质：诗人在无意间说了出来，而她自己并不确知。

诗人强调，言说的前提是"忘记"词语如何联结的固有逻辑，摆脱庸常的语言规则与僵化的措辞用法，以让词语获得新的活力。这与她在访谈中对潜意识作为先行力量的说法不谋而合。她直言不讳地宣称，当她的诗歌向读者"揭示"某物时，她自己却往往处在一种刻意为之的受蔽状态，是潜意识在替她告诉和传达。[2] 那么，从"标签"到"硬币"、从"蜜蜂成群"到"死蜜蜂被清数"，这一系列由潜意识分发的象征物中，哪一个才是在真正地"揭示"和"说出"呢？这个问题指向诗歌本身。通过譬喻的罗列和展示，"词语"既在每一个喻体中被轮番解释

---

[1] Philip McGowan, *Anne Sexton and Middle Generation Poetry: The Geography of Grief*, p. xi.
[2] 凯夫利斯、塞克斯顿：《诗歌的艺术》，第 96 页。

和说明，同时却仍然落回到不确定的假设中。而诗人肯定的似乎正是对这种不确定性的重复。主体意识需始终放弃掌握把控，只有在潜意识的不确定的持续振荡中，某种"揭示"方能实现。

诗歌到了第二节，即讨论心理医生的职能定义：

> 你的事业是看紧我的词语，但我
> 什么也未承认。我尽力配合，比方说，
> 当我尚能赞赏投币机的时候，
> 那晚在内华达：说出神奇大奖如何
> 透过幸运屏幕，跟随三记叮当的铃声而来，
> 可要是你说这是件并不如此的事情，
> 那我就变弱了，只想起我的双手感到
> 怎样的滑稽和荒唐，怎样塞满了深信不疑的
> 钱币。（《诗人对心理医生说》：25—26）

首句很显然是对上一诗节的接续："我"的词语被"看紧"，但"我什么也未承认"。譬喻与譬喻被置放在那里，或产生了变体，但仍然可能什么也未"承认"或"说出"。诗人似乎想要说明，词语的意义并不是最终离去，而是铺陈为可供心理医生储备的语库。是否"承认"或"说出"，则取决于心理医生需要得知什么，取决于以不在场方式而在场的其他读者。

随后，这一诗节的核心喻说突如其来——我们猝不及防地被带往一个"当我尚能赞赏投币机"的时刻。但细心的读者会从中识别出上一诗节中将"词语"比作"硬币"的那个潜意识

行为，由此发现此处"投币机"意象的出现或许并非偶然。众所周知，拉康对词语作为硬币的著名讨论已经充分解释了词语作为能指的符号意义及交易属性。[1]而诗歌此处关于投币机和博彩游戏的喻说（它占据了几乎整个第二诗节），可视为对拉康洞见的应答与扩充。当然，从诗歌本身的角度而言，此处"投币机"的叙述主要对应于潜意识书写的双层表现：一方面诗人猝然将一个莫名的内华达赌场之夜以闪回的方式插入，造成叙事上的断片和破裂，这本身展现了潜意识表述的肌理；另一方面，通过投币游戏机的出奖程序这一具体的情境展示，潜意识梦呓语言的"移置"和"浓缩"及其间充斥的随性与任意得到了生动的比拟：在"我"对博彩游戏的自述中，"词语"成了赌注，言说则如投币下注，其中的言说主体"我"降级为"尽力配合"的投币玩家。

按照诗歌所言，在以投币机工作原理为隐喻的言说过程中，诗人/言说者的作用仅仅在于投放"词语"，对于词语如何组合运行则只可旁观而无力涉足，更遑论加诸任何规则或技巧。与此同时，言说能否成功"说出"——即能否赢得"神奇大奖"，不仅毫无理性规律可循，如游戏般取决于纯粹的偶然几率；而且，即便"神奇大奖""跟随三记叮当的铃声而来"，下注者仍需面对来自"你"的后设性判决——"可要是你说这是件并不如此的事情/那我就变弱了"。"你"——既是医生，也是（甚至

---

[1] Jacques Lacan, *Ecrits: A Selection*, trans., Alan Sheridan, London and New York: Routledge, 1977, p. 48.

是诗歌的）听者和读众——的意见好坏仍使言说的有效性悬而未决。

事实上，这一诗节在开篇就指出"你（医生）的事业是看紧我的词语"，这正是对弗洛伊德精神分析临床诊治中医患关系的还原：当病人在讲述或回忆梦的经验时，医生需要及时地判断、记录，并在看似毫无关涉的意象之间做出分析和勾连。这里，塞克斯顿巧妙地以"医生"指涉"读者"，强调后者在诗人创作过程中无形的介入和规训作用，并由此暗示了言说者作为主体的进一步受限。言说者不过是被动无力的下注者，仅当"言说"这一词语游戏碰巧获奖，而读者又未持异见时，其"说出"才称得上行之有效。

关于诗人与精神病人言说方式的亲似性、关于诗歌读解与精神分析临床诊疗对话之间的相通之处，此诗提供了最为生动的说明：理性主体在言说过程中失落了其地位，这个主体需要自我消解、主动"忘却"；也需要意识到自己的"说出"不仅让位于潜意识的博彩式游戏，而且无疑也受到读者力量的约制。同样，诗歌在创作时，词语通过潜意识进入受偶然率支配的游戏状态，读者则发挥其效力对言说之物进行把控、判别——这一过程中，诗人/言说者在传统诗歌中的自律性大为削弱乃至遭遇瓦解。通过对"诗人"和"心理医生"医患角色的定位与剖析，此诗凸显了"词语"的游戏性质及其对言说主体的凌驾，言说主体不再是意图与规范的设定者，唯有当他们放弃能动权（autonomy）、放弃其固有的逻辑意识，词语才能通过潜意识的自行构建和自由振荡，发挥其在一首诗歌写成过程中应有的效力与能量。

　　源于精神分析诊疗的切身经历，塞克斯顿对弗洛伊德学说抱有一种坚定的认同感。她对言说者主导地位的解构，表明她在潜意识的机制中找到创作的方法与激情，从而不再将主体的理性意识奉为信靠。换言之，诗人在梦与潜意识的形态中找到了一个有效言说的对策与模式，因而渴望以对言说主体的降级来拒斥理性意识的规范。这种赋予语言的自发性以特殊权力的立意以及实现这一立意的具体路径可在超现实主义"自动写作"细则中找到摹本。

　　借用弗里德里希的话，超现实主义纲领性地"证实了自兰波以来出现的诗歌创作方式"，即相信"人在无意识的混沌中可以将自己的经验无限扩展"，于是，他们"把诗歌作为对无意识的毫无形式的笔录"[1]。这样的写作观念无疑根植于弗洛伊德的精神分析学说。正如彼得·盖伊所言："在整个现代主义历史中，唯有超现实主义这一个先锋流派坦白地承认精神分析学说对它的巨大裨益。"[2] 在超现实主义领袖布勒东"不断推敲、修改和实验了五年"的著名宣言中，他声称："感谢弗洛伊德的发现……想象可能正在夺回自己应有的权利。"[3] 可以想见，如果没有弗洛伊德对潜意识的革命性发现，诗歌是不可能赋予非理性以如此彻底的价值的。正是这种赋予，使"自由联想"和"自动写作"

---

[1] 胡戈·弗里德里希：《现代诗歌的结构》，第180页。
[2] 彼得·盖伊：《现代主义》，第92页。
[3] 安德烈·布勒东：《超现实主义宣言》，袁俊生译，北京：北京联合出版社，2020年，第14页。

作为一种核心原则在整个二十世纪的艺术创作生态中大行其道。塞克斯顿虽未曾明示将超现实主义奉为表率，但对弗洛伊德话语的浸淫使她有意识地成为"自动写作"的践行者，她的一首题为《本体论实质、把戏与爱的迷魅合成》的诗歌正是对这一点的宣示：

> 忙，为得到一个代码，我匆匆
> 写下成串的记号，从左到右，
> 或从右到左，通过模糊的途径，
> 有我个人的理由；记下词语好比"写"下
> 成行的尝试直到它的秘密的仪式产生
> 意义；或者，直到突然间老鼠（RATS）
> 神奇而有趣地变成星星（STAR）
> 而从右到左的那颗小星星属于我，
> 只要我自己喜欢，便可从里到外
> 凝视它五个幸运的尖角，温柔地将它
> 永久贮藏；就好像这是我摸到的一颗星星，
> 是我确实写出来的一个奇迹。（《本体论实质、把戏与爱的迷魅合成》: 5）

很显然，此诗是对写作过程的一次复现。这个写作过程正是由"自动写作"主导并贯穿始终的。始于成串的未经处理的"记号"，写作者需将标签式的词语不加整理地记录下来——第一句诗行仿佛就是如此得来，其破碎强硬的句式带有鲜明的即兴感,其语言力量亦来自过多的逗号切分而成的节奏调式。短促的首词及其后剧烈的停顿——"忙"(busy)——使得所有的注意力被引向它,类似拍击的顿挫之感人为地打破了线性编排,将有声的词语与沉默的空隙相互剪辑。随后,"匆匆"是对"忙"的回应,两者在极凝缩的诗行空间里,接连演示了"自动写作"所强调的速度张力。而这样做的目的仅仅是为"得到一个代码"。此处,"代码"暗示了对表意性的拒绝。词语写下来并不朝向外部现实,而仅仅朝向它自身的晦暗与费解:一个代码,一团凝结的、不愿显像的谜面。

接着,"从左到右,或从右到左"交代了言说者/写作者对文本建构权力的让渡:词语本身成为诗歌行为的第一原创者,而写作者不过在重复性地左右移笔。不仅如此,这个诗歌行为所经由的是一条"模糊的途径",只有基于其"个人的理由"才得以成立。这可视为对前文所论"专制性幻想"的一种注解。自动写作的编织方式是任意专断的,它无需再现为人共享的某个对象,因而得以在纯粹个人化的幻想与精神领域中攫取非现实的美感。这或许也是这一写作过程被冠以"仪式"之名的原因。灵感的催生与无意识的想象有其特别的神性之维,这个维度接受先知,甚于接受理性逻辑的凌驾——"记下词语好比'写'下/成行的尝试直到它的秘密的仪式产生/意义"——在这一句中,诗人刻意突出"记"与"写"的区别,而这一区别对于"自动写作"而言甚为关键:"记"是被动和消极的无意识行为,"写"则是通常意义上意识主体的能动行为。很显然,"自动写作"强调"记"之于"写"的绝对优越性,主张尽可能地弱化乃至摆脱意识的主导作用，而以无意识的自行奔涌取而代之。这一过程中，诗人不过是一个匿名的媒介，其动作的真相是"记"，而非"写"。

当然，"写作"（writes）在诗中被独具匠心地与"仪式"（rites）相勾连，还包含着另一重用意：在这里，声音释放出了魔术般的力量，两个发音全然相同的单词在语义上产生了极富魅力的撞击，发挥了联合性的作用：通过与"仪式"类比，内在于"自动写作"过程中的非理性与神秘气息被有效地唤起。以"记"为手段的写作沾染了"仪式"的不确定性与巫性色彩，就像进入一场"秘密的仪式"。在逻辑理性的成分被剔除后，自动写作分享了萨满式的原初机制，在那里，语言造就魔法和迷幻咒语，而诗歌则在其中——在这些可交替变换的语义区域和同样交替变换的声音效果之间，试验种种组合的可能性。

这些可能性的一个结果是，"突然间老鼠（RATS）／神奇而有趣地变成星星（STAR）"。这里，"突然间"道出了意义的倏然而至。对于言说主体，意义的来临是预料之外的，它并不由言说主体自主地设计推导而致，而是在主体意识之外的玄奥之维中诞生。"神奇而有趣"即是对这一点的再度说明。然而，如何理解"老鼠（RATS）"变成"星星（STAR）"这一魔术般的发生？此诗余下的几行皆在"星星"的意象上展开，按照这些诗行，言说者对"星星"极为珍视，这种珍视似乎源自"星星"的偶得性，即"星星"不是"我"的自为意识所能够争取的，它并不在这个意义上属于"我"。即便"我"最终可将"星星"占为己有、"永久贮藏"，但是，诗歌末句写道："就好像这是我摸到的一颗星星，/ 是我确实写出来的一个奇迹"：表面上，这是言说主体对言说之物的把握与获得，然而，这种把握与获得以"就好像"（as if）为前提，这就无异于承认言说者与言说之物在实际中的分离：作为言说之所得，"星星"始终游离于主体意识的努力之外，它并不是"我""说出"或"写出"的，正如"摸到"所强调的，它甚至不是"我"在触觉上唾手可得的。

在原文中，由大写字母构成的"老鼠（RATS）"与"星星（STAR）"在单词构造上的镜像关系格外醒目。读者不难发现，所谓"神奇而有趣"的变化实际上源于诗中一再提及的"从左到右，或从右到左"的机械书写顺序的改变：将"老鼠（RATS）"反写，便成了"星星（STAR）"，反之亦然。这一回文（palindromes）更完整的版本是"rats live on no evil star"（老鼠住在无恶的星球上），正读反读形成回环，妙趣横生。

根据传记，塞克斯顿早在其开始创作的第一年（1958）便向心理医生表示，这组回文示例，能够解释"词语如何通过我这个中介（vehicle），将意义带到世上"，她还补充说道："我知道语言是一盘计数游戏，我一直这么觉得，直到词语开始自行排布，写出了比我所知的要好得多的东西。"[1] 很显然，从"老鼠（RATS）"到"星星（STAR）"，诗人认同的是由词语的游戏与实验而诞生的意外结果——四个字母偶然的序列变化，生发出比言说主体所知更为丰富的内涵与回声，后者由此收获了此前并不知晓，也无从策划的意义。正如她在自述中称自己为"中

1　Qtd. in Diane Wood Middlebrook, *Anne Sexton: A Biography*, p. 124.

介",并称词语通过这个中介才将意义带到世上。诗人很清楚,诗的意义终究来源于"词语",而言说者/写作者不过是词语的载体、为词语所驾驭。

如此,塞克斯顿在这首诗歌中对"自动写作"的法则和操作体验进行了描述和还原。正如麦高恩所言,此诗是为了研究语言的运作,并"利用诗歌提供的回旋余地来开展诗人有关形式与意义的实验"[1]。倘若"实验"这一说法指的是诗人在此诗中充分赋予"自动写作"以实施的步骤与空间,并以回文修辞为例演示了其具体过程;那么,显而易见的是,"自动写作"的美学价值也在这一"实验"中得到验证与凸示:它带来奇迹与意义。实际上,"实验"的说法与"仪式"相仿,都指向语言编码与解码过程所涵盖的具体形式。该诗表明,借助词语的内在结构与形式要素,非理性的文字游戏能够召唤诗行、发现和构成新的意义。在词语无拘无束的活力中,在意义不受限制的交互中,语言以其自身的张力与惯性造就了言说之物。相形之下,言说者"我"不过是这个言说框架内的记录员,一个记下符码、等待"奇迹"发生的誊写者。

三、反作者一元:颠破自白诗写作的立足与范式

上述两首诗充分体现了塞克斯顿对语言自足性的超然洞察。正如诗人在访谈中声称,"说到底,诗歌是潜意识的流露。潜意

---

[1] Philip McGowan, *Anne Sexton and Middle Generation Poetry: The Geography of Grief*, p. 7.

识在那里喂养着意象、象征符号、答案和洞见,而这一切事先都没有向我显现"[1]。这里,诗人明确将潜意识奉为诗歌创作的源泉与表现对象,并坦承这一过程中意识主体"我"的几近盲视,从而也完成了对弗洛伊德话语的诗性演绎。弗洛伊德举证人类的自觉意识并非其心理活动的主要组成部分,也远非自律自足,而是围绕和依据另一个隐藏的现实——即潜意识来运转的。可以说,这一革命性的观点既构成塞克斯顿消解"言说者"的主要依据与内在根源,也是她在实际创作中通过诸如"自动写作"手法反复予以验证的。

然而,必须指出的是,塞克斯顿对传统言说者地位的颠覆,其现实意义还与别的诗人不尽相同。这种颠覆恰恰是在以言说者为主导(或被我们预设为主导)的诗歌体裁,即"自白诗"中展开的,其中的悖反性和解构立场尤具张力,也令人瞩目。按照罗森塔尔的定义,"自白诗"的基本模式立足于一个占据主导、贯穿始终,且是"卸除了面具"的"言说者"[2]。因而,与自传写作相应,自白诗的内容也理应基于一个讲述着的主体,表现为主体情感(如焦虑、痛苦)的倾吐和主体经验(如童年创伤、精神病史、家庭事件)的再现。在上一章中,我们讨论了这些主体并非全然指向诗人本人,但诗人作为一个"讲故事的人",其叙事风格与主体经验的关系依然是确切可指的。然而,从前文的讨论可见,塞克斯顿主张主体让位于潜意识以及词语

---

[1] 凯夫利斯、塞克斯顿:《诗歌的艺术》,第 96 页。
[2] M.L. Rosenthal, "Poetry as Confession," in *The Nation*(189), September 19, 1959, p. 154.

本身的自足自律。这就从语言上动摇甚至取消了"自白"话语模式的立足点，某种程度上对"自白诗"这一概念本身构成了饶有意味的背叛。

以其实际的语言表现来看，诗歌的声音因而往往是复数的。通常的情况是，言说者线性的外部叙事与潜意识晦暗无序的内部谵妄，两者交相糅合、并置而行。在招引读者深入其中的叙事织体中，往往会陡然出现离奇而极端个人化的意象，或迥异于第一人称语调的不明插入语；正如怀特的观察，当读者被"邀请进入叙事时，却被迫停留在令人不安的边界，在可读与不可读、明晰与含混之间徘徊"[1]——塞克斯顿诗行的路径是在贯通处忽然搁置阻断性的语障。

从塞克斯顿诗作前后的整体格局来看，诗人不断为潜意识的能动力量扩增空间，而主体理性的声音则慢慢缩减，直到完全被逐出。对言说之反常性的追求，使其诗歌不论在句法上还是在语义上都构成了困难。塞克斯顿善于保护词语的多义性，在她构设外部叙事情境的实用语言上，她又凭借潜意识的语言方式取消那种实用性。诗歌因而贯穿着这样一种警惕，即弗里德里希所说："语言担心它如果被局限于严格写实的、单义性的、氛围狭窄的传达就会丧失了诗意时，它就更倾向于追求沉默而不是言说。"[2] 诚如塞克斯顿在《沉默》一诗中对C.K.威廉斯的引用，"我越写，沉默就越将我蚕食"（292），"我"纵容潜意

---

[1] Gillian White, *Lyric Shame*, p. 142.
[2] 胡戈·弗里德里希：《现代诗歌的结构》，第 145 页。

识来主导言说，而潜意识下诞生的词语泡沫不断分裂增殖，直至将"我"淹没：

> 我在用笔下的词语
> 来填充房间。
> 词语从笔尖漏出仿佛流产。
> 我把词语刷地掷向空中
> 它们像壁球弹回。
> 可还是沉默。
> 始终是沉默。
> 像一张巨大的宝宝的嘴。（《沉默》：293）

尽管"我"是书写的握笔者，但"词语从笔尖漏出仿佛流产"。词语创造属于它自身的动作与行径，或者说，"流产"这个词暗示了，词语最终会带着某种结晶不由自主地出离。词语被抛向空中，却"像壁球弹回"，这是对词语自指性的譬喻。写作不仅不同于言说者或作者本人，实际上还是自我消抹和趋于沉默。

塞克斯顿对"去主体"的诉诸和追求，与罗兰·巴特在《作者之死》中的基本观点恰成呼应。后者被译入英语世界是在1967年，正值塞克斯顿的创作盛期，两者在结构和旨意上的相通之处令人难以漠视。

《作者之死》基于结构主义"去主体中心化"的核心视角，

明确宣布"作者"的概念不再有效。[1] 巴特主张，人们对"作者"的聚焦应切换至文本本身所构成的场域，即"由各种引证所组成的编织物"[2]中。他提出，"作者"在这一场域中的唯一能力和作用是记录式书写[3]，可想而知，诸如象征派诗学和超现实主义的"自动写作"被巴特引为同道。在他的表述中，马拉美率先发现了言语活动的自主性并以之取代言说主体，而超现实主义则通过"自动写作"等破坏意义规范的写作仪式"把作者从神坛上请了下来"[4]。这期间还包括瓦莱里、普鲁斯特等作家和现代语言学的实践与贡献。总之，不管这些作家在理念细则和具体举措上有何区别，他们的共通之处在于信任语言的自我建构能力。相形之下，"作者"这一言说主体既不占据主导，也非先于文本存在，而是与书写过程共同诞生的语言之载体。

从这个意义上，我们可以说，塞克斯顿是这种反"作者"阵营中的后继者。在前一章关于自传性与反自传之抗辩的讨论中，我们试图洞见诗人对传统自传写作的警惕与拒斥。而她通过消解主体来激化潜意识声音的扩增，在某种意义上，可理解为上述拒斥在语言中的具体尝试。在她的诗歌中，"作者"主体的理性声音被不断破坏乃至变得模糊难解。在书写文明中长期失声的潜意识于诗中再次获得表现。这种潜意识的自行其是，贴近诗人精神病症发生时的"灵视"状态，与其参与精神分析

---

[1] Roland Barthes, "The Death of the Author," *Image-Music-Text*, trans., Stephen Heath, New York: Hill and Wang, 1978, p. 142.
[2] Roland Barthes, "The Death of the Author," p. 146.
[3] Roland Barthes, "The Death of the Author," p. 147.
[4] Roland Barthes, "The Death of the Author," pp. 143–144.

诊疗对话的语言特征相吻合。诗歌叙事经由反逻辑的、梦呓般语言的穿插而变得更富层次。这也是塞克斯顿的作品得以不受传记解读局限的真正魅力所在：其诗歌是对作者一元声音专制的反动；通过一种织体式的共声状态，诗人尝试突破"自白诗"定义的边防。

通览塞克斯顿创作的各个阶段，有一个颇为显著的转变：其作品开始于对严格工整的十四行诗的模仿，逐渐趋向不再遵循格律韵脚的自由体诗句。在形式上，塞克斯顿实现了对规则的逐步摆脱和消解，其后期更为强劲的自发性和口语化甚至成为许多批评家攻击的事实。譬如，对塞克斯顿作品如数家珍的诗人康威（Jeffery Conway）指出，"我对塞克斯顿后期诗集（《荒唐书》[1972]、《死亡笔记本》[1974]、《敬畏地，把船划向上帝》[1975] 和《仁慈街45号》[一本在她去世时才出版，塞克斯顿未能看到的书，1976年出版]）的第一印象是，它们与她早期的诗歌几乎完全不同：它们是那样的超现实主义；更为松散；还有一点，就是，有些地方非常古怪（kooky）。"[1] 且不论"古怪"具体何指，康威认为塞克斯顿后期诗歌趋向超现实主义式的"松散"，这是极具代表性的观点。不过，这种"松散"或许并非后期创作所独有。早在创作前期，诗人对实现自由体的意愿便已然自知而明确。在一次访谈中，当被问及诗歌的技巧时，她以前期的三部诗集为例，如此回顾道：

---

[1] Jeffery Conway, "The Poet Has Collapsed," in Amanda Golden, ed., *This Business of Words*, p. 197.

《疯人院》的大多数诗歌，形式都非常严谨，我觉得那样对表达更有利。建构诗节、诗行，使它们成为一个整体，到最后得出一些结论，留下些微的震惊，一种双韵式的震惊，这些都使我觉得乐趣无穷，现在我也以此为乐，但写《疯人院》时乐趣更甚。我的第二部诗集《所有我亲爱的人》，形式上要放松一些，到了最后一部分甚至毫无形式可言。我发现抛开形式以后所达至的自由是惊人的，而形式以前都像我的"超我"在运作。第三部诗集形式就更松散了。《情诗》里有一首长诗，十八节，全都按照一定的形式来写，也让我很享受。除此之外，基本上整部诗集用的都是自由体，那时候我觉得用不用韵都挺好，还是由具体诗歌说了算。[1]

诗歌形式无论"严谨"或"松散"，都是诗人创作的倚靠与乐趣的来源。正如她将"形式"比作"超我"在运作，这是对形式之双重性的确认。在弗洛伊德精神分析学说的结构中，"超我"是对处在无意识水平上的"本我"的监管。因为"本我"是人格中最早的部分，由生理性的冲动和欲望组成，故而需要"超我"予以监察和改化，与此同时也在后者的作用下趋向完善。如果说诗人将潜意识视为诗歌创作的源泉动力与表现对象，那么作为"超我"的"形式"便是这种表现对象的支配和调度。这是两方面的，一方面是压制，另一方面是超越。诗人对此非

---

[1] 凯夫利斯、塞克斯顿：《诗歌的艺术》，第104页。

常清楚，她自己的比喻是，形式为笼，内容则是兽。关键在于，"如果要放出不同寻常的兽，那就需要用笼将其他的群兽关住"[1]。诗人一方面把形式看作内容的桎梏，另一方面也视其为后者得以出奇制胜的保证。

确切地说，在塞克斯顿对前期诗歌的自述中，所谓某些部分"毫无形式可言"并非完全抛弃了形式的写作，而是将传统的诗歌格律制式消解为自由体，如此才会有诸如《情诗》中的十八节自由体，却"全都按照一定的形式来写"这一说。同样地，批评者们认为诗人后期缺失了形式感而变得"松散"，这不过是因为她转向了另一种诗歌写作的形式动态。康威对这种形式动态做了戏谑式的归结，用他的话说，塞克斯顿后期对几个特定技巧过度依赖，比如大量地使用排比（parallelism）、重复（repetition）和叠句（refrains）："从《荒唐书》开始，框架、某些结构、具体单词、短语——一遍又一遍地以令人恐惧的速度被重复和克隆。还有就是使用指示词'那'（that）来介绍名词短语。"[2]

康威对塞克斯顿后期诗歌特质的这番识别表明，诗人致力于形式上的自我突破，主要是通过打破线性句法的努力来达成的。按照句法惯例，一个句子是由主语、宾语、谓语、形式助语等部分结构而成的；但诗人却将句子切割为简单的词语片段。包括康威所说的排比、重复和叠句的使用——词语不断从句子中迸裂，构成每一个排比、重复或叠句的短小单元。这重复性超出了通常

---

1 Anne Sexton, Patricia Marx, "Interview with Anne Sexton," pp. 39–40.

2 Jeffery Conway, "The Poet Has Collapsed," pp. 199–200.

的强度,句子的延展性与逻辑层次被消解了,句法难以深入结构或发生转承,诗歌在关键词的抛掷中完成其言说:

> 既然你十八岁了
> 我就给你我的赃物、我的战利品,
> 我的母亲牌有限公司,和我的疾病。
> 就此事向你问话
> 你不会知道答案——
> 那嘴上的口套
> 那充满希望的氧气帐
> 那些管道,生化路径,
> 战争和战争的呕吐物。
> 继续,继续,继续,
> 把纪念品带给男孩,
> 把火药带给男孩,
> 我的琳达,把血带给
> 那放血的人。(《母与女》:288)

这是诗集《荒唐书》中《母与女》一诗的片段。母亲要将自己交传给"既然你十八岁了"的女儿,像这样的排比:"我就给你我的赃物、我的战利品,/我的母亲牌有限公司,和我的疾病",展示了一个没有缺口的隐喻循环,意义在其内部流通、消耗,每一个短句的内容本身就构成重复。"赃物"、"战利品"、"公司"和"疾病",既无法也不愿指向一个具有说明力的确切物象，尤其是，这些排比以"你不会知道答案"作为收束，这是对可能的理性推导的绝然否定。接下去，由定冠词"那"引导的名词性言说，构成了另一组排比。同样是重复和声音上的头韵效果："那嘴上的口套／那充满希望的氧气帐／那些管道，生化路径。"如果这里写的是一间住院病房，那么，这间病房也是被拆解成零落无章的部件后，又被速记式地拼缀起来的。然而，这与上文母亲的赃物有何关联呢？与下文战争或男孩又是什么关系呢？叠句"继续、继续、继续"似乎要将这样的无解推向极致。只有"我的琳达"传递出一种熟悉感，对生平事实做了短暂的确认。因为"琳达"是诗人大女儿的名字，但即便如此，这一熟悉度的传唤也难以抵消诗句上下更大密度的陌生感和不明所以。这样的言说在前期诗歌中也相当常见。诸如，我们不可能不记起，在第二部诗集《所有我亲爱的人》的《等分》一诗中，有着如下类似的段落：

> 我仍要
> 用韵句诅咒你
> 让你振翅飞回，老爱人，
> 老马戏团织品，她的月中的神，
> 我往昔诗篇中一切最美好的，
> 那孩子们的薄纱新娘，
> 那古怪和荒诞中的
> 　幻象，那追猎用的号角
> 那回程的船长，那僵硬海星的

博物馆的守门人，

那朝圣女子心中的火焰，

一个小丑修理工，石堆里

的鸽子脸，

使我说出第一句话的女士，

这是道路的分割。(《等分》: 63—64)

这种列举事物的癖好或许是惠特曼的遗赠。它的核心效果是语势的铺陈和意象的交错混杂。它拒绝逻辑线性的完整度。每个排比句似乎指涉同一种物象，但它们各自之间并没有什么可靠的关联。"老爱人，/老马戏团织品，她的月中的神，/我往昔诗篇中一切最美好的，/那孩子们的薄纱新娘，/那古怪和荒诞中的/幻象，那追猎用的号角"，这几个句子中竟没有一个意象是可以从前一个中推导出来的。排比只是造成了重复的一再强化，罗列出自由联想所招徕的多种隐秘的编码，而这些编码并不打算向读者敞开。此处，以定冠词"那"来指引名词性的言说，这种用法已然十分活跃——"那追猎用的号角/那回程的船长，那僵硬海星的/博物馆的守门人，/那朝圣女子心中的火焰"，尽管个中意象的排布次序仿若随机，且逻辑关系也令人迷惑，但无论如何，意象纷至沓来，如歌曲的副歌部分那样，转而占据了主导。尽管诗歌总体的句子正变得越加简短，但跳跃却越加大胆，怪异的词群在诗中沸腾。

在对法语现代抒情诗的句法分析中，弗里德里希一语见地，指出了定冠词的使用所带来的特殊效果。在法语诗歌中，他以诗句"那颗珍珠……"为例,称:"定冠词('那颗')在这里表达的不是它所从属的名词的一种事实确定性。定冠词只是引出了名词,以便让名词成为一种绝对运动的声响符号……名词所指称的珍珠,毫无一物为之做铺垫,恰恰因为定冠词与这种前所未知的状态相连,珍珠显得不确定而充满隐秘。'一颗白色的珍珠……'就会让这诗句进入另一种不同的气氛中。"[1] 这是极具启示性的发现,用此来说明塞克斯顿对"那"、"这"等定冠词的偏爱也完全恰切。

按照通常的语法规则,定冠词是只有当我们指示某个特定的或在前文中业已出现的事物时才使用——"它是用以证实已知者或者一个刚刚被传达者以及一个人的语言工具"[2],但诗人的使用却并非如此。"那追猎用的号角/那回程的船长,那僵硬海星的/博物馆的守门人,/那朝圣女子心中的火焰",在这些陌生意象队列的急剧扩展中,我们没有发现任何熟知之物,尽管定冠词赋予这些陌生物以熟知物的表象。这与塞克斯顿诗歌总体上的"欲拒还迎"是吻合的。正如前文已经论及,在写作路径上,诗人一方面采用"自白诗"这一传统抒情诗体裁,渲染以"言说者"为主导的叙事情境,引人入胜;另一方面,她却极力展示词语自身对这位"言说者"的凌驾,诗歌情境的整体性也由于潜意识的僭越而变得支离破碎。同样地,对定冠词的逾矩式使用,将不熟悉之物化妆为熟悉之物奉出,为读者布下陌生

---

[1] 胡戈·弗里德里希:《现代诗歌的结构》,第147页。
[2] 胡戈·弗里德里希:《现代诗歌的结构》,第147页。

意象的难以抗拒的吸引力，这种吸引力最终因逻辑上的断裂而消耗殆尽，诗歌指向神秘与疏离。

除了非关联性排比、重复、叠句和以定冠词引领名词外，塞克斯顿对常规句法的敌意还有其他的表现方式。诸如跨行（enjambment）和对连祷文（Psalm）体式的借用，在她的创作中也都颇为显著。且看《产院病房的未名女孩》中的一个片段，"大厅那边睡篮折回。我的手臂像袖管／那样适合你。它们抱着你柳条上／的絮子，你神经的野蜂场，你初生几天来的每一条／肌肉和褶皱。你老头似的脸消解护士的／敌意"（30—31），显而易见，分隔符内的每一句话都不完整，跨行断句使承载表达性叙说的连贯声音受到隔断，短语被迫折损，挤入下一诗行，在时空上被分送为孤立的部分，或从句子语流的常速行进中脱落。正如怀特意识到的，跨行的使用"破坏而不是鼓励我们识别一个清晰的说话主体或叙事线索"，"过多的音位变化和用于押韵但破坏句法的词形变化"造成了"纸面上的困难（Surface difficulties）"。[1] 不仅如此，跨行还使单句诗行的涵义因延宕而充满不定，仿佛一座正在搭造的建筑体，尚未结顶便遭遇拆毁，这种玛丽·坎齐（Mary Knizie）所说的"半个意思"（half meaning），是对精神病人或潜意识言说的模态，自白诗叙事的线性织体被刻意扭断，乃至陷入意义的纷乱。

如果说，上述所有语言表现，在诗人早期创作中便有迹可循——彼时，潜意识与主体叙事不断交缠冲突，句法因反常性

---

[1] Gillian White, *Lyric Shame*, pp. 118–119.

的跃动而展现出种种迷离；那么，到了创作后期，这种反常性获得了自觉意识的强化。根据诗人自陈，创作《荒唐书》的初衷就是要写一些"超现实的、无意识的诗"，而与《荒唐书》几乎同时展开的《死亡笔记本》也在尽可能"塞克斯顿化"的基础上力求"激烈、个人化，也许某些地方是带有宗教性的"[1]。到了创作后期，在诗歌主题和体例上，塞克斯顿发明了个人叙事与格林童话、基督面具的结合，构成多变的声音风格。这在前一章节中已有详论，此处不再赘述。但或许值得一提的是，诗人在形式技艺上表现出的自我更新力同样惊人。譬如一系列以祷文体写成的诗歌《你们的口舌啊》，该系列题名"你们的口舌"出自十八世纪英国诗人克里斯托弗·斯马特（Christopher Smart）的诗篇《欢愉在羔羊》。斯马特也患有精神疾病，甚至被送往疯人院禁闭长达七年之久。通过对其诗篇的隐含致敬，塞克斯顿似乎在一种精神病的失控状态中寻找到了非理性言说的合法性。正如其中《第十诗篇》的开篇：

  因那婴儿像海星在安妮的百万光年里突然涌现时，安妮发现她必须登她自己的山了。
  因她像吃梨一样一瓣瓣吃下智慧时，她把一只脚搁在另一只脚前。她登上黑暗之翼。
  因她的孩子长大时安妮也长大，有给每个人的盐、香瓜和糖浆。

---

[1] Anne Sexton, *Anne Sexton: A Self-Portrait in Letters*, p. 361.

因安妮走路时，音乐也走路，全家躺在乳汁里。

因我没有被关起来。

因我在岩石上把拳头叠着拳头，一头扎进词语的海拔中。词语的静默。

因丈夫把他的雨水卖给上帝而上帝对自己的一家感到满意。

因他们抵着硬物在一起猛动而在别处，在另一个房间，一盏灯被轻柔的手指揿亮。

因死亡降临于朋友、父母、姐妹。死亡带着一整袋痛苦降临而他们却并不诅咒被分到的那把钥匙。

因他们将每一道门打开而这给了他们黄色窗边的崭新一天。

因那孩子长成女人，乳房鼓起像月亮而安妮磨着平安石。(《第十诗篇》：357—358)

很显然，这些诗句以一种逐渐加重的暗色狂欢，打消了惯有的语法规范和意义联结。正如一个精神病人的喃喃自语，每个句子读起来都像是从句，而这些从句始终无法收归到一个主句上，直至结尾处我们也没有寻找到。诗节就这样充满困惑地张开着，从每一个诗行升起的谜团压倒性地传送而来，充满气孔的堆叠使得诗行的重量既深沉又轻盈。这是驱逐现实的创造，对于读者而言，或许只有"安妮"这个自称谈得上言之有物。然而此处的"我"又是谁呢？在"安妮"、"我"和正在演说的表达主体之间，又存在着何种关系呢？每一行的言说内容只在其自身之内回旋，事实上，就如兰波所开创的诗歌美学，这些言说内容随意穿插着，完全可以相互调换而丝毫不改变诗节的整体效果。

对此，康威略带戏谑的表述或可作为一种总结，他说："阅读塞克斯顿晚期作品的乐趣在于，一点点意象与情境就会使你疲惫不堪，就像只喝了一口浓烈的马蒂尼酒，你立刻就有感觉了。世界成了一个超现实的万花筒，充满着怪异的联想和并置——一种由塞克斯顿引起的效果，一种新的现实。"[1] 尽管康威以"乐趣"相称，但"疲惫不堪"的宿醉感却显然指向了这种阅读体验的苦涩。线性言说织体遭到潜意识的破坏，这种早期诗歌中既有的现象，在后期趋向极端。理性与非理性之间甚至失去调和，言说的主导完全来自非理性的精神根源——梦境、催眠状态、幻觉和自由联想。

按照前述，塞克斯顿在运用自白话语模式时有意背离其成规，从而使自白诗接近于自传写作的惯有定义受到挑战。与此相应的，对言说者的消解切断了言说者与诗人（特别是其人格、经历等方面）之间的显在关联，从而给传统的自传式阐释路径设置了致命的障碍。正如前文所论，长期以来，自白诗研究大多受限于寻找一个主导叙述的言说者，进而从其告白式的、可勾连为线性叙事的表述中获得解读的依据。但塞克斯顿对这种解读方式充满疑虑，甚至不妨说怀有忧惧。[2] 她为挑

---

[1] Jeffery Conway, "The Poet Has Collapsed," p. 208.
[2] See Diane Wood Middlebrook, *Anne Sexton: A Biography*, p. 158.

战这种解读方式而展开的一系列主题实验已在上一章详尽论述过。本章则从另一个侧重点试图说明，在取消言说者与作者之同一性的努力中，消解言说者之主体性，或将言说者去人格化（depersonalization），这是诗人更彻底，或许也是更见收效的做法。一旦言说主体遭遇瓦解，或一旦由这一主体所确保的线性叙事和情境表述变得闪烁其词，读者便不得不放弃勾勒作者生平的企图，而他们或许略有满足的考据乐趣也将随之破灭。换言之，当读者在接受时感到难以进入，这种束手无策恰恰表明，面对塞克斯顿的诗歌，传统预设中的自传式解读已不再具有效力。

回到上文谈及的《作者之死》及其参证视角。怀特在塞克斯顿的诗歌文本中辨识出其对罗兰·巴特的直接回应，诸如前者的《我书桌边的一些东西》一诗，实现了对后者提出的"各种引证组成的编织物"的前置化。[1] 在这首诗中，诗人的书桌会说话，且有着锡一样的声音，像一个无性的木偶。而突然间，约翰·布朗（John Brown）现身了，他念着情色诗歌的声音混入其中。怀特指出，塞克斯顿通过该诗强调，围绕诗人书桌的是"喋喋不休却指向匿名"[2]的文本，而这种文本中的声音由众人所共建。

如果说，通过声音的复调性书写，塞克斯顿渴望唤起更为开放的自白话语模式，那么，这种模式所希求对应的批评路径与《作者之死》的讨论恰恰构成两套互补、互涉的表述。在《作者之死》的开篇，巴特对"作者"概念的话语形成做了考

1　Gillian White. *Lyric Shame*, pp. 132–133.
2　Gillian White, *Lyric Shame*, p. 133.

古,指出以"作者"为中心以及通过结合作者生平、思想、心理来解读作品的传统文学史观,实际上是个体主义、资本主义意识形态和实证主义发展的结果。在他的梳理中,"作者"被视为现代社会兴起的伴生物,是资本主义一元论逻辑及其话语建构的产物。巴特提出,"作者"不过是叙述活动中的中介。[1] 通过对"作者"概念之合理性与其历史过程的反思,巴特进而对"作者一元论"提出了批驳。不难看出,让塞克斯顿颇为反感的自传式阐释路径正是"作者一元论"走向极致的版本。如果说"作者一元论"尚且是以"内在于虚构故事的或明或暗的隐喻"来认同"作者"[2]的,那么在自传式阐释逻辑中,则连"虚构"和"隐喻"这层介质也剥落了——罗森塔尔"卸除了面具"的说法意为"作者"与"言说者"的距离完全取消并趋于同一。塞克斯顿对这一点的洞悉与警惕投射在她对言说者的解构立场中,同巴特一样,她深知一旦"作者"成了阐释过程中的绝对主导因素,作品生发意义的多重可能性也就无从谈起。

当然,反过来也可以说,《作者之死》及其背后的"结构主义"理论依托,为塞克斯顿反言说主体的解构式书写提供了更具说明力的参照语境。在巴特看来,作者之死或称作者的隐退,是因为作品中真正说话和具备构建能力的是语言本身,这一逻辑也与塞克斯顿的创作理念完全相符。只不过巴特称之为"编织物"的语言在塞克斯顿的创作中是由梦境、潜意识、超现实

---

[1] Roland Barthes, "The Death of the Author," pp. 142–143.
[2] Roland Barthes, "The Death of the Author," p. 143.

意象等弗洛伊德话语构成和加以体现的。

有论者指出，塞克斯顿诗中的言说者"与其说是一个人，不如说像一张多孔薄膜"，因而其文本是"透出"意义，而不是像理性写作那样"制造"意义（见《英文版编者导言》：11）。这是对塞克斯顿反主体实践最直观也最具诗意的评述，其中"多孔薄膜"的说法与巴特的"编织物"不乏呼应。在塞克斯顿的创作中，与其说是诗人在写作，不如说是非理性的潜意识和语言本身在自行书写，它们取代了传统言说者的权威地位，打破了自我主体理性的自恋神话。在这个意义上，如果我们再一味以传统的自传模式来看待其作品，则一方面势必感到束手无措，另一方面也显然是对诗人深具解构意识的书写策略的无视。

美国文化理论家杰姆逊（Fredric Jameson）在反观主体性问题时曾追溯至弗洛伊德并引用后者对于"哥白尼革命"的自比。正如哥白尼指证地球实则是绕太阳转一样，弗洛伊德宣告人的自觉意识并非其精神世界的主要构成，而是被隐藏的潜意识所操控。在此基础上，杰姆逊进一步指明，现代语言学和结构主义运动在去主体中心化方面也是"一场哥白尼式的革命"——当主体意识的中心被推翻后，主体作为语言之主宰的时代也一去不返。[1] 借助"哥白尼式革命"这一喻说，杰姆逊指出弗洛伊德话语与现代语言学及结构主义之间的内在勾连，强调了三者在本质上的同构性。由上文讨论可见，塞克斯顿自白诗的解构

---

[1] 杰姆逊：《后现代主义和文化理论》，唐小兵译，北京：北京大学出版社，1997年，第30—32页。

式书写源于潜意识学说的决定性影响，并与结构主义的话语内核形成映照。如果说诗人无形中回应的正是杰姆逊所勾勒的、将传统言说者主体"去中心化"的解构趋势，那么，这种回应也反过来为其诗歌增设了独有的价值维度。无论如何，对言说主体的消解动摇了传统的自白话语模式并切断了自传式的阐释路径，这种独具勇气与视野的解构式书写尽管未必充分、彻底，却在诗学实践层面构成了对主体性问题的重要反思。

　　巴特在《作者之死》中宣布并反复重申：与"作者之死"相伴随的，是读者的诞生。[1]"作者"概念的终结预示了文本在读者端获得新生的可能性。通过反对"作者一元论"，巴特设想了一种新的接受美学的诞生。与之相仿，塞克斯顿对言说主体的消解也意味着对新的阐释路径的召唤，或者说，不啻提供了一种新的关于自白写作场域的想象。这一点对于我们理解她的诗歌至关重要。她的作品是突破常规之举，试图将理所当然的言说者从诗歌语言行为中剥离。这既是对"精神病"语言机制的发挥，同时也是基于相当的艺术自觉。对此，作为读者，也许唯有突破自传式阐释的惯性迷障、正视文本内部的语言力量，才有可能尝试想象一种更为开放的自白诗，也才不至于将塞克斯顿的作品视为故弄玄虚而受困于"难以进入"的惶惑。

1　Roland Barthes, "The Death of the Author," pp. 142–148.

第四章

诗作为表演

诗歌长久以来受书写支配，但塞克斯顿的一些读者最先认识她却是通过声音，而非纸页。按照诗人康威的说法，1993年由凯德蒙公司（Caedmon Audio）出版的有声书《塞克斯顿读道》(Anne Sexton Reads) 和 2000 年由兰登书屋音像部（Random House Audio）推出的《诗人之声：安妮·塞克斯顿》(The Voice of the Poet: Anne Sexton)，是当时许多未能生逢塞克斯顿读诗会的年轻读者的福音。从这些有声诗作中，他们体验到诗人"迷人的嗓音"和"带有烟熏效果的咒语"。[1]不仅如此，录音悉数呈现了诗人生命不同阶段的诸多情态，令人们得以在听觉上领略一位年纪渐长之女性的开合收放——她听上去有时候烂醉如泥、有时候无忧无虑、有时候则心情抑郁。[2]事实上，《塞克斯顿读道》录制于 1974 年 5 月，不到半年，诗人去世。录音作为其艺术的见证，把她肉身的声音颗粒不折不扣地留在了世间。

美国诗歌录音作为一门产业兴起于二十世纪前半叶，正如论者弗尔（Derek Furr）指出，这主要得益于两个机构的起意

1　Jeffery Conway, "The Poet Has Collapsed," p. 214.
2　See Jeffery Conway, "The Poet Has Collapsed," pp. 200–201.

与运营。一方面，国会图书馆（Library of Congress）自上而下发出官方诏令——1943年，时任国会图书馆诗歌顾问的泰特（Allen Tate）发起了为新任桂冠诗人（Poet Laureate）录音的创举，后在其学生洛威尔的接力下，成为每一届的传统环节，就连天性羞怯的毕肖普都未能"幸免"。另一方面，十几年后，新成立的凯德蒙公司以录制狄兰·托马斯（Dylan Thomas）为头阵一炮打响，诗歌录音由此成为可以售卖的商品出现在市场上。相对于国会图书馆的毕恭毕敬，凯德蒙的出品更看重诗人朗诵时的即兴度与表演性。[1]

可以想见，诗歌录音帮助塑造了听众心目中的诗人形象，为诗歌的审美与解读带来新的契机。然而，与读诗会的生动场面相较，录音终究不过是一种替代与补偿。事实上，在塞克斯顿所置身的二十世纪中叶，正值内部观念异变迭代的美国诗坛，亦迎来了公开读诗会（public poetry reading）的盛行。此时，"艾略特-新批评纽带"[2]遭到扬弃，以金斯堡、洛威尔为首的诗界先锋一反"非个人化"的权威旧习，而将个人化和自传性书写奉为"新诗"的核心美学。正是在他们的引领下（洛威尔亦是受金斯堡读诗的激发和启迪），面向公众的诗歌诵读会渐成风靡。作为新兴的文艺模式，读诗会以大学院校为据点，从美国的东西海岸向内陆逐渐蔓延；无论在广场上还是礼堂内，诗人

1　Derek Furr, *Recorded Poetry and Poetic Reception from Edna Millay to the Circle of Robert Lowell*, New York: Palgrave Macmillan, 2010, pp. 29-30.
2　怀特针对艾略特"非个人化"理论与"新批评"结成牢固同盟并在美国学界呼风唤雨的现象而给出的专用术语。See GillianWhite, *Lyric Shame*, p. 99.

如巨星巡演，被聚光灯簇拥。扩音器中诗歌的音响与名义左右着台下年轻人的热望与期许，也裹挟着流行文化的趋向态势。

诚如论者凡·海宁（Victoria Van Hyning）所言，彼时的诗人既为纸页创作，也不得不为舞台、收音机和录音棚而作。[1] 公共舞台成为诗歌创作的另一主要场域。对此，诗人既需要在艺术取径上做出调适，同时也需要体认一个与纸面书写颇为相异的创作指归。由于表演将诗歌带入一个别开生面的维度，美国"新诗"在内容与形式上展开了前所未有的经验。读诗会的风行不仅对诗人的传统角色造成冲击，也改变了读者接受文本的方式，使得颂诗、挽歌、谣曲等抒情诗体中古已有之的听觉属性，在现代媒介中获得了意外的复兴与凸示。

1960年，洛威尔在接受国家图书奖的演说词中，以"用来诵读（be declaimed）的诗"和"用来研习的诗（be studied）"分别指称"新诗"与新批评派倡导的传统学院派诗歌。[2] 两者的竞争状态被聚焦为"诵读"与"研习"的对立，这体现了洛威尔对"新诗"之"新"的体悟与洞察：诗歌开始从智性特质朝向声音特质；或者说，诗歌逐渐脱离书页，趋向对现场朗读和即兴表演等形态的倚重。在这个意义上，他的"用来诵读的诗"这个说法提示我们，"新诗"及其类型的本质和标准，很大程度上需要通过"诵读"所指向的表演和声音场域——即读诗会加

---

1 Victoria Van Hyning, "Reading, Voice, and Performance," Amanda Golden, ed., *This Business of Words*, p. 104.
2 Robert Lowell, "National Book Awards Acceptance Speeches," https://www.nationalbook.org/robert-lowells-accepts-the-1960-national-book-awards-in-poetry-for-life-studies/ ［2019-2-14］

以揭示。

然而，学界在阐发诗歌的文学深意与声音表现之间一向偏重前者。正如凡·海宁所言，与将诗歌作为书面文本的研究相较，学界对读诗会的关注之匮乏与落后完全不成比例[1]；格罗比（Christopher Grobe）则暗示性地指责本该成为读诗会研究重镇的高等院校，却只管举办读诗会而不谙表演这门艺术，也不知如何利用图书馆馆藏的声音文献资料进行相应的抢救性研究。[2] 客观地说，通常的学术批评，其语言与成规，皆倚重于视觉为先的文本细读，而诗歌表演则需要一套截然不同的话语词汇。但格罗比的回应是，并非批评的语言需要更替，而是研究内容的聚焦处需要转移。他深受罗兰·巴特的《声音的纹理》（"The Grain of the Voice"）一文启迪，提议对一首诗的文本细读需与这首诗的表演史料相对接，需将关注投向"语言和声音之间的相遇"、"音乐和语言之间的相遇"，以及处于听众与上述所有相遇之间的那片"空间"。换言之，表演场域中的"情感强度"与"隐性关系"应成为新的研究主题。[3] 而所谓的"音调之间，言语之外"[4]，也是唯有在读诗会布景下才可能展开的细察对象。

这也是为什么格罗比提出，要想在诗歌表演研究方面有所进展，最好由塞克斯顿作为个案切入——"没有比塞克斯顿更好的人选了"，因为她"不但在诗歌表演上大获成功，而且对保

---

[1] See Victoria Van Hyning, "Reading, Voice, and Performance," p. 106.
[2] See Christopher Grobe, "From the Podium to the Second Row," Amanda Golden, ed., *This Business of Words*, p. 132.
[3] See Christopher Grobe, "From the Podium to the Second Row," p. 128.
[4] Christopher Grobe, "From the Podium to the Second Row," p. 128.

存自己的声音史料表现出了非比寻常的热衷"。[1] 借助保留于诗人档案中的观众赠诗，格罗比试图还原塞克斯顿读诗会的舞台发生。这些诗歌的作者是曾经厕身于观众席的年轻诗人和追随者，他们或倾诉自己与塞克斯顿的身份认同感，或抒发在其读诗会中所得的共鸣与回味。换言之，这些答谢诗既是对塞克斯顿读诗会直观印象的记录，也是对上述诸种"相遇"与"空间"的定格，因而在格罗比那里成为研读引述的重要文献。

格罗比对塞克斯顿读诗会的专注独辟蹊径，也超越了以往自白诗批评所能想象的范畴。但他在具体行文中，对其自诩的"将表演史料与文本细读对接"却未见有效的落实。或者说，格罗比对塞克斯顿的表演空间与身体之在场性有着恋物式的沉迷，但这些并未使他最终回到诗人的文本创作，讨论其中的激情与动因。实际上，我们不应忘记，塞克斯顿对公开朗读的想象首先是寓含在她的书面创作中的[2]：她那行迹广布[3]、以1974年自杀前三天为终结的六十余场读诗活动，尽管体现了对舞台语言的自觉追寻，但这种追寻仍是以其诗学观念的抱守为出发点的。正因如此，塞克斯顿创作诗歌并参加读诗会，这两者间的微妙联动关系首先应该得到细述：诗歌的书面表现与声音呈示，这之间固有的等级关系是否在读诗会的形式中被颠破？在塞克斯顿那里，对舞台表演的预期如何影响其书面创作，而这种影响与她对彼时文化市场的

---

[1] See Christopher Grobe, "From the Podium to the Second Row," p. 135.
[2] Victoria Van Hyning, "Reading, Voice, and Performance," p. 124.
[3] 格罗比专门为塞克斯顿读诗会的行迹在美国地图上进行了标注，从中可见，塞克斯顿在美国诸多州域内都举办过读诗会，影响广泛。See figure 5.1 "Map of Anne Sexton's Reading," Christopher Grobe, "From the Podium to the Second Row," p. 128.

理解和预判又存在何种关系？这是接下来的论述中理应追索的问题。倘若说，某种程度上，塞克斯顿将现场表演视为其诗歌修改定稿的最终环节[1]，那么，对于本书，我们对其诗歌的认知与探讨，也将随着对这一环节的倾注而趋近尾声。

一、《朗读》：诗学观转型与读诗会时代

早在 1958 年，刚刚投身创作不到一年的塞克斯顿就在《基督科学箴言报》（*The Christian Science Monitor*）上发表了《朗读》（"The Reading"）一诗。尽管该诗与塞克斯顿的标志性风格大异其趣，在其《诗全集》（1981）和《诗选集》（1988）中也都未见收录，但它预示了诗人的表演理念，因而在学界亦备受关注。[2] 从内容上，该诗描摹了一次读诗会的现场，第一叙事人称"我"作为听众落座于席间。除了对台上诗人的舞台表现有所观察外，诗歌花去不少篇幅捕捉观众席中来自学院教授及其他专业诗人的不同观感。值得注意的是，《朗读》所描写的读诗人并非一位像金斯堡或洛威尔那样的先锋派，而是信奉新批评派教义的一代。而他登上读诗会的舞台正是因为其创作在措辞、格律和题材方面已然受到主流学派的认可。这位"名诗人"在诗坛已占据一席之地，读诗会不过是他走向公众并接受致意的荣耀一刻。

---

1 Victoria Van Hyning, "Reading, Voice, and Performance," p. 122.
2 See Victoria Van Hyning, "Reading, Voice, and Performance," pp. 106–117; see GillianWhite, *Lyric Shame*, pp. 105–109.

尽管这与由金斯堡开创的（在二十世纪中叶后逐渐成为主流的）读诗会在举办初衷和运行过程上有着本质的不同，但它却是塞克斯顿可能接触到的最早的读诗会模式。这样的读诗会新兴于三十、四十年代，尚在"新诗"发起变革前夕，因而仍是新批评派统御下的学院及诗歌行业生态的体现。前文述及，自二十世纪三十年代以来，"新批评"理论通过高校文科教学的酝制与传播，自上而下地成为美国学术与文化规范的主宰，尤其在诗歌创作及阐释领域更占据着不可撼动的地位。在"新批评"对抒情诗的阐释逻辑中有一个前提要素，即叙事上需有一个贯穿始终的言说者，而读者的角色便是"通过细听诗人为我们所定的调而在每一首诗歌中追踪确切的语音（voice）"[1]。此处，"语音"的概念殊为关键，在诗中，"语音"与"言说者"人格及其"语气"（tone）紧密共存。三者所构成的"言说者模式"（speaker model）可视为诗人与读者之间的潜在契约，诗人由此注入其意欲分享的精神秘密和思想馈赠；读者则以"言说者"的"语音""语气"为解读之径，从其言说中获得顿悟（epiphany）并享受灵性上的升华。正如弗农·席特瑞（Vernon Shetley）指出，"言说者"和"情境"作为阅读方法，能使艰涩的文本变得易于教授，能"将［文本中难以理解消化的］裂口与缺损吸收进言说者的心理学中"。怀特曾提出，塞克斯顿很显然意识到，"言说者模式"在当时的诗歌创作和接受活动中具有绝对的有效性，诗歌只有将"语音"一以贯之，供人明确解读，

---

[1] Reuben Arthur Brower, *The Field of Light*, New York: Oxford University Press, 1951, p. 29.

才称得上一首成功之作。而成功则意味着有机会见刊发表，乃至登上读诗会的舞台。[1]

由于《朗读》属于塞克斯顿最早发表的一批诗歌，怀特便提出，我们有理由相信，诗人自投身创作伊始就对作品如何取得出版机构和主流学派的悦纳颇有一番体悟："塞克斯顿明白，在她所必须为之精通的诗学文化中，诗歌是要在评判性的、专业的学者面前进行表演的。"[2]换言之，《朗读》一诗显示了诗人对"新批评派"在彼时具有何等的学术统摄力有着清醒的认知。怀特还引述了诗人与许多专业人士在当时的信件往来，用以证实在《朗读》发表同年，塞克斯顿收到了多方面的前辈告诫，既有专业方面的提点，亦有对她早日"找到自己的声音"的期待。怀特认为，诗人将"找到自己的声音"内化成一种焦虑与自我警示，这构成了《朗读》一诗的重要内核[3]"找到自己的声音"，这"声音"当然不是指诗人在读诗会上朗读的声效，而是诗歌中由"言说者"之"语音""语气"等言说方式所体现出的辨识度。恰恰是"言说者模式"对这种辨识度提出了要求，也为之提供了可能。从深受新批评理论调教，强调语音、语气、角色、情境之统一的写作者身上，塞克斯顿渴望寻求一种规范，她深知，这个规范左右着彼时专业诗歌的生产与解读，也决定了学院派读诗会的运营与文化机制。

1958年感恩节，经过长达三个月的创作，塞克斯顿完成

1　Gillian White, *Lyric Shame*, pp. 107–108.
2　Gillian White, *Lyric Shame*, p. 105.
3　Gillian White, *Lyric Shame*, p. 107.

了其成名作《复影》。在随即给《安提阿评论》(The Antioch Review) 的编辑米勒(Nolan Miller)的去信中,她暗示此诗总算让她"找到了自己的声音":"人们一直告诉我,我还没有找到我的'声音',我花了相当长的时间在书桌抽屉及老小姐身下搜寻,但毫无什么新的响声。所以我写下了这首诗,在最好的书写纸上,好像它从头开始就值得我那么干似的。"[1] 在前述章节中,我们已经分析过《复影》的自传性特质。如果说塞克斯顿因写下《复影》而最终"找到了自己的声音",那么可以说,该"声音"的发出者正是讲述隐秘家事的诗人自己。换言之,诗人个人的生活内容决定了其"声音"的音质和调门。正如米德尔布鲁克所言,"1958年,诗中之'我'的市场价值正在走高"[2],塞克斯顿从新批评诗人的读诗会中找到了"言说者模式"这一通行术,而她则通过将这个"言说者"变为她自己而令其诗歌拥有了鲜明的辨识度。换言之,言说成了告解。这也是为什么格罗比认为,在一定意义上,新批评诗歌传统反而悖谬地促成了被称为"自白派"的诗歌风格与主体性写作[3],后者本是对前者的叛离,但前者对言说者模式的技巧性推崇,无意间成了后者脱除面具并注入自我经验,回到日常生活的驱策力。

当然,这从侧面映证了诗学迭代并非全然是叛离与抵拒。新诗对新批评派理念固然有承袭之处,且在"言说者模式"方

---

[1] Anne Sexton, *Anne Sexton: A Self-Portrait in Letters*, pp. 44–45.
[2] Diane Wood Middlebrook, *Anne Sexton: A Biography*, p. 83.
[3] Christopher Grobe, "The Breath of the Poem: Confessional Print/Performance circa 1959," in *PMLA* 127.2 (2012), pp. 215–230.

面的承袭要远远超越人们的想象。但《朗读》并非仅仅旨在说明这种承袭。事实上，《朗读》是在对新批评派体系及其读诗会模式的异议中写成的，在诗人业已寻到的"自己的声音"中升起的，正是对新批评派诗歌秩序的反思和意欲冲毁。

如前文所述，《朗读》所摄取的读诗者，是一位游刃于新批评派规范而如日中天，因而得以受邀参加读诗会的"名诗人"。该诗共分两节，在第一节中，诗人描述了新批评体系对这位诗人的认可，以现场不同级别的教授及诗人反应来表现和细化：

这位诗人能说话，
这一点毫无疑问。
大牌教授向身边的
教授点头会意而他
与一位还称不上教授的
教师达成了共识。
来的诗人足够多，
公文箱晾在一边
来触摸这些光荣的文字。
他们嫉妒他的朗读
其中那些捧着书的
向未出名的
表示认可与微笑
后者坐立不安，但都明白
他们听到的，

可谓绝对一流。[1]

　　这是对学术体系以及依存其间的诗歌创作者的生动扫视。从"大牌教授"、"教授"到"还称不上教授的教师",这样的阶级降序就如我们所在的时代一样严格规整。米沃什曾戏称,"二十世纪初在西欧已经萎缩到像古币收藏一样的诗歌,在美国的大学校园里找到了听众,找到了整个的系、学院和各种奖项"[2]。美国现当代的诗歌创作,似乎从一开始就与高校学术标准的执行与校验密不可分。诗人与作为职业批评家的学者常常互为彼此。多数诗人兼具批评家的视野,既在学界供职,也通过不断开设的创意写作班和相关课程项目延续其理论的有机性。在《朗读》所描述的那场读诗会席间,从"大牌教授"、"教授"到"还称不上教授的教师",这些观众既是学院品味的代言人,也无异于新批评派理念的拥趸——他们"点头会意"、"达成了共识",以此确证台上诗人在纸页上业已获得的成功。

　　随后,《朗读》将焦点移至观众席间的诗人群像:"来的诗人足够多",但竟然一样论资排辈。前述教授们的等级降序变形为发表诗人与未发表诗人间的截然对立:"其中那些捧着书的 / 向未出名的 / 表示认可与微笑 / 后者坐立不安"。在一个教授与批评者满座的展演空间里,这种"坐立不安",既可解释为这些诗人因"未出名"而生发的渴慕与焦虑(很难不使人想到塞克

---

[1] Anne Sexton, *Anne Sexton: A Self-Portrait in Letters*, p. 30.
[2] 切斯瓦夫·米沃什:《米沃什词典:一部二十世纪的回忆录》,西川、北塔译,桂林:广西师范大学出版社,2014 年,第 55 页。

斯顿急于"找到自己声音"的自况），同时也可视为对朗读本身吸引力失效的暗示，正如塞克斯顿在首句讥刺的那样："这位诗人能说话，/这一点毫无疑问。"我们注意到，塞克斯顿甚至以表演者与观众互动的错位来显化这场诗歌表演的形同虚设："名诗人"在台上"说话"，观众却如对待实体那样去"触摸这些光荣的文字"。表演诗人固然因其诗文受到公认而登上舞台，但是，这种纸面上的成名是否可以直接置换为读诗会的必然成功？或者说，诗人作为写作者的角色，与诗人作为诵读者/表演者的角色，天然就和谐相适吗？塞克斯顿正是对这一点提出了质疑。

诗歌的第二节可视为对上述假设的证伪：在对这位"名诗人"的舞台表现力之苍白与衰竭直言不讳后，塞克斯顿不乏尖锐地揭露道，在这场聚焦于诗人"那个著名的姓名"而对"诗歌本身"缺乏审美的读诗会中，人们不过是在"品尝名气"：

> 这就是魅力的行事方式：
> 掌声过后他们成群而散，
> 也不用他们的手指
> 去验证他韵律的气象。
> 也不去想声音为何破碎，
> 而即便是荣誉也会过时。
> 一个有名的诗人读过了，
> 给他们读了他的微笑
> 并把留在台上的东西
> 洒翻在地。

他们每个人都点头会意，

品尝名气

忘了诗歌本身只字未提，

他们只记得——

我们听过他了，

那个著名的姓名。[1]

很显然，这一诗节的词群都指向了空茫："成群而散"、"也不用"、"也不去"、"洒翻在地"、"听过他了"，这些都是对意义的消解和终止。该诗真正欲批评的，是这位"名诗人"在传达诗歌审美意义方面的空洞和无效——他给观众读的是"他的微笑"和"著名的姓名"，对诗歌本身则仿若"只字未提"；这也使观众在散场后疏于"验证他韵律的气象"，或思考其"声音为何破碎"。上一诗节中提到听众"触摸"诗歌，此处则以他们未用"手指"来"验证他韵律的气象"予以呼应，同时，也仿佛刻意强调新批评派诗歌所根植的书面物质性。可以说，这位诗人的成功只停留在书页当中，而并未顺利地移至舞台。读诗会暴露了诗歌通常被书面物质性所遮蔽或弱化的声音表现——"即便是荣誉也会过时"是对这一点的强烈暗示，当诗作走向舞台，其对作者荣誉的维系也因之充满风险。

"一个有名的诗人读过了，/ 给他们读了他的微笑 / 并把留在台上的东西 / 洒翻在地"，就诗歌诵读的表演层面而言，这位

---

[1] Anne Sexton, *Anne Sexton: A Self-Portrait in Letters*, p. 30.

"名诗人"的作品可谓平庸甚至不妨说是失败的。其核心在于炫耀名声与荣誉,诗歌本身则沦为肤浅的社交载体而最终脱离了其所能提供的审美价值的多样性。对于"留在台上的东西"究竟为何物,塞克斯顿并未明说,仅以"洒翻"(spill)来示意其覆水难收的戏剧性。对此,凡·海宁指出,"洒翻"一词充满强烈的性意味,不仅传神地喻示了读诗者/表演者在表现力上的虚弱和失禁,也说明他与观众之间未能形成某种必要的联结。[1] 可以想象,这种"虚弱和失禁"既是塞克斯顿体悟到的新批评诗歌表演运作的症结所在,也是她对读诗会的自我期许中所力求避免的弊病。几年后,当她业已成为一位富有经验的诗歌表演者而接受《巴黎评论》的访谈时,她那难掩自得之意的表述印证了这一点:"当我和听众之间互相接应,当他们真的与我同在,而缪斯也与我同在时,我就是和他们共同达至高潮的。"[2]

尽管其表述方式别具一格,塞克斯顿对于诗歌表演的趣味和偏向仍显而易见,其对于理想读诗会的定位也很明确。在她看来,诗人在表演时应受到灵感("缪斯")的滋养,这一点无形中暗示了诗歌表演的即兴创作属性。读诗会并非为书面成品而设的一个空洞布景,而是让诗歌在高度瞩目中再度诞生的创作过程。在这一过程中,诗人与观众间的心灵交织与精神共鸣如此地不可或缺。

对此,《朗读》中"名诗人"与受众之间的不相交应、其声音的"破碎"和对诗歌的"只字未提"等,无不构成了失败的

---

[1] See Victoria Van Hyning, "Reading, Voice, and Performance," p. 108.
[2] 凯夫利斯、塞克斯顿:《诗歌的艺术》,第 117 页。

反例。事实表明，新批评派诗歌的表演效果同上世纪中叶越来越兼容娱乐功能的文化剧场预设已不相适宜；或者说，以得到公演机会来标榜和延续诗名的行业模式，从实际效果来看并不可取。正如怀特指出，《朗读》一诗在行文上由"呆板的、被切断的诗行，以及反诗化和不自然的语言"[1]构成，就像是在戏仿其中所描绘的那场读诗会的言说风格。正像诗中细节所凸显的，新批评派诗歌——也即洛威尔所言"用来研习的诗"——在舞台上难以焕发生机，其闪耀的学术光环终将在失效的声音和贫乏的表演中趋于黯淡。如果说《朗读》体现了诗人对"新批评"主宰下的诗歌行业机制与文化语境的自觉观察，闪动着她在涉足创作之初渴望"寻找自己的声音"的专业意识；那么，也正因"新批评"诗歌在舞台表现力上的贫弱，诗人得以在另一种诗歌（即"用来诵读的诗"）的可能性中嗅见机遇，她对读诗会的设想也才变得更具针对性；而她"始终将读诗会想象融汇其间"[2]的诗歌创作，则注定展现出新的现实。

二、"向着声音敞开"：摇滚乐与诗文本的声音性

正如弗尔指出，当代诗歌是由"诗歌表演、录音技术和听众反应"[3]这三者共同打造的，塞克斯顿对诗歌表演的意识与实

1　Gillian White, *Lyric Shame*, p. 106.
2　Victoria Van Hyning, "Reading, Voice, and Performance," p. 124.
3　Derek Furr, *Recorded Poetry and Poetic Reception from Edna Millay to the Circle of Robert Lowell*, p. 2.

践，始终与她的诗歌文本创作相互交织、相互规约，甚至也相互取决。如果按照表演研究领域的新近呼吁，即把"文本"和"表演"之间的传统对立关系复杂化[1]——例如，沃森提出"文本和表演之间不是简单的对立"，它们参与彼此的方式是"丰富、矛盾而无可度量的"[2]；那么，塞克斯顿的诗歌写作与朗读会，具体是如何参与彼此乃至相互涵盖的呢？这一点恐怕还需回到她对新批评派诗学原则的扬弃。

我们在上文中讨论，新批评派的教义倡导并普及了一种以"语音""语气"为线索的读诗期待。当诗歌被阅读时，仿佛读者循着言说者的人格心理即可找到诠释的入口。但这样的"言说者模式"是针对纸面阅读创设的，在剧院的有声场域中却未必同样可行。换言之，尽管对"语音"的强调"吻合了美国诗歌境遇以及整体文化对个性——明星力（star power）的重视"[3]，《朗读》中这位名诗人的表现，却未显得同这种"明星力"相称；恰恰相反，他的肉身在场反而遮蔽了诗歌的声音性，令诗歌本身变得无可奉告。

如果《朗读》所呈现的戏剧性失败并非偶然，那么其中的原因就颇值得解读。众所周知，新批评派尤其珍视诗歌的线性叙事价值，亦看重诗歌作为智性思考之等价物的属性。在初版于1938年，将新批评派审美标准体制化、学科化的《理解诗

---

[1] See Kamran Javadizadeh, "Anne Sexton's Institutional Voice," p. 100.
[2] W. B. Worthen, "Disciplines of the Text: Sites of Performance," in Henry Bial, ed., *The Performance Studies Reader*, New York: Routledge, 2004: 10–25, p. 20.
[3] Gillian White. *Lyric Shame*, p. 107.

歌》（*Understanding Poetry*）[1] 一书中，新批评的主要成员布鲁克斯（Cleanth Brooks）和沃伦（Robert Penn Warren）向人传布：理想的诗歌应使读者在欣赏之际感到"对无秩序和无意义的征服"，"正是这种感受使人心旷神怡——就像观看高尔夫球手纯熟利落的一击，或是小鸟从空中陡然俯冲一样"。[2] 在这份"声明"的基础上，新批评派掀起了对逻辑之清晰可控的追求：诗歌创作应当以可解释性（interpretability）与明确性（clarity）为准则，厘清叙事线条，注入教益和道德顿悟（epiphany），淬炼意象以使之鲜明而精确——这些在很长一段时间以来成为好诗的主要衡量标准。[3]

"言说者模式"正是上述标准中的一个具体的依托手段。在新批评派看来，一首诗是否易于解析、与读者的情感接应是否顺遂，很大程度上取决于读者对"言说者"的声音的定位是否准确、合宜。言说者的"语音""语气"等叙事表现因此才成为我们阅读诗歌时需首先予以拿捏的元素。如果某一首诗的文学深意不能如愿释出，我们会怪罪诗人在对"言说者"的构建上设立了路障。"言说者"标识着诗歌的叙事线性，令复杂的意象变得合情合理，其言说的有效性决定了诗歌智性结晶的顺利交付。或者说，"言说者模式"的形成，其根本目的即在于确保诗歌的叙事线性与智性价值是易于识别的。而叙事线性与智性价

---

[1] 此书影响极为广大，被认为是"把新批评派的正统观念传授给整整一代美国文学学生"的主要媒介。转引自胡家峦：《导读》，载于《理解诗歌》第四版，北京：外语教学与研究出版社，2004 年。

[2] Cleanth Brooks and Robert Penn Warren, *Understanding Poetry*, 3rd ed., New York: Holt, Reinhart, 1960, p. 367.

[3] Gillian White, *Lyric Shame*, pp. 2–3.

值，正如洛威尔一语概之的那样，属于"用来研习的诗"，而非"用来诵读的诗"。

换言之，诗歌在逻辑语义方面的追求，或许为根植于传统书面的视觉阅读提供了无穷的智性乐趣，但在转化为新的舞台语言时则缺乏必要的声音表现力。诸如我们上一章的讨论，塞克斯顿对潜意识的信奉使其诗歌行文别具特色。而潜意识与逻辑意识的对立，无疑使她对声音与意义的分道扬镳变得更为敏感。在她的诗歌中，叙事线性被潜意识的碎片穿插破坏，声音上的重复、叠句、连绵与停顿成为诗句真正的结构性力量。

事实上，尽管第一人称叙事被视作自白诗的主要手法，塞克斯顿的创作却并不是以"可解释性"或"明确性"为法则的。毋宁说，学者们在塞克斯顿诗中捕获的"用词不合语法以至于常常扭曲本意"[1]，"主体/言说者被模糊化甚至去人格化"[2]等具体印象，每一种都违背了新批评派对诗歌语义和隐喻精确性的要求。正如塞克斯顿自己所秉持的观点——"语言和理性思维毫无关系"，"与机器运作的方式正好相反"[3]，诗人对拆毁语言链的设想和玩味，使她的诗歌在音乐性和律动感上获得新的契机。这或许是她最终写成了"用来诵读的诗"的根源之一。

不过，除以潜意识破坏智性逻辑这一艺术自觉之外，塞克斯顿对彼时美国摇滚乐的兴趣也颇为瞩目。二十世纪五十年代

---

[1] Jeanne H. Kammer, "The Witch's Life: Confession and Control in the Early Poetry of Anne Sexton," in Linda Wagner-Martin, ed., *Critical Essays on Anne Sexton*, p. 118.

[2] GillianWhite, *Lyric Shame*, p. 144.

[3] Anne Sexton, *Anne Sexton: A Self-Portrait in Letters*, p. 245.

起，定义较为宽泛的反文化运动变得势不可挡。反战、反精英、民权、女权、性解放……在这张长长的、由众多政治与社会诉求列成的清单中，所有的主题与表达都汇入了摇滚乐的歌词与旋律。迪克斯坦（Morris Dickstein）将摇滚乐称为"有组织的宗教"——"不仅是音乐和语言，而且也是舞蹈、性和毒品的枢纽，所有这一切集合而成一种独一无二的自我表现和精神旅行的仪式"[1]。美国新诗的发动与摇滚乐的流行，其同步性并非偶然。在塞克斯顿作品迭出的六十年代，摇滚乐正在经验前所未见的辉煌。不仅接连涌现了颇为壮观的明星团体，而且许多作品的冲击力与流传度至今仍为人称颂。

作为同代人，塞克斯顿受到摇滚乐艺术的感染是直接而深刻的，众所周知，她将摇滚乐手们视为亲密的同道者。在访谈中，她甚至为那些著名的音乐偶像冠以"诗人"的头衔，声称"人们涌向鲍勃·迪伦（Bob Dylan）、珍妮丝·乔普林（Janis Joplin）、甲壳虫乐队——而这些人不愧是英语世界的流行诗人"[2]。将音乐人与诗人视若等同，这一观念毋宁说是对彼时文化趋势的恰切解读。美国摇滚乐与新诗都致力于对主流权威与精英规范的泯灭，两者都是离经叛道的亚文化氛围下振奋人心的产物，也都颇具锋芒地利用了这种氛围。从语言和寓意上、从感情的直率和音响的跃动上，摇滚乐与新诗之间的任何一种标准都可以延及对方。当迪克斯坦说"金斯堡从艾略特尖刻的嘲

---

[1] 莫里斯·迪克斯坦：《伊甸园之门：六十年代的美国文化》，方晓光译，南京：译林出版社，2007年，第197页。
[2] 凯夫利斯、塞克斯顿：《诗歌的艺术》，第117页。

安妮·塞克斯顿与高尔威·金内尔在92街诗歌中心后台的合影，1968年，Jill Krementz 摄

讽和憎恶转向惠特曼和布莱克的游吟诗人的激情，与此同时，鲍勃·迪伦和约翰·列侬则谱写了一些就像任何现代派作品一样超现实的抒情歌曲"时，他所指的正是新诗与摇滚乐在形式与风格立意上的互相征用。

事实上，塞克斯顿也与她的学生合作组建过一支摇滚乐队，依其诗作取名为"塞克斯顿和她那种人"。"那是诗人向其读者推广流行音乐的好时机"[1]，传记作家米德尔布鲁克回忆道。用音乐处理诗歌的语言，以使后者被更多的受众听到，这样的想法在当时并非个例。许多赫赫有名的音乐人，如帕蒂·史密斯（Patti Smith）、迪伦、甲壳虫或大门乐队都对诗歌怀有别样的热

---

[1] Diane Wood Middlebrook, *Anne Sexton: A Biography*, p. 303.

衷。按照米德尔布鲁克回顾的细节,"塞克斯顿和她那种人"的发挥相对简单,"乐手们只需为已经存在的诗歌作品写点儿伴奏与歌曲主题,最好是那些在意象与联想结构上本身就适于摇滚乐布局的诗作"[1]。包括塞克斯顿在内,这支乐队的人数维持在四到五人;器乐涉及吉他、长笛、萨克斯风、电子键盘、贝斯和打击乐等。1968年,在经历了一整个春季的排演后,这支摇滚乐队完成了一份"包括十七支曲目在内的保留节目单"[2]。在专门为之原创的、由众多乐器合奏而成的背景配乐中,塞克斯顿的诵读之声缓缓流出,随着节奏演化起伏。[3]

有观众在听过塞克斯顿摇滚乐队的一次演出后寄来这样的字条:"我终于明白为何您的读诗会是那样成功。如您所知,某种程度上您就是一个女巫。而我直到现在还没从您的魔咒中解脱。这要是在以前,您要不就是受到崇拜,要不就被吊死啦。"[4] 把诗人比作会施咒法的女巫,这对塞克斯顿而言,当然是溢美之词。以音乐效果糅合诗歌朗读,由此来摄取人心、令对方被吸引魅惑,乃至久久无以"解脱",这正是诗人企望在观众身上激发的共情效果。这位观众或许从未亲身领略过塞克斯顿的读诗会,却能将其读诗会的成功与摇滚乐演出的成功想象性地予以对接,这样的直觉无疑是准确的。据诗人所称,通过摇滚乐的介入,乐队演出"以全新的方式"令诗作洞开,诗歌的词语

---

[1] Diane Wood Middlebrook, *Anne Sexton: A Biography*, p. 303.
[2] Diane Wood Middlebrook, *Anne Sexton: A Biography*, p. 303.
[3] Diane Wood Middlebrook, *Anne Sexton: A Biography*, pp. 303–304.
[4] Qtd. in Diane WoodMiddlebrook, *Anne Sexton: A Biography*, p. 305.

安妮·塞克斯斯顿和她的摇滚乐队

"由此向声音，那种真正能被听到的声音敞开，从而拥有了一个新的维度"。[1]

显然，此处"真正能被听到的声音"并非新批评派所言的"语音"概念。恰恰相反，如果说"语音"指向一种叙事功能，是以保障语义之连贯可读为最终目标的，那么，"真正能被听到的声音"则不免与之背道而驰，因为对声音的凸显很可能要以破坏语义为牺牲，此时诗歌审美不再以逻辑智性为出口，而是以音韵力量与词语间的声响与脉动为启示。当"传统诗人渐渐与观众失去呼应之际"[2]，塞克斯顿却显得如鱼得水，她对流行文化的倾心与嗅察使其在艺术创新上独出心裁。在反文化运动的大势所趋中、在摇滚乐永不低迷的热潮中，塞克斯顿对声音力量的领悟正合时宜，而她将诗歌移译至声音制品的实践无疑是识时务者的英明之见。

对此，《波士顿周日环球报》曾评述道："1967年普利策奖的授予使诗人变得可以随心所欲。而她最渴望的似乎正是从围绕当代诗人的诸种事项中解脱出来，比如说一场接一场的研讨会，学生们求知若渴的脸与蓄势待发的笔……'塞克斯顿和她那种人'乐队致力以音乐增强诗意的信息；成员们关注的是观众而非论文。"[3] 这段时评除了反馈出塞克斯顿反叛传统的决心外，还暗示了她那无可回避的反智倾向。或许对于诗人而言，她并未在智性与声音之间做出过彻底的区分，也未曾对前者公开表

---

1 凯夫利斯、塞克斯顿：《诗歌的艺术》，第117页。
2 Diane Wood Middlebrook, *Anne Sexton: A Biography*, p. 305.
3 Qtd. in Diane Wood Middlebrook, *Anne Sexton: A Biography*, pp. 305–306.

示过敌意，但是，她将诗歌向声音敞开的大胆试行无疑缔造了传奇：迎向观众而非埋头论文的诗学新气象，确实显得更具诱惑而悦人耳目。

实际上，塞克斯顿对摇滚乐力量的认同与借鉴，也不完全是应时之悟。如果我们将她的悟见概述为：诗歌应趋向声音而非哲学智性，那么，这种悟见正与当下一些基于"声音"展开的批评观点不谋而合。诸如莱顿（Angela Leighton）在其近作《听物：文学中的声音机能》（*Hearing Things: The Work of Sound in Literature*）中指出，只有当我们打开听觉而唤醒相应的感官时，诗歌的价值和立意方得显现。因为抒情诗的天职不是要做智性上的求问，而是提供无尽的可能性和难以把捉之意。诗歌要供人流连、浮想，这就势必涉及听觉的延宕和发散，而我们对于文学的理解就是在余音挥之不去的听觉生理体验中完成的。[1]

莱顿的论点基于对视觉文化专制的反思。她开宗明义地指出，"阅读"（reading）绝非视觉的专属。她分析道，我们在阅读时本非对纸页上所呈现的作品的单方面录入，而是伴随着想象、咀嚼、回忆与加工等过程，因而"以耳阅读"与"以眼阅读"，两方面实际是共同参与、各司其职的。然而，长期以来，"听"与"看"的感官机能被人为地不对等化了（disequipollent），视觉的运作总是占据优先，成为主导，特别是在文学阐释领域，从批评术语的语词构成中便可印证出视觉功能的

---

[1] See Angela Leighton, *Hearing Things: The Work of Sound in Literature*, Cambridge: The Belknap Press of Harvard University Press, 2018, pp. 5, 130.

显性地位:"视野"、"洞见"、"意象"和"想象"——这些作为举证的批评语汇,很显然无一不是发自眼睛。[1]事实上,"用来研习的诗"也正体现了长期以来受书写支配的感知范式,"研习"是与视觉相连的,是对意涵的认知与摄取,而"用来诵读的诗",就其说法本身,便是对文学听觉价值的"正名"。

按照莱顿的分析,在文学阅读中,被调动的双耳需要去推测、回忆和想象,耳朵的角色由物理层面的"接收器"转化为更具能动性的"召唤者"(summoner),从而将文本中多变、流动、隐含的声音意义——唤起。[2]这或许也是为什么塞克斯顿坚信其诗歌的"信息"能在摇滚乐的介质中获得"增强"的原因:耳朵作为"召唤者"的功能被调动起来了,在耳朵的作用下,文本深切、自由、开放地向我们言说。流动的不确定性经由听觉成为一种迷人的激情,在音乐性演出或读诗会的舞台上下结成无形的网络。

按照前文所述,二十世纪以来,源于新批评派理论所树立的权威,诗歌被要求在叙事上提供清晰的逻辑和阐释向度,因此,文字在智性方面的产出,成为好诗的主要衡量标准之一。莱顿对这种衡量标准的反拨显而易见。首先,她指出,抒情诗意义的敞开未必靠线性叙事的推进来实现,有时候叙事的暂停恰恰带来文学深意的析出。比如,丁尼生作品的特质——音韵的回环往复及由此带来的线性叙事的弱化——并不导致意义上

---

[1] Angela Leighton, *Hearing Things: The Work of Sound in Literature*, p. 21.
[2] Angela Leighton, *Hearing Things: The Work of Sound in Literature*, p. 5.

的失落；相反，正是在言辞的重复中，由于叙事被悬置，阅读得以驻留，文学意义才获得充分的调适和变化。莱顿的诗文例证中有一处值得援引，即丁尼生的《轻轻地、柔和地》("Sweet and Low")一诗，诗歌开篇"轻轻地、柔和地，轻轻地、柔和地"到诗尾转为"柔和地、柔和地"；同样地，"睡觉吧、歇息吧，睡觉吧、歇息吧"转为"歇息吧、歇息吧"，莱顿指出，在这略带变化的回响中，先前的陈述和祈使渐渐附上了强制性的成分，意义得到反转，"暗示了这实际上并不是'柔和'或可让人'歇息'的"[1]。也就是说，诗歌中看似简单的音律重复或单词增删，实际上却带来意义层次的波动和扩充。这一点与我们前一章中对塞克斯顿语言质地的分析颇为相似，词语的重复或叠句的产生，其中既可能是对语意的增强或不同情绪成分的注入，也可能是言外之意（诸如反讽）的体现——而这些，若非打开听觉细加辨析，是很容易忽略的。

此外，莱顿将抒情诗类比为"一种注意力"（a form of attention）[2]，这可视为对新批评派"言说者模式"的直接反击。所谓"注意力"，指的是超越一般的、面向文学深意的审美感受力。莱顿认为，唤起"注意力"，正是从切断叙事线条开始的。因为，只有"逻辑上求因问果的双眼被搁置起来"[3]，耳朵才能去留意、倾听。莱顿指出，这正是抒情诗的天职。抒情诗不是为了在叙事上做前因后果的答疑或推敲，而是要唤起读者对"不

---

[1] Angela Leighton, *Hearing Things: The Work of Sound in Literature*, p. 87.
[2] Angela Leighton, *Hearing Things: The Work of Sound in Literature*, pp. 129–130.
[3] Angela Leighton, *Hearing Things: The Work of Sound in Literature*, p. 130.

发声的声音"（unsounded sound）的细察和把握。很显然，这是针对传统批评特别是新批评学派所追求的"智性逻辑"的批判和解构。用莱顿的话说，唯有线性叙事被切断，而弦外之音喃喃响起时，诗方可成之为诗，"诗意"也方得彰显。

若以莱顿的发现为印证，可以说，塞克斯顿组建乐队的动机——摆脱诗歌形制的条条框框，以音乐来增强诗性[1]——并非心血来潮。事实上，塞克斯顿的创作一贯对形式自由不拘，她对潜意识与超现实力量的倾注、任由语言的声音元素与节奏元素自行催生调配，这些无一不是出于对线性叙事的质疑，亦是对新批评派所谓"可解释性"和"明确性"的有意违逆；正如米德尔布鲁克的观察，塞克斯顿诗歌的一个特点是使用重复的结构，"一组互有联系的行进并不发展为思考，而是以超现实的意象为终点"[2]。我们在上一章讨论过，塞克斯顿的诗作因游离失控的句法和武断古怪的意象而制造了"难度"。以此种"难度"为代价，诗人释放出了梦与潜意识的自行其是，在视觉所依循的叙事渐近中断、隐没之处，要求我们凝神屏息、侧耳倾听。如果说塞克斯顿的诗歌由此超脱于传统的自传叙事之外，充满着意义的游移与滑动，那么这种超脱，无疑与诗歌在音乐性和律动感方面所付出的努力是一致的。

对此，我们在前章中分析过的诗歌《致情人》可作为一个例证。该诗最初在《纽约客》（*New Yorker*）上发表，以"我"

---

1 Qtd. in Victoria Van Hyning, "Reading, Voice, and Performance," p. 105.

2 Diane Wood Middlebrook, *Anne Sexton: A Biography*, p. 293.

对情人的告白为主线，以后者妻子的日常稳定性来反衬"我"的稍瞬即逝。在立意与题材方面，该诗对反常性的譬喻已在前文中展开细论，然而，这首诗在语言层面的匠心独具同样受到关切。[1] 其中一个谈及妻子"她"的诗节，更是集中体现了诗人对韵律及句法的玩味：

> She is more than that. She is your have to have,
> has grown you your practical your tropical growth.
> This is not an experiment. She is all harmony.
> She sees to oars and oarlocks for the dinghy,
> 她不止这些。她是你不得不有的，
> 使你实干使你成长如热带生命。
> 这绝不是做实验。她就是和谐。
> 她为那小船看管桨和桨架，
> （《致情人》：211—212）

在这里，我们听到大量重复音节的回荡与萦绕。如果说"harmony"与"dinghy"称得上严格的句末尾韵，那么"than that"、"have to have"、"grown/growth"和"oars/oarlocks"皆是对头韵（alliteration）声效的仿拟。这些音节的重复安排制造了诵读时的语势，使声腔的内在波动感清晰可闻。而且，音效上的一

---

[1] Joyce Carol Oates, "Private and Public Lives," in *University of Windsor Review*, Spring, 1970, p. 107.

唱三叹在语意中也得到体现。借助音律的高度重复，如"grown/growth"，我们感到"成长"的那种节节递进的态势是那样生动；同理，"oars/oarlocks"音节的重复推进，也让"小船"划水前行时的那种荡漾之姿呼之欲出。特别值得留意的是"使你实干使你成长如热带生命"一句，原文为"has grown you your practical your tropical growth"，"practical"与"tropical"两个词包含了同样的辅音 /ikl/，以及相同数量的音节，从而构成辅音韵（consonance），给人以延绵流动的听觉美感。但从句法上看，此句不仅包含了对构句元素的省略，而且，将"实干"（practical）与"热带"（tropical）并置，在语义逻辑上难免形成唐突之感。可以说，诗人不惜牺牲新批评派所恪守的高清晰度的语义逻辑，力图让诗句摆脱语法惯例，从而使听觉所引起的联想和想象成为构句的主导。这种对声音的增效，无疑令其诗歌更适宜于诵读。

再如诗人在组创乐队同年（1968）所作的短诗《就那一次》。此诗的表达方式带有一种由"诗"向"歌"复归的转向。驱动整首诗的是"我"对一个顿悟的获得继而失却——即关于"为什么活着"的顿悟，先是降临并赋形于言说者，随即又猝然消失：

> Just once I knew what life was for.
> In Boston, quite suddenly, I understood;
> walked there along the Charles River,
> watched the lights copying themselves,
> all neoned and strobe-hearted, opening

their mouths as wide as opera singers;

counted the stars, my little campaigners,

my scar daisies, and knew that I walked my love

on the night green side of it and cried

my heart to the eastbound cars and cried

my heart to the westbound cars and took

my truth across a small humped bridge

and hurried my truth, the charm of it, home

and hoarded these constants into morning

only to find them gone.

就那一次我明白活着是为了什么。

在波士顿,很突然地,我想通了;

在那里沿着查尔斯河散了步,

看灯光自我模仿,

尽是霓虹和频闪的灯芯,

嘴张得像歌剧演员那么大;

数了星星,我小小的出征者,

我的疤痕雏菊,明白了随我行走的爱

正在它夜绿色的一面于是对着

东去的车辆痛哭流涕又朝

西去的车辆痛哭流涕并带着

我的真理跨过一座小小拱桥

催我的真理,它的符咒,赶快回家

我藏起这些恒量直到

清晨发现它们没了。(《就那一次》：217）

阅读此诗时，我们很难不感到声音在耳蜗里逐次绽破：每一诗行中都有数个"o"此起彼伏，而全诗则由遍布其间的元音韵串联作响。头两行中，"once"、"for"、"Boston"、"understood"构成了一支微型四重奏，"为什么活着"的思索由此张开寻问的嘴洞。接下来的句子由缓入急，"along"所拉长的悠然，倏忽间被"copying"、"neoned"、"strobe"、"opening"、"mouths"、"opera"所替代："霓虹和频闪的灯芯"将漫步查尔斯河畔的庄重与静默切换至喧嚣与刺目。城市灯光永无停歇的跳动和高频率，"嘴张得像歌剧演员那么大"，夜的浓腻包裹着意识的混沌，令人感到疲乏不堪。这是发出"o"这一嘴型所悬置的不安时刻。宣叙与咏叹不是宽广清朗地被送出，而是与城市沸腾嘈杂的夜声掺杂在一起。噪声与灯光永无消停，唯有不断重复的"自我模仿"带来复制与增殖。

以上两个分句后，诗歌急转直下，如水瀑倾泻，直至终结。这一诗段使用了六个连词"于是/又/并"（and）作为引带——"于是对着/东去的车辆痛哭流涕又朝/西去的车辆痛哭流涕并带着"——句子与句子间挤压催促，而"我"裹挟其间的行动仍以"o"的洞开作为足迹——"数"（counted）、"带着"（took）、"跨过"（across）、"藏起"（hoarded）、"发现它们没了"（gone）。此外，"东去的车辆"（eastbound cars）和"西去的车辆"（westbound cars）仿佛是对诗行运行的仿拟，流水线飞速疾驰，不容许稍作停驻或深入其中。有些词语的组合会让人误以为是排印的错误导致,诸如:什么是"疤痕雏菊"(scar daisies)?如果不是因为"scar"与"star"趋近完美的头尾韵,我们很难想到将前者解释为后者意义的扩增。又比如,什么是"它夜绿色的一面"(on the night green side of it)?"它"具体何指?"night"除了在声音上与"side"、"cried"建立呼应外,留给我们的仍是茫然不明。

尚未提及的押"o"元音韵的词语还有:"love"、"on"、"home"、"constants"、"morning"、"only"。从全诗看,关于"为什么活着"的顿悟经由人格化,成了"我"的秘密分身与友伴——全诗使用了六个"my",除了制造复沓的音韵特质外,也是对私密与亲近的强调。然而,这"顿悟"/"真理"被"爱"携带"回家",作为某种"恒量",只停留了短短一夜。到最后,城市夜间的疲累声色与车流的繁忙无情,皆从尾词"gone"中得以逸出。在"我"那偏离日常的"痛哭流涕"后,在跟随"o"的指引而跨越了时间与空间的维度后,任何激烈不安随之消逝。平和的静态在最后一刻降临并长久地作用于此诗。而这主要是因为声音戛然而止。

塞克斯顿被认为拥有所谓的"尖耳朵","她用韵灵巧、诡诈,加上她又是个耐心、自律、情愿百草尝遍的易稿人"(《英文版编者导言》:6),因而其诗作从一开始就以声韵的美感、格律的精致为人称道,也因而能够从书页浑然天成地移译至舞台。在读诗会上每每作为开场白朗读的诗歌《她那种人》是其早期成名作。这首诗除了我们在前文中讨论过的其他成就外,也在声音表现力上提供了范本:

I have gone out, a possessed witch,
haunting the black air, braver at night;
dreaming evil, I have done my hitch
over the plain houses, light by light:
lonely thing, twelve-fingered, out of mind.
A woman like that is not a woman, quite.
I have been her kind.

I have found the warm caves in the woods,
filled them with skillets, carvings, shelves,
closets, silks, innumerable goods;
fixed the suppers for the worms and the elves:
whining, rearranging the disaligned.
A woman like that is misunderstood.
I have been her kind.

I have ridden in your cart, driver,
waved my nude arms at villages going by,
learning the last bright routes, survivor
where your flames still bite my thigh
and my ribs crack where your wheels wind.
A woman like that is not ashamed to die.
I have been her kind.

我已出走，一个痴迷的女巫，
萦绕着黑空气，夜里更神勇；
梦着邪恶，我已一户挨一户
在那些平房上，结好绳索：
孤独家伙儿，十二根手指，发乱迷狂。
这样的女人不太像女人。
我已是她那种人。

我已在林中找到温暖的窑洞，
给它们装上煎锅、书架、丝绸、
木雕、衣柜、数不胜数的器物；
做晚饭给那些精灵和小虫：
咕哝着，重整着错杂之物。
这样的女人遭人误解。
我已是她那种人。

我已乘坐你的马车，驾车者，
把我赤裸的手臂向途经的村庄挥摇，
记下最后的明亮路线，幸存者
在那儿你的火焰仍在我的腿上撕咬
我的肋骨在你的车轮下断裂。
这样的女人不觉得死亡可耻。
我已是她那种人。(《她那种人》：27—28)

该诗的三个诗节，分别指向三个超现实的场景——在夜间的屋顶结绳、在森林的窑洞中居家、在马车与火焰的行进中粉身碎骨。在第一诗节中，充斥着 o、i 和 a 的元音字母，音质响亮，但都格外短促。七句诗行的每一行收尾都仿佛突然屏住了呼吸。第二句中含有显著的头韵："black"和随即的"braver"，像黑夜里两记清脆的爆破。第四句中的"light by light"，如声浪起伏，短时间内便聚成漩涡，这漩涡也像是最强的光亮，将其他含带"l"的音节都归置在它的辐射区内："black"、"plain"、"lonely"、"like"。此外，另有四个"ing"的声音飘浮在激荡有力的字词间。阅读这一节时，我们使用的是一种呼召的、宣言式的、近似于咒法般的语调。

这种语调到了第二节中，被更多的"w"和"s"的发音质地所柔化了。森林深处的窑洞是我们可关注的唯一空间。声音的情绪相较于上一节的生硬变得更为和解。从第二句到第三句，含有"s"的词语——"skillets"、"carvings"、"shelves"、"closets"、"silks"、"fixed the suppers"、"worms"、"elves"几乎连缀成句，s 音绵密相邻，如蛇的回环式发声，隐隐低诉。我们被这些私人用品与私人事项所吸引，仿佛聆听着言说者喃喃自叙的独白。无论如何，这一节的言说者显得不那么绝决，第一节节奏上的断裂与缺口在这里稍稍得到了平复，尽管"misunderstood"依然横亘在收尾处，保持着对格格不入的警示。

最后一节则更像是一支令人眩晕的进行曲。有许多"v"的音："driver"、"waved"、"villages"、"survivor"，像扬起的风声卷送着趋向死亡的赶路人。在第五句"my ribs crack where your wheels wind"中,"where"、"wheels"、"wind"如同刻意征集的头韵词,试图召回俄耳甫斯的形象。诗人以求死来获得语言的永生。在这些头韵词接通感应的瞬间,"wind"的双关意义显现出来了。它既是车轮在卷绕,也使我们想到俄耳甫斯被女祭司撕成碎片并四散在风中。尽管这一诗节如此短小,但它对雪莱《西风颂》的回应是可见的。在这由轻风到烈焰狂飙的渐强式乐章中,塞克斯顿借用了全体诗人的血腥、死亡、勇气和骄傲——她对命运的自我神谕是"这样的女人不觉得死亡可耻",以此签下她作为诗人的契约令。

从全诗来看,《她那种人》暗含着精心设计的声音排布。这不是说,塞克斯顿每次都对韵法进行了准确的计算,而是,她对词语的选择一定程度上是出于声音的考虑。诗中的韵律回环变化,促使我们追问自己究竟听到了什么,又错失了什么。声音在意象之外催生了新的空间。实际上,韵律的密集炫技,一方面使得诗行如一首歌的副歌部分那样具有传唱性,另一方面却也留下了诸多晦暗不明的意象。譬如说,整个第一诗节,女巫"在那些平房上,结好了绳索",这样的行为动机最终未能道明;而第二诗节中"重整着错杂之物",这里的"错杂之物"究竟是指什么,也令人感到困惑;第三诗节中,诸如"村庄"、"路线",甚至一个"你"的指称,皆为突然出场的陌生之物。对此,诗歌不仅在前文中毫无铺垫,在接下来的篇幅中也并不打算加以说明。

很大程度上,塞克斯顿把诗歌交付给了音乐,在她的作品中,时常可见诗歌从谣曲或儿歌等古老的韵法游戏中借用灵感。譬如她的诗作《一袋给我的女主人》("And One for My Dame"），诗题就来自家喻户晓的英国童谣《咩咩叫的黑绵羊》("Baa-baa Black Sheep")中的歌词。童谣唱道："'咩咩叫的黑绵羊，你可有羊毛否？'黑绵羊答：'有的，有满满的三袋，一袋给男主人，一袋给女主人，还有一袋给住在巷子里的小男孩。'"塞克斯顿的这首诗，因其描述的是开办羊毛公司并频繁靠旅行来推销羊毛制品的父亲，故而借童谣之题进行了发挥和演绎。其中，父亲那巧舌如簧的商人形象、正处于青春期的"我"之激烈莽撞、家庭日常在战争时期的有所偏转，以及丈夫那以次充好的生意之谈，这一切交织着欺骗与荒诞，皆与童谣说唱的有口无心构成微妙的对应。

又如，经常在读诗会上被分享的《小女孩，我的长豇豆，我的小美女》一诗，其诗节设计本身，就改编自问答式的童谣体。该诗写于塞克斯顿大女儿琳达十一岁生日之际："我的女儿，十一岁／（快十二了），像个花园。"（《小女孩，我的长豇豆，我的小美女》：162）在随后的诗节中，一位几乎未能品尝母爱的母亲在爱的允诺中向女儿说话，她说的是对生命的惊叹，以及对女性性魅力的畅想："有朝一日，／在那惊艳的太阳底下，他们会来找你，／有朝一日，赤膊的男人，年轻的罗马人／在他们所属的正午时分，／拿着长梯和榔头／那时大家都醒着"（《小女孩，我的长豇豆，我的小美女》：164）；"哦亲爱的，让你的身体进去，／让它把你进去，／舒舒服服地。／我想说，琳达，／女人会出生两次"（《小女孩，我的长豇豆，我的小美女》：165）。

该诗在意象上直接取用童谣中"小女孩，我的长豇豆，你怎么长大？"（《小女孩，我的长豇豆，我的小美女》：163）的自我设问，这一设问被两次引述，在诗篇的构成中成为引擎式的驱动语声。借助这种设计，该诗在后半部分弹奏出胚胎生成的玄奥音阶：

> 你的胚胎，
> 那自行播撒的种子
> 拍打床柱的生命，
> 池塘里的骨头，
> 大拇指和两颗神秘的眼睛，
> 那可畏的人头，
> 那小狗崽一样跃动的心脏，
> 那重要的肺，
> 那生成——
> 在它生成之时！
> 正如它此刻也在生成，
> 自成一体的世界，
> 一个微妙的地方。
>
> 我问候
> 这些摇摆、敲击和胡闹，
> 这些音乐，这些新芽，
> 这黑熊狂舞的音乐，
> 这必要的糖分，

这些行进中的事项！（《小女孩，我的长豇豆，我的小美女》：165—166）

在描写胚胎"熟成"的诗句中，我们听到母体子宫羊水的泼溅声，新生便在其中"拍打""跃动"。事实上，人类生命最先领受的感观正是由听觉开启的。诗中，当"我"向胎儿"问候"时，"我"面对的是"这些摇摆、敲击和胡闹，/这些音乐，这些新芽，/这黑熊狂舞的音乐"（such shakes and knockings and high jinks,/such music, such sprouts,/such dancing-mad-bears of music）。此句中，由清脆的"ks"所带来的谐音韵："shakes"、"knockings"、"jinks"，在长句的首尾间均匀地释放出了电流，两个"music"一再重复了"k"音，在音乐的旋律框架中表达了其自身：生命之乐是如此狂烈；生命之乐如细胞增生般充满渐进与升扬。

塞克斯顿曾多次受邀参加反战读诗会，《小女孩，我的长豇豆，我的小美女》正是她在那些场合的必读诗作。某次，在哈佛大学桑德斯剧院（Sanders Theater），诗人布莱（Robert Bly）和金内尔（Galway Kinnell）也受邀在场，而作为活动组织者之一的里奇（Adrienne Rich）回顾说："她［塞克斯顿］读了《小女孩，我的长豇豆，我的小美女》，你无法想象这首诗带来了怎样的效果。布莱和其他几位诗人读的是他们写的关于政府中的各类人员的事；有些诗歌是关于凝固汽油炸弹、婴儿之类的。然后，只见安妮起身，读了这首她写给女儿的诗——一方面这实在是不伦不类，另一方面却完全地合乎时宜。这首诗是关于生命与存活的。"[1]

"关于生命与存活",里奇的这一解读指向了个人化写作背后的普适性。对此,米德尔布鲁克不过是换了一种说法,认为塞克斯顿"将情绪归置在具体情境中,而非寄托在大而无当的象征物中"。《小女孩,我的长豇豆,我的小美女》可以成为一首别有深意的反战之作,源于其对代际关系的写实,它"不是提出抗议,而是声明了长辈对年轻一代应承担怎样的责任"[2],这令诗中单一的个体经验成为破晓集体心理情状的具体参照物。然而,无论里奇还是米德尔布鲁克都未能指出,个体经验与集体心理在读诗会中遭逢而即刻融汇于彼此,这一过程很大程度上得益于该诗的童谣体式与音节律动对听众感官的调校。

就读诗会而言,激活现场听众共情的重要手段正是声音。事实上,除上述几种声音表现外,采用拟声词直接入诗也是塞克斯顿创作的独特之处。在读诗会的"保留曲目"《骑你的驴逃吧》一诗中,全诗共有三处直接插入"叮,叮,叮!"(dinn, dinn, dinn!)三音节组成的短旋律。在每一处仿佛出乎偶然地造成情境上的阻断并带来节奏上的激化,如同音乐作品中的分句和强音,使全诗被裹挟在紧张的涌动感之中:

> 现在响起了叮,叮,叮!
> 而隔壁屋的姑娘们在争论、

---

[1] Qtd. in Diane Wood Middlebrook, *Anne Sexton: A Biography*, p. 296.
[2] Diane Wood Middlebrook, *Anne Sexton: A Biography*, p. 297.

……
那救护车开起来像一辆灵车
它的警报器鸣奏着自杀——
叮,叮,叮!——
……
在这被泥土和石头
敲响叮!叮!叮!的
死亡等级中,
我的问题又有何益?(《骑你的驴逃吧》:121—130)

  第一处精神病院的铃声,第二处穿街而过的救护车警报声以及第三处病房四壁的敲击声,三次的"叮,叮,叮!"被召集和并置在一起,错愕与警示是其中共有的成分。而这些成分正是借由听觉得到延伸、交响,并克服表演者与倾听者之间的隔阂而使读诗会现场得以被同一种情绪所调控。通读全诗可见,该诗一方面暗示了"我"对治愈精神病的寄托,另一方面却表达"我"因治愈之徒劳而感到的绝望。在接受精神分析疗法而回溯童年往事时,"我"记忆的"挖泥船"(《骑你的驴逃吧》:127)深深钩沉却难有所获,而且,如本书第二章所讨论的精神病院的"电击疗法"、禁闭的"高窗"、状貌可笑亦可悲的"病友"都是令人窒息的暴政的自我表叙,"我"不由产生逃疯人院、放弃精神康复的念头。由此,来自外部权力机制的声音"叮叮叮"不时地被"我"内化为自我意识的预警;诗中这种自我抗辩和协商所产生的张力,经由拟声词的渲染,形成特有的击打与回旋。而诗歌言说者从书写者进入表演者,其记忆的飞旋和恐惧的波动,皆在"叮叮叮"那响亮而利落的短音质地中获得强调。

当然,就诗歌的听觉效果而言,声音理论视之为"发声"(voicing)[1]层面的要素也殊为关键。这个层面指的是现场诵读时,由表演者个体所决定的音量、音质、声调和口吻等。塞克斯顿对这一点的把控同样别有意识。有观众回忆道,读诗会上,塞克斯顿"将呼啸的诗声向麦克风轻轻吹送",这种"举重若轻"的效果惊艳出奇,让人深深难忘。[2] 此类听众感言尽管未必完整、客观,却为塞克斯顿的舞台意识提供了某种片段性的见证。如果说,"要对声音展开思考,就势必将那隐形的移动物从其源头分离,考察它在行进过程中遭遇的不同环境——空气、水或双层玻璃等"[3],那么"麦克风"即是读诗会声音放送过程中一个至关重要的技术介质。一旦诗人朗读的声音被送入麦克风,经由对音量的放大和对音质的调适,声音中传递的诗歌语词也将随之被微妙地改变。换言之,被麦克风载负的语音将参与空气在礼堂内部建筑中的循环,最终与原本存在于纸页的字面意义产生偏离。

---

[1] 在以声音为主要研究对象的批评理论中,声音可大致分为两类,一类指向文本中作为形式要素的韵法、节律、音步等修辞意义上的"声音"(voices);另一类指向"发音"(voicing),即策略性地选择和改变词语发音时的长度和轻重,包括对语调、速度、音高的把握,这相对而言就更加机动,取决于不同读者的个人倾向。因而,上文对塞克斯顿诗歌音韵和拟声词的分析属于"声音"范畴,而此处对其现场声控策略的探讨则显然属于"发音"范畴。See Eric Griffith, *The Printed Voice of Victorian Poetry*, Oxford: Clarendon Press, 1989; Johnathan Culler, *Theory of the Lyric*, Cambridge: Harvard University Press, 2015.

[2] Qtd. in Christopher Grobe, "From the Podium to the Second Row," pp. 140–141.

[3] Angela Leighton, *Hearing Things: The Work of Sound in Literature*, p. 4.

有一个例子更能说明这一点。塞克斯顿的文档史料中有一张 1968 年她在哈佛大学读诗时所使用的底稿，从中我们得以亲见其诗歌表演背后的具体声音建构策略。[1] 底稿是当时刚写出来的新诗《没有你的十八日》，按照格罗比的分析，正是由于这首诗"鲜为人知，风险很大"，塞克斯顿才在读诗会前"一反常态，提前做了准备，把要停顿的地方都用斜杠标出来了"。[2]

从这张底稿可见，标示停顿的斜杠几乎在每一诗节中遍布，正如乐谱中的休止符，斜杠的数目时而是两个，时而是三到四个，用以示意停顿时间的长短。一目了然的是，全诗末尾处，斜杠的数量竟增多到了与诗句长度相当的地步——由斜杠指涉的空白被安排成了真正意义上的最后的诗行；这意味着，听觉上"有"与"无"的对比，在塞克斯顿的表演中成了诗歌内容设计的一部分，我们看到：在整整三排浓密的斜杠过后，诗人还以庄重的"沉默"（silence）来标示致谢前最后的"声响"。

当然，无论停顿还是沉默，都理应是舞台声效的重要组成部分，意味着情调的变化与音速的暂缓，既造成声音的中止，也引向意义的悬置。按照莱顿的说法，在句法间切断叙事，恰恰是嘈嘈切切的诗意涌现的开始，它邀请我们"屏息凝神"、侧耳倾听。[3] 或许正因如此，常有听众感叹诗人表现停顿与沉默的召引力之大，使人感到"就连此时的呼吸也会成为极大的噪

---

[1] See Christopher Grobe, "From the Podium to the Second Row," p. 137.
[2] Christopher Grobe, "From the Podium to the Second Row," p. 136.
[3] Angela Leighton, *Hearing Things: The Work of Sound in Literature*, pp. 139–140.

```
Look out!  Say yes!
Draw me like a child.  I shall need
merely two round eyes and a small kiss.
Two earings would be nice.  Then proceed
to the shoulder.  You may pause at this.

Catch me.  I'm your disease-----
Please go slow all along the torso////
drawing beads and mouths and trees
and o's/// a little graffiti and a small hello
for I grab, I nibble, I lift, I please.

Draw me good.  Draw me warm.
Bring me your raw-boned wrist and your
strange, Mr. Bind, strange stubborn horn.
Darling, bring with this an hour of undulations,////for
this is the music for which I was born.

Lock in!  Be alert, my acrobat/////
and I will be soft wood// and you the nail////
and we will make fiery ovens for Jack Sprat
and you will hurl yourself into my tiny jail////
and we will take a supper together///and that///
will be that.//////////
                      /////////
              ----silence----
                              thank you
```

安妮·塞克斯顿在哈佛大学朗读《没有你的十八日》的底稿（Anne Sexton Papers, Harry Ransom Center, University of Texas at Austin）

音"[1]。对于置身读诗会现场的年轻人而言，这恰恰是极具代表性的感受。观众的移情，是将自己融入台上诗人的声音表演中，而不仅仅是在其诗句的字面内外追随体味。或者说，读诗会现场有一种摇滚音乐会所特有的沉浸式狂热——读诗者通过声音的动静语默、气息的吞吐变化，造就了一个虚拟而迷幻的空间，其经历的时刻和触发的效果，其催眠般的卓越感染力，无疑都

---

[1] Qtd. in Christopher Grobe, "From the Podium to the Second Row," p. 136.

是"新批评"那"用来研习的诗歌"所难以达致的。[1]

三、读诗会：个人主义的文化共情

1967年7月，经休斯牵线，塞克斯顿前往伦敦参加国际诗歌节（Poetry International）。在受邀者中，她是为数寥寥的女性诗人之一。[2] 有趣的是，由于开幕当夜贝里曼未能及时到场，主办方便将塞克斯顿补入，意外制造了她与聂鲁达、奥登等前辈诗人同台的机会。不过，塞克斯顿似乎并未留神谦恭于这些前辈，相反，她的朗诵因超出规定的每人十分钟而令奥登懊恼不已。彼时在座的英国批评家及诗人史特沃西（Jon Stallworthy）回顾道："奥登对安妮很有意见……他认真而专业，认为人人都应该脱稿背诵、只字不差，时间也必须精确到秒。而她远远没有做到，于是他不停地摘下深色眼镜来回晃荡，并用手势做出愤怒的示意。"[3] 如果说朗读超时是略欠专业的表现，那么，按照史特沃西的看法，塞克斯顿与观众的舞台互动则简直有失体统了："当安妮读完后，她将书放下，像一个流行歌手那样向观众张开双臂，随后又向他们投送了一个飞吻。那可是在一个有着

---

[1] 借由对声音的把控而在表演中发挥卓越的感染力，这也是令洛威尔"嫉羡"的主要方面，他从他的学生那里得到的启示，就是要尽力简化语法，加强节奏感，从而使诗歌更适于当众表演。就连毕肖普也在塞克斯顿那里看到疯狂和自然流露所带来的益处。

[2] 受邀的女诗人另有两位。一位俄国女诗人临行前未获准放行，另一位是奥地利女诗人英格褒·巴赫曼。

[3] Qtd. in Diane Wood Middlebrook, *Anne Sexton: A Biography*, p. 278.

两千名观众的礼堂，他们看向她，感到恐惧和难以置信。"[1]史特沃西坚信塞克斯顿在登台前服用了药物或已然喝醉，否则不至于做出诸如"张开双臂"和投送"飞吻"等动作，毕竟这是他"在所有读诗会上见过的最离奇而判断失当的举动"。[2]

塞克斯顿是否因药物或酒精而导致"失当"之举，这一点已无法确证；但史特沃西的回忆，却让我们看到塞克斯顿的读诗风格在彼时仍被视为异端，而她具有何等大胆的革命意识也就不言而喻。事实上，所谓"判断失当的举动"不过是实现了诗人的自我期许，如前所述，塞克斯顿早就明确其自我定位是要和听众"互相接应"而"共同达至高潮"。作为表演艺术的一种，读诗会的体验理应是直接而鲜活的，"就像电路连接一样……表演者是循环的一极，观众是另一极"[3]。而向观众张开双臂并投去飞吻，或许令保守的英国观众大惊失色，但对把摇滚乐明星引为同道的诗人而言，则是顺理成章的举动。

事实上，二十世纪六十年代，相较于将自己困限在高雅之堂的英国受众，美国的新诗读者与摇滚乐歌迷早就不分彼此而在反传统的叛逆与不羁中结为一体。诗歌被视为高雅艺术，这样的观点已开始显得过时。正如彼得·盖伊的结论："激进的艺术主张在1960年之后如此强劲，是因为流行艺术让先锋艺术迅猛复苏。流行艺术的出现和振兴是现代艺术历史上一个重大时

---

[1] Qtd. in Diane Wood Middlebrook, *Anne Sexton: A Biography*, p. 278.
[2] Qtd. in Diane Wood Middlebrook, *Anne Sexton: A Biography*, p. 278.
[3] 埃德温·威尔森、阿尔文·戈德法布：《戏剧的故事》，孙菲译，北京：北京联合出版公司，2016年，第12页。

刻，受到欢迎的新艺术家们打算将高雅艺术和大众艺术合为一流。"[1] 艺术义无反顾地迎向大众，这与塞克斯顿对读诗会的风格策略是完全吻合的。据称，塞克斯顿令人震骇的"失当"之举最终让英国当地的媒体兴奋不已。在那场著名诗人济济一堂的盛会上，塞克斯顿成了"媒体报道唯一感兴趣的诗人，尽管招致种种抱怨，却是第二天新闻头条当仁不让的主角"。[2]

毋宁说，在挑衅艺术条规的决心与成为媒体的宠儿之间，有着显在的因果逻辑。并不是举措"失当"的丑闻，而是对诗歌表演风格的创新冲动，将塞克斯顿推向了大洋彼岸文艺热点的风口浪尖。正如康威在听过其读诗会录音后感叹，塞克斯顿对舞台媒介的调控极具自觉意识，她很清楚读诗会是一场"盛典"，且对观众的参与和自己作为表演者的核心地位都有明确的自知。[3] 无论如何，塞克斯顿将唤起听众的狂热共情视为读诗会的意义和指向：对她而言，读诗会不仅是分享诗作的文学空间，更重要的是一个需对观众的心理和情感力量即时加以回应、反馈、调整，建立联系并维持联系的戏剧世界——一个鲜活而充满动态的文化共情现场。

事实上，关于塞克斯顿的读诗会风格，我们完全可以援引康威的观感，"你能听到安妮·塞克斯顿在表演安妮·塞克斯

1　彼得·盖伊：《现代主义》，第 355 页。
2　Diane Wood Middlebrook, *Anne Sexton: A Biography*, p. 278.
3　Jeffery Conway, "The Poet Has Collapsed," p. 215.

顿"[1]，这与诗人将自我设定为"一个演出自传戏的女演员"[2]别无二致。如果说，塞克斯顿诗作的标签是强烈的个人化，那么，读诗会上经由其本人演绎的诗歌文本，其个人化的特质则因诗人与言说者合一而变得无以复加。然而，按照前文讨论，诗人与言说者合为一人，这与塞克斯顿的"非自传性"抗辩乃至消解言说者等诗学实践是互相矛盾的。如前所述，塞克斯顿尽管浸淫于自传性书写并突破禁忌地将自己的精神病变、家庭丑闻、自杀、乱伦等生活经验写入诗歌，但与此同时，她对"面具"化身的明示，以及对诗歌有别于作者经验的澄清同样不遗余力。那么，耐人寻味的是，为何塞克斯顿在读诗会上对诗人与言说者的区辨绝口不提？在明知听众会轻易将言说者不经转化地投射于表演者（即诗人本人）之时，她为何非但毫无顾虑，反而还顺应性地对之加以鼓励？

以《一些国外的来信》为例。此诗写"我"通过阅读姑婆年轻时寄回的旅欧信札，与后者重新建立心理联系和生命更新的尝试。正如凡·海宁指出，塞克斯顿对于此诗是否为"自传诗"的说法，根据不同场合而有所出入。[3] 当诗人在克劳肖讲座授课时，她的态度闪烁其词："《一些国外的来信》中是存在假面人格的，此诗并不完全是真的……有些是，有些不是。我倒想请你们猜猜哪些是真的。但这重要吗？这不过是一项留给传

---

[1] Jeffery Conway, "The Poet Has Collapsed," p. 215.
[2] 凯夫利斯、塞克斯顿：《诗歌的艺术》，第 94 页。
[3] Victoria Van Hyning, "Reading, Voice, and Performance," p. 121.

记作者的工作。"[1] 关于什么是诗人所理解的"真实",前文已有详尽论述。诗歌的真实远胜于既成(factual)事件的真实,这是塞克斯顿对创作的自我体认。然而,当她在读诗会上向观众介绍此诗时,其开场白却指向诗歌与传记事实的同一:"下面我想读一读这首长诗。我差不多有九年或十年多没有读它了。我不知道我会读得怎么样。这首诗在很多选集里都收录了。写的是我最爱的一个人。"[2] 不仅如此,诗人有意未去压抑读完此诗后所经历的情感波动,她变得如鲠在喉,以至于当晚的演出进程也难以为继。诗人向观众解释说,她无法再读下一首诗了:"我不得不跳过它,我有点招架不住。我可能会抽根烟,停下来放松一下,因为我深爱着那个老太太——年轻的女孩——老太太——人类。"[3] 舞台上的诗人放弃了她所追求的诗歌作者与言说者之间的距离,在新的表达媒介中,她让"自传"重新成为她创作的预设和叙述的中心。很显然,她因读诗而遭遇心绪冲击,以至于不得不中断演出的即兴之举,恰恰是向观众证实,其诗歌就是她所亲历的真实,而她读诗的过程即是对这种真实的再度经验。换言之,经验的真实性是塞克斯顿诗歌表演的重要依托。正是取决于此,她允许自己在演出时随心所欲,而且,这种随心所欲还让真实性从表演的边界溢出,成为她面对观众所展开的一种非表演性的自我表演。

事实上,塞克斯顿曾解释说,诗歌是"语词间的事件"

---

[1] Qtd. in Jo Gill, *Anne Sexton's Confessional Poetics*, p. 91.
[2] Qtd. in Victoria Van Hyning, "Reading, Voice, and Performance," p. 120.
[3] Qtd. in Victoria Van Hyning, "Reading, Voice, and Performance," p. 120.

（verbal happenings），而读诗会则是"体验的释放，是事件彻头彻尾再次发生了一遍"。[1] 对她而言，读诗会是独立于诗歌文本的表述媒介：在诗歌创作时，她化身为许多人，曾以基督、女巫或童话角色来塑形装扮；然而在读诗会上，她却只是其自身，这个自身如此渴望表露内心并分享体验。正如她在一封给心理医生的邀请信中写道："我真希望你能来我的读诗会，看看那到底是不是我。"[2] 读诗会最终构成了一个自我揭示与自我诊断的系统空间，也正是这个意义上，格罗比说，如果认为塞克斯顿是出色的"女演员"将会是一个"错误的赞美"[3]——塞克斯顿并非要出演他者，她意欲召回的是语词深处那个集亲历／创作／朗读于一体的"我自己"。唯有读诗会允准其诗歌释放这种可能。在一套延伸自（却迥然有别于）书面创作的舞台机制中，诗人得以超越"诗性真实"的约制并弥合作者、言说者、表演者之间的分野，如此，追问"我是谁"的生命驱动将会在不同层次接受应答，以互为印证的方式恢复自我的重建。

据传记所述，塞克斯顿自小就钟爱表演。十一岁前，她每年夏天都会跟随全家去外公家的两座海岛别墅过暑假。其中一座别墅内还设有一个小型剧场，由"一个升起的舞台、脚灯和真正的幕布"构成。塞克斯顿将这个剧场占为己有，其表演的"技艺"与营造的"欢快气氛"令家庭成员得出如下印象："安

1　See Anne Sexton, *No Evil Star*, p. 114.
2　Christopher Grobe, "From the Podium to the Second Row," p. 131.
3　Christopher Grobe, "From the Podium to the Second Row," p. 131.

妮是个演员，她喜欢对着观众表演。"[1]

当然，即便我们不知道这些童年往事，从诗人后来的经历也足以见出她对表演艺术的追随与热衷。塞克斯顿曾在1964年9月到次年3月间，担任波士顿查尔斯剧院（Charles Playhouse）的驻院作家，从中所获得的剧场体验和表演训练自不待言。与此同时，她不仅"购买了至少五十本戏剧作品"，还订阅了当时颇为先锋的戏剧期刊《图兰剧评》（*The Tulane Drama Review*），"只要有条件，便四处观剧，什么剧都看"。[2] 值得留意的是，格罗比还指出，从诗人藏书《斯坦尼拉夫斯基论舞台艺术》（*Stanislavsky on the Art of the Stage*）内页的折角可以窥见，斯坦尼拉夫斯基在美国的传播版本即所谓的"方法派"表演理论（Method acting theory）曾让她相当痴迷。[3]

"方法派"表演理论曾在美国引起很大的反响，它的概念构成之一是提倡演员直接释放自己的"体验"（experience），以此改善并取代"模仿"（imitation）这种较为传统的表演方式。[4] 为此，斯坦尼拉夫斯基教导他的学员，应当在表演中"加入隐秘的自传内容"，从而将事件发生时情绪"在感官上留下的记忆"（sense memory）纷纷调动出来。[5] 正是因为这样，人们对于"方

---

[1] Diane Wood Middlebrook, *Anne Sexton: A Biography*, p. 10.
[2] Qtd. in Christopher Grobe, "From the Podium to the Second Row," p. 130.
[3] See Christopher Grobe, "From the Podium to the Second Row," p. 130.
[4] See Konstantin Stanislavsky, *Stanislavsky on the Art of the Stage*, New York: Hill and Wang, 1961, p. 32.
[5] Qtd. in Christopher Grobe, "The Breath of the Poem: Confessional Print / Perfermance circa 1959," in *PMLA* 127.2(2012), p. 226.

法派"的解读，往往侧重于强调演员对过往体验及情绪的激活与调用，而这样的概念与修辞模式，与自传式书写不无相仿之处。按照勒热纳的说法，自传"首先包含一种非常经验化的记忆现象学"，这是指创作主体乐于回到记忆中去，把握其神秘与不可知性，经由与过去的连通，作家重新发现自己，进而达到探求生活意义（而非复述已知意义）的目标。[1] 从这个角度看，"方法派"虽与自传式书写在表现形式和意义再现上各有侧重，但本质上都注重记忆回溯的过程，也都强调对过往经验及意义瞬间的拣选与探知。

或许为了更好实现"方法派"在实际表演中的发挥，塞克斯顿为读诗会表演遴选的诗篇，都以充分展现其个人经历的"自传诗"为主。而那些她曾在不同场合指出是"假借别人的口气"或采用角色面具而作的诗歌，诸如著名的基督系列及童话系列，都未见呈现。在所有曾在读诗会亮相的作品中，《她那种人》无可争议地成为每一次表演的开场诗。对于这首诗，前文已从不同角度做过讨论。全诗以"女巫"、"森林洞穴女主人"和"火焰向死者"的主体意象，分别表征了诗人在现实境遇中作为诗歌写作者、城郊主妇和抑郁症患者的三重身份。但表演时的诗人却试图抛开意象与表征，把诗行变作一种自我确证的纯然记录。她朗读该诗前的开场白如此声明道，"我的第一首诗《她那种人》，将告诉你们我是一个什么样的女人"[2]，仿佛一部自

---

[1] 菲利普·勒热纳：《自传契约》，第 69—71 页。
[2] Qtd. in Victoria Van Hyning, "Reading, Voice, and Performance," p. 117.

传作品的扉页，这样的开场不仅将关注点引向诗人自身，而且还立下了一个叙事框架，将接下来可能被朗读的所有诗歌都预告为自传性故事的串联。

常被选定的诗歌篇目还包括《致恳求我别再走下去的约翰》《复影》《妖术》《骑你的驴逃吧》《一九五八年的自己》《小女孩，我的长豇豆，我的小美女》等。这些诗篇经由分类挑选，成为塞克斯顿自传性叙事框架的构成物，在读诗会上成为特殊的人格塑造机制，而其余的诗篇则被滤去不读。对这些诗篇略作分析，我们便很清楚诗人意欲为自我赋予指向和意义的具体方面。比如，《致恳求我别再走下去的约翰》最大程度地袒露了塞克斯顿作为自白诗人的创作诱因，它是关于自白诗本体论的说明，是对自白诗（就这种体裁而言）为何深入禁忌的辩护："起初它是个人的，/ 后来它就不仅仅是我自己；/ 它是你，或你的屋子 / 或你的厨房"；"倒不是说它美，/ 而是我在那儿找到了秩序。/ 应该有些特别的东西 / 为怀有 / 这种希望的人而备"（《致恳求我别再走下去的约翰》：43）。《复影》，如前文所述，是塞克斯顿家庭主题诗的巅峰之作。诗间遍布着可资考证的人名、地名与年份月历，使其读来就像是一份日记，恰如其分地将家庭秘事公之于众。《骑你的驴逃吧》也有着同样强烈的纪实效果，只不过它描写的是诗人在精神病院诊疗的另类经验。相较而言，《妖术》和《一九五八年的自己》两首，在故事的叙事层面上较为弱化，它们更像是诗人关于生存与精神境遇的灵性自画像。比如，《妖术》通过与男性作家的比照，透露出诗人作为女性作家所关注的技巧与主题："一个写作的女人感受太多，/ 那

安妮·塞克斯顿在读诗会上

些恍惚和征兆！/ 就好像周期、孩子和群岛 / 都还不够；就好像服丧者、八卦 / 和蔬菜都远远不够。/ 她觉得她能警告星星。/ 作家本质上是密探。/ 亲爱的，我就是那个女孩。"（《妖术》：110）而《一九五八年的自己》则是诗人对自己身份转型前（作为家庭主妇）所经受梦魇的黑色幽默式记录："什么是现实？ / 我是玩具娃娃"，"我住在玩具屋 / 四把椅子，/ 一张仿制桌，一个平屋顶，/ 和一扇大前门"，"有人玩着我，/ 把我安插在这电器化的厨房间"，"有人装作和我一起——/ 他们的吵闹声变作实心墙将我围牢——/ 或把我放上他们的大床"，"他们撬开我的嘴去喝他们杯里的金酒 / 尝他们变质的面包"（《一九五八年的自己》：173—174）。

上述这些诗作案例，几乎囊括了诗人个人经验的不同面向，也取用了她在十余年间陆续出版的诗集的诸种视角。诗人自导自演，将这些面向按照一定的层级排序，在其中勾勒情节并到达结局。在舞台与观众席的流动之间，从一个诗篇到下一个诗篇之间，起到驱动与衔接的正是诗人的个体命运、家庭世界、精神变故、机遇与伤害、写作与拯救。通过"自传"这个框架性的策略，诗人引导观众建立叙事连接，并推动叙事向前发展；而诗人与观众的距离被微妙地推近——秘密自愿公开，观众不仅在聆听，也在观看；不仅在感知，也在共同编排、催迫着这些秘密被赋予结构、意义与共鸣。

当然，除选用特定的自传诗篇外，诗人也通过每次出场时的衣着、手势、情态甚至道具，协助打造出其独属的形体风格，如此，诗中的言说者"我"都得以从扁平的文本字句中获得再生，与在场的作者本人立体叠合。众所周知，"当诗人穿着为公开朗诵而准备的连身长裙踏上讲台时，她看起来可绝不平凡……她踢掉鞋子，点一支烟，就那样朗读起来，发出令人惊艳、低沉沙哑的绝好音色，爬梳着关于疯狂和失落的故事"，而这些肢体状态和声音要素的发挥，目的正是"使（诗人及其诗歌中所记录的）精彩经历变得生动、直接、真实"（《英文版编者导言》：1）。

不能否认，观众走进剧院和大学礼堂，其主要的期待即在于亲睹和共享诗人的真实在场，并见证诗人如何为书面呈现的文本赋予新生——有观众"想知道诗句从作者本人口中说出来是何种感觉"[1]，这一渴望说出了多数人的心声。如上文所述，塞

---

[1] Qtd. in Christopher Grobe, "From the Podium to the Second Row," p. 141.

克斯顿对舞台效果的理想,是与听众"共同达至高潮",而根据观众事后反馈所见,除声音之外,诗人所使用的道具、服饰、情态等所谓的"施展情动效果的物质实体"(affecting materiality)[1],也是帮助诗人与言说者相互映现并唤起观众共情的有效介质。例如,纷纷而来的听众信札往往强调塞克斯顿那消瘦的身材、昭然的手势、戏剧性的姿态以及其他道具所带来的难忘印象,格罗比对此的总结颇具启发性:

> 那些看似微不足道的小道具:讲台、书稿、话筒、水杯、香烟等,在表演者和观众之间建立了联系,为观众无处安放的欲望提供了驻留之处……当她为那些窸窸窣窣的诗歌赋予新生时,台上的每一个物件也因此变得丰富而不同寻常。从塞克斯顿嘴里冒出来的香烟的烟雾就是这种生命力的最首要和最醒目的意象。[2]

通过个人化道具的视觉渲染,通过对个人肢体语言的充分凸显,也通过诸如吸烟这种行为的自觉或不自觉的标识,塞克斯顿借助舞台媒介,在真实人格与表演人格之间取得了某种统一,使得构成其形象的关键词诸如疯狂、病态、自由、热烈等特性得到了勾连与强化。正如康威所言:"她[塞克斯顿]是一位美丽、性感的女性,有着激烈同时也很脆弱的风格;她也

---

[1] Christopher Grobe, "From the Podium to the Second Row," p. 138.
[2] Christopher Grobe, "From the Podium to the Second Row," p. 138.

是一个诗歌界的灰姑娘,在几年前刚刚起步的新诗诗坛中崭露头角,在家务杂事之间看到电视节目后,便无师自通,学会了如何写一首十四行诗。"[1] 人们对塞克斯顿的这一身份共识,在读诗会现场获得了难以量化的感官凭证。诗歌表演的过程,是一个让诗歌作者与言说者相互修饰且相互解释的过程,也是让诗人的个体形象和人格魅力变得更加明确与协调的过程:她恣意感性、热烈疯狂、脆弱敏感、专注执着而又多少有些神秘莫测。而这些形象特质,实际上与彼时艾森豪威尔执政期间,人们在冷战和核威胁下产生的幽闭与创伤心理[2]有着颇多契合之处。随着"二战"后精神共同体的消解、文化中心的崩塌,特别是弗洛伊德精神分析学说在临床诊治中的大量普及,二十世纪六十年代的美国社会迎来了文化的变革以及个人主义的盛行,"人们被号召去真实地对待自己,去寻求他们自己的自我实现"[3],"在艺术本身的特性中,在艺术反应的本质中,自我关注超过了所有客观标准"[4]。如果说,以"垮掉的一代"和自白派创作为代表的"新诗"为这种个人主义提供了一系列的文学主题和审美话语,那么,读诗会的舞台则通过"创作者/表演者/言说者"的三位一体,赋予这些文学主题和审美话语以具体鲜活的直观形象。或者说,真实存在的文化偶像所能够展现的情感结构和身体体验,让个人化诗学的话语机制变得可亲可感。

1　Jeffery Conway, "The Poet Has Collapsed," p. 200.
2　见莫里斯·迪克斯坦:《伊甸园之门》,第 29 页。
3　查尔斯·泰勒:《本真性的伦理》,第 17 页。
4　丹尼尔·贝尔:《资本主义文化矛盾》,第 143 页。

1961 年，斯坦纳发表了著名的《逃离言词》，梳理了当代文明世界中逐渐取代语词的诸种势力。他认为，这些势力之一便是流行音乐。他说："音乐是今日通俗文化的主流……它不会像阅读一本书那样，将人们分隔为沉默的孤岛，相反，它把人们聚集在一起，聚集在我们社会所努力创造的虚幻共同体中。"[1]这固然是斯坦纳对音乐之社会学与心理学要素的深刻洞见，但将其挪作读诗会的评述却同样适用。与音乐相仿，诗歌表演的群体性诉求，在当时文化风潮的驱动下也在渐行取代诗歌阅读的私密性经验。从塞克斯顿的个例来看，在诗歌表演中，诗人将其文本中对于家庭创伤、身体性欲和内心苦痛的检视，通过声音和舞台语言加以复现，同时也将未经言说或无从诉诸的个体禁忌体验，通过较诗歌阅读更为直接，也更具群体性的舞台媒介加以显影，从而使之吸纳更多的追随者，乃至获得一定程度的美化。

仍然借用观众来信的说法，人们感到"像被蛛网黏住的飞蛾，围拢在诗人这团灯火旁"[2]，当观众被诗人引向其提前预伏好的高潮、从中辨认出自己，发现了共有的精神创伤和可资借鉴的疗愈方式时，他们也就由分散、孤立的个体，转而成为这套情感话语的分享者，甚至因为舞台光环而对这套话语所代言的个人化魅力加以效仿和复制。

这就意味着，读诗会对观众情绪、经验和观念的影响，某

---

[1] 乔治·斯坦纳：《逃离言词》，载《语言与沉默》，第 38 页。
[2] Qtd. in Christopher Grobe, "From the Podium to the Second Row," p. 140.

种程度上正是一种潜在的培植和策略行为。正如康威指出，塞克斯顿的朗读，包括对诗篇的介绍性开场和与观众的玩笑性对话，无一不是经过认真的排练。[1] 表演补充了诗歌文本中欠缺的肉感和活力，因而较后者更易成为一种能量的操纵。作为一名以"私人化"写作著称的诗人，塞克斯顿却频繁获邀参与社会活动，并以写诗和表演为公众发声。这一现象的背后或许隐含着这样的事实，看似相悖的两者——诗歌写作的个人化/私密性/自传性与诗歌表演的集体性/公开性/仪式性，在文化的构成关系中实则可以相互转换甚至彼此成就。

如果按照本书第二章的探讨，塞克斯顿颇具前沿性地尝试将"对自传性自我的维系"立足于群体记忆与文化语境，以此赋予其诗歌的个人语声以一种普遍性。那么，读诗会则因其超凡的共情能量实现了另一个层面的普遍性：它令诗人一己的故事被经验为一个庞大的复数，在一个可见可测的群体中被认同、采纳、复制和改写。在公共表演中，过去和现时、文本虚构和生平经验、私人与公众之间的界限渐趋消融，个人化语汇通过舞台（较诗歌书面而言）更为广泛也更为及时地进入公共层面，成为公众意识的一部分。这样一种超媒体（hypermedia）的表达方式结合了文本、音响、舞台甚至影像；它不仅提供了适于自我披露（self-disclosure）的措辞、声调、音质、表情以及肢体形态等一整套话语模式，而且还使这套话语模式在观众那里被充分地接受和内化——当一位观众从塞克斯顿的读诗会上归来，

---

[1] Jeffery Conway, "The Poet Has Collapsed," p. 214.

觉得自己与诗人结为一体而感到有必要从她身上"解开"[1]时，对他而言，诗人的精神方式和生命体验便不再是一种外在或后设的资源，而恰恰是内发于他自身的真切写照。从这个角度，我们当然可以认为，塞克斯顿与观众"共同达至高潮"的企望已完满地达成——观众参与了诗人/言说者/表演者三者身份的合力循环，正是在他们的共同作用下，个人主义成为时代语境中愈加显性的一条叙事脉络。

据米德尔布鲁克对史料的掌握，塞克斯顿在二十世纪七十年代已跻身"全美最吸金的诗歌表演者"之列。[2]在摇滚乐和商品消费成为重要文化要素之际，她为二十世纪后半叶的美国诗歌打开了一个富有实验精神同时颇具活力的听觉空间，其作品内容和传播方式相得益彰。倘若说，塞克斯顿是名副其实的"自我商品化"（self-commodification）[3]的能手，那么，这种"自我商品化"也是在市场规律、诗学转型和文化语境的交互作用下塑就的。在那个网络社交平台还远远没有被预见的时代，读诗会既成为诗人展示和经营自我形象的有效媒介，也是激活并形塑受众感官体验与情感认同的重要场域。在这种局面下，诗之意义、角色难免发生变化；读诗会势必成为诗人表达诗学诉求、实现其社会期待的一种新的取径。

时至今日，音效设备的升级、舞台设计的多媒体化和高科技化，使得读诗会这一文艺机制的边界趋向模糊；诗歌文本形

---

1 See Christopher Grobe, "From the Podium to the Second Row," p. 148.
2 Diane Wood Middlebrook, *Anne Sexton: A Biography*, p. 272.
3 Jo Gill, *Anne Sexton's Confessional Poetics*, p. 129.

态的开放性和诗人身份的一兼多职（往往同时是学者、批评家、演员、视觉艺术家或摇滚明星），也使得许多被定义为"诗"的作品往往从一开始就在舞台上诞生。虽然这些与上世纪的美国读诗会活动已相隔数代，但追根溯源，传统艺术的锋芒让位于先锋艺术，高雅文化与流行文化之间的藩篱被全面拆解，这些势态在六十年代之际便已初具雏形。毫无疑问，塞克斯顿的读诗会超越了单纯的诗歌创作与分享，深刻地参与到六十年代以降的文化构型之中。而诗人在彼时所诉诸的文本形制、关心的接受语境、针对的目标受众和预设的文化功能，在今日仍不失为解读相关文艺模式的有效参照。

结语

从书页抵临现场

至少从柏拉图以降,诗人就一直处于辩护方,这也无可厚非,因为哲学家和文学批评家都不信任诗歌。然而,诗歌所希求的并不一定是信任。

朗格巴赫(James Longenbach,
The Resistance to Poetry, 2004)

2017 年 7 月,我在底特律机场落地并驱车前往安娜堡,开始了在密歇根大学为期一年的访学生活。在古雅的密歇根剧院大堂举办的迎新会上,我初次结识了密大英语系的大部分教员和研究生。我的合作教授吉莉恩·怀特尽管姗姗来迟,却适时地将我介绍给谈话小圆桌的"左邻右舍"——一位回归教职的诗人、一位自觉无药可救的编剧和一位颇具大将之风的女理论家——正是在众人郑重其事的欣叹中,我第一次领受了"塞克斯顿汉语译者"这一身份带来的虚荣与压力。有幸的是,《所有我亲爱的人》的译稿最终在这里完成,怀特除了帮助敲定十余处语言方面的疑难和困惑之外,还分享了她自己阅读塞克斯顿的愉悦与挑战,仿佛是借此向作为译者的我示以慰藉。

作为诗歌研究专家和塞克斯顿批评文献的重要贡献者,怀特对我的启迪自不待言。她的著作《抒情诗之耻》对美国二十世纪迄今的诗歌生态与批评范式提出了深刻的质疑。所谓"耻"（shame），即指蒙羞——抒情诗读来令人羞惭，被认为是"唯我主义"（egotism）（因而是次级）的诗歌类别，这种观念往往在抒情诗的接受过程中产生，并回射而投附于作品本身，以至在各个时期形成了程度各异的反抒情诗（anti-lyric）立场。怀特认为，从二十世纪三十年代到九十年代末，这种可被称为"抒情诗之耻"（lyric shame）的阅读情绪塑造了美国诗歌的美学样态，不仅牵制着诗人的创作，也决定了人们将何者视为一首成功的诗。

在分章历数不同诗人如何携带和回应"抒情诗之耻"的复杂诗学实践中，怀特充分强调了一个世纪以来诗歌创作与批评意识的交缠相错——"曾经将一首诗与其批评解读相互隔开的那个空间坍塌了"，诗人的创作不仅包含着内化了的批评意识，且对参与批评建构有着一系列的自觉探索，因而这些诗歌作品绝非一个未经学术话语染指的空间。

怀特这些思想与讨论，对于本书研究的促动是双重的：一方面，怀特从她的视点出发，支撑着我（首先作为一名诗歌读者）在感官上的直觉，印证了我所试图名状的塞克斯顿诗学的悖谬性。这悖谬性是多面向的，但总是不断回落到两个焦点上，即诗体意义上自传与非自传的矛盾，以及文本织体上线性叙事与潜意识碎片的对立。对此，怀特虽未直面回应，但对诗人创作中的强烈自反性，我们的敏感是共有而相通的。此外，依赖她浸润其间的学养优势，怀特点化出当代美国诗学与其所属的英国批评母体之间的脉络性,这一点时常触发我回视西方十九世纪以来诗歌批评的多线性里程——与诗歌批评相伴生的,实则是对批评的批评。而尽管我在本书中未能涉笔于比新批评派更为久远的批评话语,但我深知,涌动在新诗与新批评派对话背后的实则是近两个世纪以来英语诗评史的主题与经验。这并非夸大其词,启蒙主义之后才有了现代意义上的抒情诗(Lyric)概念,对这一概念的认知和解释存在于每一代诗人的意识中,也隐蔽在他们的创作中,以至于他们时常就是这些概念衍化过程的对象本身。正因如此,作为全书的结语部分,我将简略回顾英语抒情诗流变的几个重要场景与历史节点,希望由此分享本书遗留的一些问题,并尽可能地让塞克斯顿研究前景与背景中的一些未经说明的空间变为可见。

一八三三年,英国批评家密尔(John Stuart Mill)在《何谓诗歌》一文中对诗歌本质做出厘定,此文成为十九世纪英美抒情诗理论生成的重要环节。在文中,诗之为诗的标准以"独语"(soliloquy)[1]为核心得到阐扬,即要求诗人与读者双双达至独语的状态而对彼此漠然不认。密尔提出,"诗歌乃(诗人)独处时情感的自语自言",而一位理想读者是"无意中听取"(overheard)了诗歌。[2] 通过勾勒出一则双向回避的言说契约,密尔界定了抒情诗的独属范畴,也为诗歌与其他艺术的分野提供

---

[1] John Stuart Mill, "Thoughts on Poetry and Its Varieties" (Part I), in *The Crayon*, Volume VII, April, 1860, Part IV. p. 95.

[2] John Stuart Mill, "Thoughts on Poetry and Its Varieties"(Part I), p. 96.

了形象化的参照。

众所周知，密尔诗论本源于浪漫主义的诗学信条。1800 年，华兹华斯在著名的《抒情歌谣集》第二版序言中提出"诗歌是强烈情感的自然流露"，由此揭开了文学批评观念的重要转向，即艾布拉姆斯称之为"表现说"的批评倾向。[1]一首诗的产生不再以模仿为目的，也不以教益为诉求，而是受驱于诗人展露个人情感的迫切渴望。"表现说"强调了诗人的表达特权，承认诗歌是诗人心灵的外化及情感活动的总体体现。而在《抒情歌谣集》问世三十余年后的《何谓诗歌》中，密尔沿用了这一原则，将诗歌定义为"情感（feeling）的表露"。如此，以叙事性为主导的史诗、政治诗、哲理诗、教谕诗乃至谣曲等诗体——凡是含有模仿、思辨而非纯粹以情感表现为目的的作品都被视为诗歌的次级甚或反面。正如韦勒克（Rene Wellek）总结，密尔所认可的诗歌"非但不传播科学真理，甚至也不描绘客体或记叙事件"。[2]

这样一种对诗歌高等形式的预设，一方面规定了诗歌言说的主题，另一方面也造成了诗歌的自我闭环模式。密尔声称，诗歌与雄辩（eloquence）近似，两者的构成都是情感和激情；但区别在于"诗歌是独处时因沉思而产出的自然果实。雄辩则是与外界交互的结果"[3]。理想的抒情诗应竭尽所能地回避读者，

---

[1] M.H. 艾布拉姆斯：《镜与灯——浪漫主义文论及批评传统》，郦稚牛等译，北京：北京大学出版社，2015 年，第 21 页。

[2] 雷纳·韦勒克：《近代文学批评史》（第三卷），杨自伍译，上海：上海译文出版社，2009 年，第 176 页。

[3] John Stuart Mill, "Thoughts on Poetry and Its Varieties"(Part I), p. 95.

这与浪漫主义将诗人与天才神祇相匹的乌托邦理念相吻合。然而，诗人成为审美优劣的决裁者和词语规范的制定者，却无法真正将读者在场的问题弃之不顾——"即便像密尔这样将抒情诗奉为最高理想的人，也很清楚自己要求抒情诗漠视读者的做法是有破绽的"[1]。事实上，宣称"所有诗歌都具有独语性质"的密尔仿佛预见了这一定论可能招致的反驳，便在文章后补充道："印刷在热压纸上并于书店出售的诗歌，是一种盛装打扮并登上舞台后的独语。"[2]

如果说十九世纪的"独语"概念仅仅是一种理想化的憧憬，那么，这一憧憬到了二十世纪却被不假思索地继承下来，成为英语诗歌批评规范与实践的真正索引。值得留意的是，此时抒情诗的自我闭环模式被识别为诗歌总体的写作范式，其概念逐渐异化，"抒情诗"几乎成为"诗歌"（Poetry）这一总称的别名。

一般认为，英美新批评派对上述发生难逃其责。成员构成复杂的新批评派固然在内部有着颇多分歧，且经历了不同时段的演化，但在诗学方面对"独语"说的一脉相承却有目共睹。他们的扛鼎之作《理解诗歌》（1938）使得"脱离生平和传统文学史来推究一首诗……变成了美国学院和大学文科教学的一个重要创新"[3]。可以想见，将作品"看成一个总体、一个完形、一

---

[1] Virginia Jackson and Yopie Prins, ed., *The Lyric Theory Reader: A Critical Anthology*, Baltimore: Johns Hopkins University Press, 2014, p. 4.
[2] John Stuart Mill, "Thoughts on Poetry and Its Varieties"(Part I), p. 95.
[3] 雷纳·韦勒克：《近代文学批评史》（第六卷），第 272 页。

个格式塔，一个整体"[1]的新批评派，较之密尔更甚地倾向于非历史化（ahistorical）的认知视点——著名的《意图谬误》（1946）和《情感谬误》（1948）代表了这种倾向的极端化[2]。

众所周知，新批评派倡导文本细读法，而将此法施用于一首诗的前提便是承认诗人与诗歌言说者（speaker）的分立。新批评派反复训诫读者，诗中发出声音的是言说者，而非诗人本尊。正如"细读"这一术语的发明者布劳尔（Reuben Brower）的著名喻示："我们在抒情诗中听到的声音，无论多么真切，都不会出自济慈或莎士比亚本人之口"[3]。如是，密尔诗论中的"独语"理想被推衍为诗人声音的"真空化"（或曰"中介化"——诗人与读者之间的听觉连通被言说者这一中介切断）。读者对文本声音的关注由此从诗人身上退离，转而投聚于言说者；或者说，读者听取诗人声音的共时性被取消——在新批评派的理念变体中，深掩于言说者面具之下的诗人是一个被抽空乃至噤声的幽魂。可以想见，"言说者模式"的确立，即对言说者语音、语调的辨认带动了阐释技法的不断进阶，使得诗歌阅读被精细化为一套便于操作和传授的规范流程。但是，对读者而言，诗歌文本的生产者变得抽象和绝对化了，诗歌成了某种受技法提

---

[1] 雷纳·韦勒克：《近代文学批评史》（第六卷），第274页；而且新批评派的一个重要共识是将文学批评范式化和科学化，为此，他们试图"从文学内部去为批评寻找一种观念框架"，而不是"使批评隶属到文学以外的形形色色的框架上去"。见诺思罗普·弗莱：《批评的解剖》，陈慧等译，百花文艺出版社，2006年，第8页。
[2] 两篇文章的主要核心在于，既杜绝从诗的生产过程中推演心理学或传记式批评，同时也切断了诗在后续接受过程中所可能引发的任何印象主义的联想。
[3] Reuben Arthur Brower, *The Field of Light*, New York: Oxford University Press, 1951, p. 150.

纯的物理对象。不仅如此,由于诗人的直接声音被取消,诗歌审美的书面化势必成为唯一的主导,这种视觉对其他感官(尤其是听觉)的绝对凌驾,经由美国高校课堂的学制化训练,成了最为典型的文学批评与学术阅读方式。

正如《抒情诗理论读本》的编者杰克逊(Virginia Jackson)与普林斯(Yopie Prins)二人断言:"更准确地说来,抒情诗是现代文学批评从十九世纪取用并加以发明的一项伟绩。"[1] 十九世纪的"独语"论,在二十世纪被"发明"为由超验性主体建立的一种话语方式。这种话语方式是非历史的、脱离语境且自我专注的,因其背对观众的特权而向着任一说话。这一诗歌的普适性叙事固然不能归结于密尔一位学者或新批评单个流派,但确实在他们的构成与序列关系中获得凸显。

不过,这种序列关系在二十世纪中叶被急剧改写了。作为新批评派的继承者、阐释者和叛离者,新一代诗人反身迎向读者大众——即那些独一无二的、具体的"你"之复数。人们转变了生活态度和行动理念。诗人创作的历史境况与社会机遇在密尔那里形同虚设,如今却成为解读诗歌无法绕开的索引与参照。普适主义的神话破灭了,严格意义上的同一性和大叙事显得言不由衷。正如诗人克里利(Robert Creeley)对新批评派诗歌的反思:"诗歌已经变得和汽车差不多……成为一种模式化和先验性的假设,一种超脱了此时此地写作的、可以习得的权威

---

[1] Virginia Jackson and Yopie Prins, ed., *The Lyric Theory Reader: A Critical Anthology*, p. 2.

方法。"[1] 对此，新一代诗人尝试摆脱普适主义戒律，将诗歌直率地对接于自我生活与个人体验。无论在写作、阅读还是学术评判的环节，作者与读者都开始被复原为具体的个人。而新批评派理念中失落其历史维度的言说者，亦复现为特定时空交结处的个体，其声音与形象往往通过与诗人本人相认同而变得可感可触。在此方面，自白派可以说是最趋极致的示例，诸如塞克斯顿等诗人前所未有地取消了作者与言说者之间的距离，以真实的自我及其可供考证的个人经历入诗。一首诗因而成为某种意义上的自传性写作：既有洛威尔与斯诺德格拉斯对于自己婚姻变故的诘问和家庭往事的怨怼，也有普拉斯和塞克斯顿所亲历的女性体验的焦灼涌现，更有这几位诗人所共享的、在现实生活中遭遇精神崩溃的全线记录。

事实上，在"二战"后，诸如"独语"和"自语自言"等论调逐渐被视为一种可疑的乃至有损于文学人本精神的"一面之词"而遭到诟病。诸如巴赫金对抒情诗的著名批判认为，抒情诗乃反社会之物，因为它表现为"始终压制着另一半对话的一元逻辑和一元声音"[2]，这种观点揭示出"独语"的核心逻辑与资本主义霸权文化之间的同构性，由此引发的激进呼应不难想

1　Robert Creeley, *A Quick Graph: Collected Notes and Essays*, San Francisco: Four Seasons Foundation, 1970, p. 42.

2　Qtd. in Donald Wesling, *Bakhtin and the Social Moorings of Poetry*, Bucknell University Press, 2003, p. 11. 韦斯林指出，只要言说存在，它就始终将诗歌维系于社会。因此，该书的核心逻辑依附于巴赫金探讨小说时得出的哲学结论"当处于某一言说情境中时，任何一种表述都是对另外一种表述的回应"，试图以之来印证抒情诗中同样存在的对话性冲突（conflict-in-language）。

象。另一方面，彼时英美学界对法国学术热点的引进与借重，亦唤起人们对抒情诗机制中诗人与读者关系的反思。[1] 二十世纪七十至八十年代，美国语言派诗歌运动（Language Poetry）的一个重点便是抨击这种"新批判派主张的、自行其是的抒情诗话语模式"，他们的理由是，抒情诗"将'自我'描绘成创作实践的中心和终极术语"[2]，诗歌的声音因"与诗人之一己之声苟合"而"无法参与社会性书写"[3]。为此，语言派的整体策略是将后结构主义学说引入诗歌，有意阻坏第一人称简明流畅的的声音线性，以此增强文本中的复调编码[4]，使之充盈着回味和言外之意。

渴望营造具有涵容性的多声部文本形态，这是从二十世纪末迄今诗歌实践的整体趋向。如果说十九世纪以来的抒情诗往往刻意淡化或规避外部的历史背景，那么，有越来越多的学者意识到这种"自指性"与"闭合性"的危机所在，并尝试还原种种外部因素，以此补足诗歌在创作和接受过程中未经勾勒

---

1 比如对"独白"最具解构意味的是罗兰·巴特的《作者之死》，该文被引译至英语世界是在 1967 年。基于结构主义有关"去主体中心化"的核心视角，巴特明确宣布"作者"的概念不再有效："作者"既非占据主导，也非先于文本存在，而是与书写过程共同诞生的语言之载体；与此同时，对"作者一元论"的消解意味着读者的真正出场。see Roland Barthes, "The Death of the Author," p. 142–147.

2 Ron Silliman, Bob Perelman, Lyn Hejinian et al., qtd. in Jennifer Ashton, "Poetry of the Twenty-First Century: The First Decade," in Jennifer Ashton, ed., *The Cambridge Companion to American Poetry Since 1945*, Lewisburg: Cambridge University Press, 2013, pp. 216–228.

3 See Gillian White, *Lyric Shame*, pp. 108–109.

4 McGann 指出语言派的关键诗人伯恩斯坦（Charles Bernstein）作品中拥有一种"阅读编码的呈现与特质"，see Jerome McGann, *The Point is to Change It: Poetry and Criticism in the Continuing Present*, Tuscaloosa: University of Alabama Press, 2007, p. 97.

的社群关系。诸如詹金斯（G. Matthew Jenkins）和伍兹（Tim Woods）二人，都是以阿多诺和列维纳斯等人的学说为棱镜，审视诗歌向"他者"敞开的伦理维度，这在一定程度上弥合了自柏拉图以降诗与伦理的暧昧裂隙。两位的著作[1]有着颇多交集，都暗示了抒情诗所势必面对的社会问题：如种族与移民、经济不平等、人权失责等。通过梳理美国现当代的抒情诗谱系，他们将诗歌的重要性定位于以多元话语为特征的伦理取向，从而对抒情诗尊重异见者的诗学价值加以确认。又如学者尼伦（Christopher Nealon）认为，上世纪以来的英语诗歌写作实际上都是以资本主义的动态和影响——"尤其是资本主义对个人、社区和文化的影响"为素材和关注点的，这一点并不限于左翼作品。通过指明抒情诗与资本主义话语间的对位关系，尼伦辨认出始终内蕴于抒情诗中的历史力量与文化策略。此外，在纠正诗歌本体论方面更具代表性的，是杰克逊的著作《狄金森的苦恼》（*Dickinson's Misery*）。按照杰克逊自述，她希望"找到一种进入抒情诗体裁的方式，以取代人们看待抒情诗时的单一观念（a singular idea of the lyric,），以及将抒情诗视为单一声音的观念（an idea of the lyric as singular）"[2]，为此，该书提出一个问题以作示例：当后人试图整理狄金森遗作并编录其诗歌全集时，

---

[1] 见《诗学责义：1945年后美国实验性诗歌的伦理》（*Poetic Obligation: Ethics in Experimental American Poetry after 1945*）和《限制的诗学：现当代美国诗歌的伦理与政治》（*The Poetics of the Limit: Ethics and Politics in Modern and Contemporary American Poetry*）。

[2] Virginia Jackson, *Dickinson's Misery: A Theory of Lyric Reading*, Princeton: Princeton University Press, 2005, p. 235.

诗人生前在信纸、广告单、便条、邮票背面、购物清单乃至压制树叶上的速写——凡此种种有意无意的手迹，是否应当被视为诗歌创作？这个看似留给出版商和研究者的问题，实则道出了一个从"独语论"以来长期被遮蔽的事实，即"抒情诗"这一被净化了的概念背后，其实存在着纷繁复杂的语境条件。

这方面的著述不胜枚举，仅以上述几例浅作说明。事实上，贝克（David Baker）曾不乏机巧地提出，抒情诗无需为其对隐私的保守而感到有愧于我们，因为"这种隐私实则是一种我们都参与其间的社交行为"[1]。这种对隐私与社交的辩证反转，既是对密尔"独语"观点的解构式续写，同时也体现了当代学者对抒情诗现状的确切体认。在二十世纪中叶新诗创作的革命性展演中，诸如塞克斯顿这样的诗人不仅出现在作品中，成为言说的主题本身，而且还来到聚光灯下，对观众的目光报以回视。诗人迫切地渴求观众，诗歌变为一种依赖于互动语流的戏剧性场合，这也是当代诗歌的总体语境。换言之，抒情诗所内蕴的公开展演本质已趋显性，这不仅仅因为诗歌在发行、售卖和跨时代传播时必然历经更新，而且也因为二十世纪中叶以来，新的媒介文化构型为诗歌走向公众提供了史无前例的丰富契机——本书希望在讨论塞克斯顿的肖像意识与读诗会表演两种主题中，已为这一点提供了恰切的例证。我们看到，诗歌俯身在新的地平线上，迎向更复杂也更即时的现实语境，成为一个

---

1 David Baker, "'I'm Nobody': Lyric Poetry and the Problem of People,'" in David Baker and Ann Townsend, eds., *Radiant Lyre: Essays on Lyric Poetry*, Saint Paul: Graywolf Press, 2007, p. 205.

不断受着社会经济文化冲击与公众形塑的话语空间，一个我们皆浸淫其中的空间。

还记得在编号398的研讨课上，怀特如一位真正的引航员带领着十多个学生，在帮助他们历览美国诗歌巡程之际，也训练大家熟习诗歌批评的表述体系。在长达数月的相处中，课室窗外几乎没有一次不伴着安娜堡阴郁的冬雪。但是怀特以她睿智过人的风度、敏捷雅致的解说和对诗文极富感染力的投入，令这一讨论空间张弛有度，其内部总是集聚着温馨。以"个人化"作为衡量，这门课对二十世纪直至当下的美国诗歌展开了反观和追问，其中细读的诗人，面幅十分广阔。有一次，当我们在课上以"后个人主义"话题切入兰金（Claudia Rankine）的诗集《公民》（*Citizen*）并通过书中标明的链接，收看了一段由诗人与其丈夫共同制作的网页视频后，即得知诗人将在两日后于密歇根剧院开展一场对谈。与谈者们将围绕《公民》同名舞台剧的改编，探讨以剧场形式表现"种族交锋"的可能性。当然，这场对谈并非为了配合我们的课程而设，但是，面对诗人（也是制作视频的影像艺术家）从书页的阈限中跳脱而成为一个现场的对话者，这种经验如果还谈不上奇巧，起码有着强烈的象征意义：诗人正从词语的囚形中抵临现场，诗与别种艺术的互动正在激起新的美学能量，而当下的公众与城市文化机构也越来越胜任地成为这种诗歌记忆现场的勘探者和筑造师。

事实告诉我们，为了理解诗歌，不仅要去课堂和图书馆，还应该走进书店、剧院和美术馆。抵临现场是有别于阅读的另一种至福。就像当年在临别的晚宴后,怀特擎着电筒引领我,一起散步造访诗人卡森(Anne Carson)在安娜堡半年一住的家。尽管彼时正值卡森在纽约居住的夏令时,但是,夜幕之下,那座大理石别墅轮廓简绝,令刚刚读完《玻璃、反讽与上帝》(*Glass, Irony and God*)的我感受到仪式节庆般的完满。

回国后,得益于译作问世,我开始在课堂中引入塞克斯顿并将其作为细读的单元之一。学生和许多其他读者的反馈使我回忆起,初读塞克斯顿时我自己所感到的痴迷和惊奇。她教你勘探自我的泉井,在原生家庭的泥沼中寻觅恰切的字眼;她描画出女性的生理和情爱图谱,为如今的诗人们攻下属于禁区的领地;她说起性、死亡、信仰、药瘾、抑郁症,伴随着数不胜数的新英格兰故事。而这些,诗人有时是躲在波德莱尔昏朦的碎片后、有时是拿捏着惠特曼布道者的气量写就的……为什么塞克斯顿在今天仍然打动读者?为什么许多年轻人在谈论她时如同在借鉴一份慷慨的个人宣言?正像我在一次题为"诗歌与疗愈"的分享会中自问道,抑郁症与原生家庭的问题是不是塞克斯顿点燃读者接应的重要引线?

可能是,也并不全是。

在多重意义上,塞克斯顿涤除了读者对诗歌的疏离感。通过对个人秘事的献祭式自白,她首先令抒情诗的表述范式发生了改变。不仅如此,在二十世纪后半叶的美国诗坛,她以前所未有的深度将个人肖像的摄制引入诗学表达,并尝试在音乐和表演方面锻造新的诗学能量。作为一名写作者,塞克斯顿与时代特性和公众期待所达成的嵌构性与融洽感，为彼时其他诗人所不及。正是从存世的照片、音频和视频——一个现时的平行世界里，我们得以拥抱她的声音和影像。她使我们看到，诗人越是将其隐私让渡给公众，其声音的可辨识度就越得到巩固；而外在力量与社会关系始终在操纵和量度着诗歌的生产和接受过程，使得我们对一首诗的解读注定是具体情境下状况各异的误读。

无论如何，塞克斯顿对新媒介的开放态度、对受众关系的努力探索（尽管并不一定舒适）、对诗歌运营生态的敏感体察，都成为她身后文学景观异变的序言：曾经独抒己见、目视高洁的抒情诗正在敞开为与读者共生互动的艺术综合品；诗人身份成为可供消费的文化产品和文学意象的一部分——这或许也是自媒体不断涌现而网络社交盛极一时的今天，塞克斯顿尤让我们觉得亲近的原因之一。

想必任何研究最初都源于个人志趣。我对塞克斯顿的阅读，既有感于心性与文字的相契，更伴随着漫长的学术投入。十多年来，她的复杂多态是逐步向我敞开的，正如一处丰美的多地貌集结，每每将新的晶粒层裸露在我的面前。或许正因如此，每一项研究计划的完成都从未导向真正的完结——塞克斯顿似乎无法完结，她虽是我硕博论文早就开始的研究对象，但直至本书，我所建立的论题结构与试图呈现的批评叙事已与过去判然不同。这里，我应该感谢恩师吴笛教授，是他最初鼓励我跟随兴之所至，对研究对象的执着持续至今。

希望本书令人愉悦地展示了诗歌内外的关系，不仅从书页抵临现场，而且也返回身去，将感官接收到的美学质地，赋形于句段间的思辨。作为研究者，我希望始终置身于历史的复杂矩阵中，以协商者的目光来阅读和探讨文本。塞克斯顿的诗语生气淋漓、难以命名，我不能说经由本书，所有的困惑都已迎刃而解，但用心说出困惑本身已令我甘之如饴。

斯坦纳曾说，"利用风格，批评反过来或许能够变成文学"[1]，对此，我视为无法拒绝的志言。塞克斯顿曾长时间地占据我批评写作的重要位置。某种意义上，正是在她的目视下，我逐渐协调对作品的"所知"与"所感"，在种种变化着的观察状态和写作抱负中习得、成长。在看似专一入深的研究过程中，我从认识一位诗人，变为理解了诗歌的目的，领会了诗人的意义——因为她即是通道和示例。

本书各章内容多由我近年撰写的论文修改扩充而成。这些论文记录了我在 2016 年幸获国家社科基金青年项目立项后，就塞克斯顿诗学所生发的一系列新的思考。这些论文的逐次发表，亦是我在研究过程中逐步转换视点的缩影。感谢给予支持和肯定的《外国文学评论》《外国文学》《外国文学研究》《读书》《书城》《上海文化》等期刊。近年来，我开始关注跨媒介的批评方法，试图以这种诠解模式向诗歌批评的先驱惯例告别，而以上期刊的不吝认可与赐教，在某种意义上成全了这场告别。

---

1 乔治·斯坦纳：《乔治·卢卡奇与他的魔鬼契约》，载《语言与沉默》，第 374 页。

在众多不知名的匿审之外，尤其要感谢魏然编辑，他曾为《"上镜之机"：安妮·塞克斯顿的肖像意识与自我反观》《诗作为一种展演——论安妮·塞克斯顿对"新批评"的扬弃》两篇论文提出宝贵的修稿意见。由于学术期刊的属性使然，他也替我改去了稿件中的许多表述与措辞，使它们阅读起来更为"平顺"。当然，我希望在本书中，更为丰富的词群与更为空灵的语法被再次召唤和保留下来了，这也是我在修改书稿时每每感到的乐趣之一。

此书的出版，离不开肖海鸥女士的慷慨襄助，李若兰编辑的细心审读也使我获益匪浅；此外，我的学生宋海逸在最初统稿时曾帮助完善注释格式；舒博则在成稿后再次核对引文的出处页码；还有责编余静双女士在最后成书的诸项事宜间的辛劳付出，在此向她们一并致谢。十多年来，塞克斯顿不断将新的师友带到我的身边，且每每使我觉得一见如故。感谢唐小兵、胡桑、赵松、汪天艾、李双志、张博、张定浩、李铁等前辈和挚友，在和他们的相处中，塞克斯顿曾是萦绕不去的话题；也是他们的鼓励和爱护，以及对诗歌抱有的坚笃的信任，使我在写作这本小书时拥有了"率性而为"的勇气。

对于本书必然遗存的粗疏与错漏，敬请读者诸君批评指正。我真诚期待，本书能将读者的兴致向诗歌原文回引——正是在那个她允许我们同在的处所中，塞克斯顿与我们交谈，语声经久不息。

参考文献

英文

Adatto, Kiku. *Picture Perfect: Life in the Age of the Photo Op*. new ed., Princeton: Princeton University Press, 2008.

Ashton, Jennifer, ed. *The Cambridge Companion to American Poetry Since 1945*. Lewisburg: Cambridge University Press, 2013.

Baker, David, and Ann Townsend, eds. *Radiant Lyre: Essays on Lyric Poetry*. Saint Paul: Graywolf Press, 2007.

Barthes, Roland. "The Death of the Author." *Image-Music-Text*. Trans. Stephen Heath. New York: Hill and Wang, 1978.

Blanchot, Maurice. *The Space of Literature*. Trans. Ann Smock. Lincoln: University of Nebraska Press, 1982.

Brooks, Cleanth, and Wimsatt W.K.. *Literary Criticism: A Short History*. New York: Knopf, 1957.

Brower, Reuben Arthur. *The Field of Light: An Experiment in Critical Reading*. New York: Oxford University Press, 1951.

Colburn, Steven E.. *Anne Sexton: Telling the Tale*. Ann Arbor: University of Michigan Press, 1988.

Creeley, Robert. *A Quick Graph: Collected Notes and Essays*. Ed.

Donald Allen. San Francisco: Four Seasons Foundation, 1970.

Fitzpatrick, James. "Anne Sexton, Aesthetics, and the Economy of Beauty." http://www.lambdaliterary.org/sandbox/features/oped/05/23/anne-sexton-aesthetics-the-economy-of-beauty/ [2018-11-8]

Folsom, Ed. "'This Heart Geography Map' The Photography of Walt Whitman", in *The Virginia Quarterly Review*, Spring 2005, pp.6-15.

Furr, Derek. *Recorded Poetry and Poetic Reception from Edna Millay to the Circle of Robert Lowell*. New York: Palgrave Macmillan, 2010.

George, Diana Hume. "How We Danced: Anne Sexton on Fathers and Daughters." *Women's Studies,* 1986, Vol.12, Gordon and Breach Science Publishers, Inc, pp.179-202.

George, Diana Hume. *Oedipus Anne: The Poetry of Anne Sexton*. Urbana: University of Illinois Press, 1987.

Gill, Jo. *Anne Sexton's Confessional Poetics*. Gainesville: University Press of Florida, 2007.

——, "Narcissism in Anne Sexton's Early Poetry", *Twentieth Century Literature*. Hofstra University, Vol.50, No.1, Spring, 2004, pp.59-87.

Golden, Amanda, ed. *This Business of Words: Reassessing Anne Sexton*. Gainesville: University Press of Florida, 2016.

Gullans, Charles. "Poetry and Subject Matter: From Hart Crane to Turner Cassity." *The Southern Review*, spring, 1970.

Hall, Caroline King Barnard. *Anne Sexton*. Twayne Publishers, 1989.

Hartman, Geoffrey. "Les Belles Dames Sans Merci." *The Kenyon Review*, XXII.4 Autumn, 1960, p. 696.

Hedley, Jane. *I Made You to Find Me: The Coming Age of Woman Poets and the Politics of Poetic Address*. Columbus: Ohio State University Press, 2009.

Hejinian, Lyn. *Language of Inquiry*. Oakland: University of California Press, 2000.

Ingersoll, Earl G., et al. eds., *The Post-Confessionals: Conversations with American Poets of the Eighties*. Madison: Fairleigh Dickinson University Press, 1989.

Jackson, Virginia, and Yopie Prins, eds. *The Lyric Theory Reader: A Critical Anthology*. Baltimore: John Hopkins University Press, 2014.

Jackson, Virginia. *Dickinson's Misery: A Theory of Lyric Reading*. Princeton: Princeton University Press, 2005.

Jenkins, G. Matthew. *Poetic Obligation: Ethics in Experimental American Poetry after 1945*. Iowa City: University of Iowa Press, 2008.

Jones, Saeed. "All the Prett Ones." http://www.lambdaliterary.org/features/oped/05/24/all-the-pretty-ones/ ［2018-11-8］

Lacan, Jacques. *Ecrits: A Selection*. Trans. Alan Sheridan. London and New York: Routledge, 1977.

Leighton, Angela. *Hearing Things*: *The Work of Sound in Literature*. Cambridge: The Belknap Press of Harvard University Press, 2018.

Lowell, Robert. "National Book Awards Acceptance Speeches." https://www.nationalbook.org/robert-lowells-accepts-the-1960-national-book-awards-in-poetry-for-life-studies/ [2019-2-14]

Marx, Patricia, and Anne Sexton. "Interview with Anne Sexton." *The Hudson Review*, Vol. 18, No. 4 (Winter, 1965-1966), pp. 560-570.

McClatchy, J.D. ed. *Anne Sexton: The Artist and Her Critics*. Bloomington: Indiana University Press, 1978.

McGann, Jerome. *The Point is to Change It : Poetry and Criticism in the Continuing Present*. Tuscaloosa: University of Alabama Press, 2007.

McGowan, Philip. *Anne Sexton and Middle Generation Poetry: The Geography of Grief*. Westport: Greenwood Publishing Group, 2004.

Middlebrook, Diane Wood. *Anne Sexton: A Biography*. Boston: Houghton Mifflin, 1991.

Mill, John Stuart. "Thoughts on Poetry and Its Varieties" (Part I) *The Crayon,* Volume 7, April 1860, Part 4. pp.93-97.

Nealon, Christopher. *The Matter of Capital: Poetry and Crisis in the American Century*. Cambridge: Harvard University Press, 2011.

Oates, Carol Joyce. "Private and Public Lives." *University of Windsor Review*, Spring, 1970, p.107.

Oliphant, Dave. ed. *Rossetti to Sexton: Six Women Poets at Texas*. Austin: Harry Ransom Humanities Research Center/University of Texas at Austin Press, 1992.

Orr, David. *Beautiful and Pointless: A Guide to Modern Poetry*. New York: Harper Collins Publishers, 2011.

Orr, Gregory. "Post-Confessional." *Columbia History of American Poetry*. Eds. Brett Miller and Jay Parini, New York: Columbia University Press, 1993.

Ostriker, Alicia. "Review of Oedipus Anne: The Poetry of Anne Sexton by Diana Hume George." *The New England Quarterly,* Vol.60, No.4 (Dec.,1987), pp.652-656.

Parini, Jay, ed. *The Oxford Encyclopedia of American Literature* (Volume 4), Oxford: Oxford University Press, 2004.

Phillips, Robert. *The Confessional Poets*. Carbondale: Southern Illinois University Press, 1973.

Rosenthal, M.L. "Poetry as Confession." *The Nation*(189), September 19,1959.

Salvio, Paula M. *Anne Sexton: Teacher of Weird Abundance.* State Uiversity of New York Press, 2007.

Sexton, Anne. *Anne Sexton: A Self-Portrait in Letters*. Ed. Linda Gray Sexton and Lois Ames, Boston: Houghton Mifflin, 1977.

——, *The Complete Poems.* Ed. Maxine Kumin, Linda Gray Sexton, Boston: Houghton Mifflin, 1981.

——, *Love Poems*. Boston: Houghton Mifflin, 1989; London: Oxford University Press, 1989.

——, *No Evil Star*. Ed. Steven E. Colburn, Ann Arbor: University of Michigan Press, 1985.

Sexton, Linda Gray. *Searching for Mercy Street: My Journey Back to My Mother. Anne Sexton,* Boston: Little Brown & Company, 2011.

Sherwin, Miranda.*"Confessional" Writing and The Twentieth-Century Literary Imagination*. Palgrave Macmillan, 2011.

Skorczewski, Dawn M. *An Accident of Hope: The Therapy Tape of Anne Sexton*. Routledge, 2012.

Stanislavsky, Konstantin. *Stanislavsky on the Art of the Stage*. Ed. David Magarshack. New York: Hill and Wang, 1961.

Stewart, Susan. *On Longing: Narratives of the Miniature, the Gigantic, the Souvenir, the Collection*. Baltimore: Johns Hopkins UP, 1992.

Swenson May. "Poetry of Three Women." *The Nation*, 196.8,1963, p.165.

Vendler, Helen. *The Music of What Happens*. Cambridge: Harvard University Press, 1988.

——, *Given and Made: Strategies of Poetic Redefinition*. Cambridge: Harvard University Press, 1995.

Wagner-Martin, Linda, ed. *Critical Essays on Anne Sexton,* Boston. Mass.: G.K. Hall, 1989.

Wesling, Donald. *Bakhtin and the Social Moorings of Poetry*. Lewisburg: Bucknell University Press, 2003.

White, Gillian. *Lyric Shame:The "Lyric" Subject of Contemporary American Poetry*. Cambridge: Harvard University Press, 2014.

Wicke, Jennifer. "Epilogue: Celebrity's Face Book", Spec. issue of *PMLA* 126.4 (Oct. 2011), p.1133.

Woods, Tim. *The Poetics of the Limit: Ethics and Politics in Modern and Contemporary American Poetry*. London: Palgrave Macmillan, 2002.

中文

艾布拉姆斯，M.H.：《镜与灯 —— 浪漫主义文论及批评传统》，郦稚牛等译，北京：北京大学出版社，2015年版。

波德莱尔，夏尔：《人造天堂》，郭宏安译，北京：生活·读书·新知三联书店，2009年版。

《巴黎评论·诗人访谈》，美国《巴黎评论》编辑部编，明迪等译，北京：人民文学出版社，2019年版。

伯特，斯蒂芬妮：《别去读诗》，袁永苹译，北京：北京联合出版公司，2020年版。

丹尼尔，贝尔：《资本主义文化矛盾》，严蓓雯译，南京：江苏人民出版社，2012年版。

迪克斯坦，莫里斯：《伊甸园之门：六十年代的美国文化》，方晓光译，南京：译林出版社，2007年版。

弗洛伊德：《梦的解析》，方厚升译，济南：山东文艺出版社，2019年版。

福柯，米歇尔：《性史（第一、二卷）》，张廷琛等译，上海：上海科学技术文献出版社，1989年版。

弗里德里希，胡戈：《现代诗歌的结构：19世纪中期至20世纪中期的抒情诗》，李双志译，南京：译林出版社，2010年版。

杰姆逊：《后现代主义和文化理论》，唐小兵译，北京：北京大学出版社，1997年版。

戈登，埃德蒙：《卡特制造》，晓风译，南京：南京大学出版社，2020年版。

吉尔伯特，桑德拉、古芭，苏珊：《阁楼上的疯女人（下）》，杨莉馨译，上海：上海人民出版社，2015年版。

盖伊，彼得：《现代主义：从波德莱尔到贝克特之后》，骆守怡、杜冬译，南京：译林出版社，2017年版。

海德格尔，马丁：《林中路》（修订本），孙周兴译，上海：上海译文出版社，2008年版。

惠特曼，沃尔特：《草叶集》，楚图南、李野光译，北京：人民文学出版社，1988年版。

卡尔维诺，伊塔诺：《论童话》，黄丽媛译，南京：译林出版社，2018年版。

克里斯蒂娃，朱丽娅：《反抗的意义和非意义》，林晓等译，长春：吉林出版集团有限责任公司，2009年版。

李银河：《女性主义》，上海：上海文化出版社，2018年版。

米沃什，切斯瓦夫：《米沃什词典：一部二十世纪的回忆录》，西川、北塔译，桂林：广西师范大学出版社，2014年版。

热勒纳，菲利普：《自传契约》，杨国政译，北京：北京大学出版社，2013年版。

塞克斯顿，安妮：《所有我亲爱的人》，张逸旻译，北京：人民文学出版社，2018年版。

莎士比亚，威廉：《莎士比亚全集》，朱生豪译，南京：译林出版社，1998年版。

斯坦纳，乔治：《语言与沉默：论语言、文学与非人道》，李小均译，上海：上海人民出版社，2013年版。

托多罗夫，茨：《关于〈彩画集〉》，《彩画集》，王道乾译，上海：上海译文出版社。

泰勒，查尔斯：《本真性的伦理》，程炼译，上海：上海三联书店，2012年版。

特里林，莱昂内尔：《诚与真》，刘佳林译，南京：江苏教育出版社，2006年版。

韦勒克，雷纳：《近代文学批评史》，杨自伍译，上海：上海译文出版社，2009年版。

伍尔夫，维吉尼亚：《一间自己的房间》，于是译，北京：中信出版集团股份有限公司，2019年版。

威尔森，埃德温、戈德法布，阿尔文：《戏剧的故事》，孙菲译，北京：北京联合出版公司，2016年版。

亚里士多德、贺拉斯：《诗学·诗艺》，郝久新译，北京：中国社会科学出版社，2009年版。

伊格尔顿：《如何读诗》，陈太胜译，北京：北京大学出版社，2016年版。

伯格，约翰：《观看之道》，戴行钺译，广西：广西师范大学出版社，2015年版。

詹明信：《晚期资本主义的文化逻辑》，刘象愚等译，北京：生活·读书·新知三联书店，1997年版。

图书在版编目（CIP）数据

展翅与破格：安妮·塞克斯顿与美国现当代诗歌 / 张逸旻著. -- 上海：上海文艺出版社，2024
ISBN 978-7-5321-8857-4
Ⅰ.①展… Ⅱ.①张… Ⅲ.①安妮·塞克斯顿—诗歌研究 Ⅳ.①I712.072
中国国家版本馆CIP数据核字(2024)第009278号

发 行 人：毕　胜
策划编辑：肖海鸥
责任编辑：余静双
营销编辑：叶梦瑶
护封设计：徐筱逸
封面设计：李若兰
内文制作：常　亭

书　　名：展翅与破格：安妮·塞克斯顿与美国现当代诗歌
作　　者：张逸旻
出　　版：上海世纪出版集团　上海文艺出版社
地　　址：上海市闵行区号景路159弄A座2楼 201101
发　　行：上海文艺出版社发行中心
　　　　　上海市闵行区号景路159弄A座2楼206室　201101　www.ewen.co
印　　刷：上海盛通时代印刷有限公司
开　　本：890×1240　1/32
印　　张：11
插　　页：2
字　　数：225,000
印　　次：2024年4月第1版　2024年4月第1次印刷
Ｉ Ｓ Ｂ Ｎ：978-7-5321-8857-4/I.6980
定　　价：68.00元
告 读 者：如发现本书有质量问题请与印刷厂质量科联系　T：021-37910000